霓夢

中國古代四大美女傳

西施

金斯頓◆著

西施——這位江南女子是水的精靈，
罩著一個含露的霓夢。
她像一道彩虹，升起在春秋的天空，
洞穿了歷史漫長的幽暗，把整個時代裝扮得五彩繽紛，
也把范蠡、勾踐、伍子胥、文種，
這些燦若星斗的名字點綴得更加燦爛奪目。

序——《中國古代四大美女傳》

張同道

北方有佳人，絕世而獨立。
一顧傾人城，再顧傾人國。
寧不知傾城與傾國，
佳人難再得！

——漢・李延年

女人是人類的風景，美女是風景的花朵。一個沒有美女的民族是荒蕪的，擁有美女而不敬愛呵護則是野蠻。在歐洲，美女海倫點燃了雅典的一場世紀大戰，美女維納斯用斷臂爲無數年代與國度的愛美的人們圓了一輪美夢。在中國，春秋時代的詩人就熱烈地讚美女性：

手如柔荑，膚如凝脂，
領如蝤蠐，齒如瓠犀，
螓首蛾眉，
巧笑倩兮，美目盼兮。

這是孔夫子堅持放逐，斥爲淫聲的衛風《碩人》。其實，孔夫子自己也終於去見南子，不管他如何對子路發誓，他出於公心，否則，「天厭之，天厭之！」此後讚美女性的詩賦裊裊娜娜，不絕如縷，陶淵明願意變作衣領、裙帶、眉黛、枕席、鞋子或蠟燭，以期親近美人，李太白也寫下了「名花傾城兩相次，長得君王帶笑看」的佳句。

更爲引人自豪的是，中國數千年美女中的四顆珍珠：西施、王昭君、貂蟬和楊玉環。人們用沉魚、落雁、閉月、羞花來形容她們的美，連動物、植物和天上的月亮也都在她們美的光輝裡不敢正視，以雲掩面，含羞不語。

西施——這位江南女子是水的精靈，罩著一個含露的霓夢。她像一道彩虹，升起在春秋的天空，洞穿了歷史漫長的幽暗，把整個時代裝扮得五彩繽紛，也把范蠡、勾踐、夫差、伍子胥、文種，這些燦若星斗的名字點綴得更加燦爛奪目。

王昭君鄙視賄賂、昏庸與諂媚，自願遠嫁匈奴，讓青春和美放出異彩。她就像美的光源，一踏上大漠，整個草原便爲她燃燒，大地山川鼓動著向她致意，連天上的大雁也不敢自傲，甘心落到地上，向她的美敬禮。

貂蟬是一道迷離的色影，閃爍在三國的刀戈烽煙裡。她是月宮仙子，皎潔，嬌艷，一塵不染。貂蟬愛英雄也引得英雄競折腰：董卓、呂布、袁術……這些名利之徒的勾心鬥角一次又一次地讓她失望，最後，她選擇了眞正的英雄——寶劍。

楊玉環是一朵含露盛開的牡丹，一道媚魂，高華瑰麗，儀態萬方。一代雄主唐玄宗爲她癡迷、燃燒、顫慄，重歸青春，像個初戀少年，她們迷醉在靈與肉的交融裡。大唐國的舞臺上，皇帝李隆基擊鼓、詩人李白塡詞、歌手李龜年奏樂，楊玉環獨自高舞《霓裳羽衣曲》。

中國古典四大美女爲千古的東方美韻增輝，日月星辰、山川湖海、英雄王侯、花鳥蟲魚，在周圍翩躚起舞。

美女不老，因為美不會老去。

美女不死，因為美不會消逝。

西施與范蠡一葉扁舟隱遁於太湖煙波之中；王昭君在月光下撫琴而去；貂蟬撲劍升仙，一道色影重歸月宮；楊玉環從梨花樹下一縷香魂飄洋過海。美人們永遠年輕、美麗、嬌媚，像天上的彩虹，像人間的月色。她們的美艷化作一縷芳韻，活在中國人世世代代的魂魄裡。

留在史書上的女人是烈女、貞婦、孝女、才女、女皇、皇后、公主、賢母等，或者被稱作禍水的女人，如褒姒、妹喜，然而，留在人們心裡的卻是美女，關於西施、王昭君、貂蟬和楊玉環的民間傳說宛若春季數不盡的花朵，愛美的人們用這些美麗的名字命名世界上一切美好的事物：西施魚、貴妃菊、貂蟬冠、昭君帽……

史官不願把篇幅留給她們，民間傳說又支離破碎，爲了復活這些東方美艷的精靈，再現她們的青春、愛情與風采，金斯頓以現代歷史小說的筆法創作了這套《中國古代四大美女傳》，力求還一個活人，還一個女人，還一個美人，讓這些絕代美人重返人間，因爲：

美人不死，美人永遠年輕！

本書作者金斯頓是一個富有藝術才情與想像力的年輕作家群，由傑出的思考者王志新召集。參與本書創作的還有郭寶亮、楊鵬、鄭勇、趙金慶等青年作家，這些積極參與美的創造者與美同在。

霓夢—西施前言

西施，古代中國四大美女之首，宛若一道彩虹升起在春秋的天空。關於西施的傳說像西湖的荷花一樣不可盡數，然而，這位江南女子如何從苧蘿村走向春秋大舞臺，如何從一名村姑成爲絕代美人？

二千五百年前，吳越戰爭以越國慘敗而告終。越王勾踐回國後，臥薪嘗膽，企圖復仇雪恥。大夫文種獻滅吳九策，其中最毒辣的是美人計，大夫范蠡奉命巡行全國勘察美女。范蠡風流倜儻，享有「范郎」之稱，是越國少女夢幻的白馬王子，西施的好友鄭旦悄悄地愛上了范蠡。鄭旦和西施是苧蘿村的一對姊妹花，像兩隻美好的水果，讓全村的小夥子垂涎欲滴。范蠡來到苧蘿村，見了兩位美女，幾乎忘卻公務，陶醉於愛情的美酒中。他愛鄭旦，更愛西施，一次假面舞會的誤會中，他向西施坦露了眞情，西施也愛上了這位范郎。文種的到來結束了這種芬芳纏綿的愛情，將鄭旦和西施帶回會稽，教習歌舞，準備獻給吳王夫差。

聰明的西施艱難地學習吳語。可是，她失敗了。只在酒醉之後才說出一口流利的吳音。臨行前，西施和范蠡一夜纏綿，相許了一生的愛情，然後范蠡把兩位美女送往吳國都城——姑蘇。吳王夫差被面前的絕色震驚了，大臣伯嚭受了文種的賄賂，為越國充當說客，而伍子胥老成持重，一眼就識破了越國的美人計，請求誅殺西施。夫差，這位蓋世英雄，春秋霸主，寧可捨了江山也不願放棄西施，他殺了伍子胥。為了討西施歡心，夫差建造了響屧廊，箭涇，明鏡十八影，西施也沉迷於夫差如癡如醉的愛情中。兩人在靈與肉的交融裡，感受到愛情的青春脈搏。

十年生聚，越王勾踐捲土重來，姑蘇城毀於一旦，范蠡率領大軍蕩滌了吳國，奪回西施。然而西施卻心灰意冷，鄙薄范蠡將自己的心上人拱手相送的名利之舉，願為夫差殉情而死，而越國王后因為嫉妒，竟派人劫殺西施。范蠡救了西施，為了功名，兩人重歸愛情佳境，相偕隱居在煙波浩渺的太湖中。

目錄

第一章　浣紗溪畔亂雲飛

出水芙蓉

周敬王二十九年，仲夏六月，薄薄的晨霧游蕩在江南水鄉，空氣中濕潤得能擠出水來，一條如夢的小溪從薄霧中淌出，潺潺的水流敲擊著清晨的寧靜，幾塊浮萍飄游在水面上，鬆軟的河沙上綴滿了綠茵，間或有不知名的小鳥從上面掠起。

東君賜福於大地
羲和駕著日車從扶桑升起
浣紗女來到香溪畔
一天的勞作從此開始
王侯佩綬，美人衣飾
漿出的細紗像蠶絲般潔白

一群鬧喳喳的浣紗女沿著溪邊的碎石路面走來，邊走邊唱，玩笑打鬧。踩著光滑圓潤的鵝卵石，她們三五成群地走進小溪，站在清涼的溪水中，裙角高高地掖在腰帶裡，光潔如玉的小腿裸露在水中，把碧綠的溪水映襯得更綠更稠。

泛黃的麻紗平鋪在露出水面的青石板上，棒槌高高舉起，又重重落下，不緊不慢地敲打著紗線，紗線開始現出白色。靈巧的小手又抓起一束一束的麻紗，浸入水中，不斷搓揉……一下又一下，單調的工作不斷地重覆著，一朵朵水花濺起落在浣紗女的臉上、身上。她們紅潤、年輕的臉頰上現出了活潑、調皮的神色，青春洋溢的笑靨蕩漾在粼粼水波之中。

「昨夜社戲裡扮演雲中君的小夥子不錯吧！真稱得上風流倜儻。那唱腔、那扮相都是百裡挑一的，還有那眼神，絕了！」

「不會這麼簡單吧！恐怕是他那句『連理比翼共白頭』更讓你心動吧！」

「你們這幫傻丫頭，成天就知道『風流倜儻』、「連理比翼」，嫁漢，嫁漢，不就圖個穿衣吃飯！」

「哦！你倒挺直率，臭美什麼呀！不過就剛和一個鄭國客商好上幾天嘛！」

「轟」，清脆的笑聲如銀鈴般震顫，眾女笑成一團。其中一個小丫頭笑得最開心，眾人止住笑後，她仍在那兒笑得前仰後合，樂不可支。幾隻水面上的游禽用吃驚的眼光注視著她和楊柳般搖曳的腰肢，翅膀在水面拍出道道水圈，驚慌地躲開了。

「哎喲喲！笑成這樣，真是『男笑癡，女笑怪，小丫頭少見多怪』。」被眾人嘲笑的浣紗女臉面有點掛不住了。

「哈哈哈……哈哈哈……肚子都快笑破了！」小丫頭用棒槌支住胃部，快岔過氣去了。

「知道本姑娘笑什麼嗎？扮演雲中君的那位『風流倜儻』的後生就是我呀！哈哈哈……好一

個『風流倜儻』的俊俏後生！」

「哈哈哈……」笑聲再度響起。

「唶！告訴大家一件事，可千萬千萬保密喲！村裡那幫老人知道咱們談這事，非把咱們罵死不可。」

熱鬧的喧嘩聲戛然而止，姑娘們都停下手中的活計，豎起了耳朵。

「據我那位客商講，在他們鄭國，男女之間的事可隨便了。每年的五月，青年男女們在洧水、溱水之上，大家踏青遊戲，自由交往，甚至可以自由——哎！都羞死了！」洩密的少女用雙手捂住了滾燙的臉頰。

「自由什麼呀，自由什麼呀！老實交代，你和那位客商是不是已經『自由』過了，老實交代！」

「該死的小蹄子，看我怎麼收拾你？你這張嘴越來越討厭了！」兩個浣紗女糾纏在一起，互相廝打撓癢，腳下一滑，都跌在水中，掙扎不起。裝紗的竹筐也傾倒在水中，漿好的白紗從竹筐中漂了出來，絲絲縷縷在溪水中糾纏、漂曳……

「她們打打鬧鬧，把我的魚全嚇跑了！」一位浣紗女看著自己嬉戲玩笑的女伴，悠悠地嘆了口氣，解開紮在頭上的絲線，烏黑的秀髮如瀑布般一瀉而下，纖纖玉指在青絲中流淌出沒，細心地梳理著平整、柔潤的頭髮。

「西施！你太漂亮了！不是她們嚇跑了你的魚，而是你的美貌讓魚羞得不敢在你眼前露面。」緊挨著西施的鄭旦順著西施的視線看去。幾尾紅色的小魚划動著漂亮的尾鰭，在清澈如碧玉的溪水中閃過，倏然而去，消失得無影無蹤，只留下幾圈蕩漾的波紋。

「鄭姐姐，別拿我開心了！」西施偏頭一甩，黑色的瀑布在空中劃出一道弧線，又飄飄逸逸地從天而降，秀髮的清香也隨風溢出。

「開心一點，別愁眉苦臉的，這會影響你的美貌的。明白嗎？我的小美人。」鄭旦親暱地拍了拍西施的臉蛋。

「不是我不願意開心，而是今天委實沒有遇到能讓人開心的事。時間不早了，我該回去做飯了！」西施一邊收拾自己的東西，又回頭對鄭旦說道：「你知道，我不是性格孤僻的人。可一個人成天都嘻嘻哈哈地到底又有什麼好呢？」

「還說自己不孤僻，姐妹們都說你越來越不合群了，是不是以為自己漂亮，就自以為是。」

「我不漂亮，由她們說去好了。哎！鄭姐姐，我真羡慕你，心裡如饑似渴地牽掛著一個男人，表面上還若無其事。我做不到這一點。」

「我牽掛誰了？牽掛誰了？你千萬別給我造謠、傳謠啊！」鄭旦笑了，嘴角綻開出一絲笑意，瞬間便波及遍了一張俊臉。

「不就是那個讓你牽腸掛肚、夢繞魂縈、揮不去、忘不掉的范蠡『范郎』嗎？」西施毫不留情地戳穿了鄭旦的祕密。

「輕一點兒！輕一點兒！我那是單戀，傳出去多不好意思呀！」提到范蠡，鄭旦來了情緒說：「范郎已隨越王入吳快三年了！聽說他在吳國給吳王趕馬，受了不少苦。他們被關在吳王父親闔閭陵墓旁的一間小石屋中，白天幹活，晚上看墳。這吳王夫差可眞壞，想出這種法子來作踐人。」鄭旦越說越氣，胸脯一起一伏，綳得緊緊的細紗衣裙顯露出裡面豐滿的青春肌體，她已經是一個成熟的大姑娘了。

「越王貴爲一國之君，不也在含垢忍辱嗎？夫差病了，越王甚至給他嘗便療疾，你說他又何苦這樣作踐自己呢？大不了一死了之，倒也痛快！」西施雙眉微蹙。

「男人的事，我們永遠搞不明白。他們都是一些瘋子，當然，咱們的『范郎』除外。」

「別扯上我，我可還是清清白白的姑娘家啊！」西施被鄭旦逗笑了。

「只怕你這清清白白的姑娘家沒有清清白白的姑娘身。」看見西施眉毛的外側慢慢豎起來了，鄭旦趕緊轉移話題，「聽說吳國的女人也特別迷咱們『范郎』，你說他會不會做出一些……！這傢伙喜歡拈花惹草的毛病總是改不了。」鄭旦的聲音中帶了幾絲悵惘和哀怨。

「剛才還說自己是『單戀』，現在又想管別人，你沒有這個權利，他愛幹什麼就幹什麼，與你無關。」西施存心要氣一氣鄭旦。

「對，該幹什麼就幹什麼，也算替咱越國人爭口氣。」鄭旦的眼中閃出神往的眼神，彷彿親眼見到了范蠡在吳國的美女群中左右逢源，揮灑自如，但轉瞬間這絲光亮就消失了。「哎——我這是何苦呢？一門心思全放在他身上，還不知道人家認不認識我，不折不扣的單戀啊！」鄭旦是三年前在都城的春祭儀式上見到范蠡的，當時她剛滿十五歲。作爲司儀的范蠡既是越王勾踐的寵臣，又是聞名全越國的美男，越人愛他風姿灑脫，談吐俊雅，年少風流，都稱他爲「范郎」。那天，鄭旦跪在離范蠡不遠的地方，當范蠡把祈禱豐收、祝福平安的醴酒灑向眾人時，幾滴香酒濺到了她的臉上。「他就像一個威儀出眾的天神，美目傳神，儀表堂堂，我覺得自己只配做他的奴婢，侍候他一輩子。」這是後來鄭旦告訴西施她當時的感覺，她還說現在她還能感覺到涼酥酥的酒滴仍附在臉上，還能聞到縷縷酒香。也就是在那天，她把西施悄悄地拉到一邊，漲紅著臉卻又神秘兮兮地告訴西施，她愛上了聞名遐邇的「范郎」。

西施不忍心看見鄭旦傻愣愣地發癡，雙手掬了一捧清水，想潑到她臉上，轉念一想，又鬆開手，碧綠的溪水又滴滴答答地滴回水中，擊碎了兩位姑娘如花似玉的倒影。西施中指輕彈拇指，幾滴水珠濺到鄭旦臉上，她愣然醒悟。「我是『范郎』，我是『范郎』，祝福你永保福祉。」西施閉上了眼睛，口中念念有詞，學著范蠡裝神弄鬼的腔調。

「你要是『范郎』，我就是王母娘娘下凡。」鄭旦白了西施一眼。「西施，你眞的見過吳王夫差嗎？」鄭旦的思維完全是跳躍式的，常常突發異想。

「當時我剛滿十三歲，和我媽一起到椒山去爲我爸收屍。」西施的神色有些黯然。

周敬王二十六年（西元前四九四年）春二月，吳、越在太湖中的椒山會戰，越軍全線崩潰，死四萬餘人，西施的父親施陽便在該役中戰死。

「太湖水都被染紅了，水面上漂浮著死人死馬和戰船的殘骸；椒山上的樹也燒光了，屍臭和焦臭混在一起，讓人聞著就想吐。」西施的鼻翼掀了掀，眉頭絞在一起，她收拾好手中的物品，走到岸上，在草地上坐定，伸出白皙豐潤的小腿曬在陽光下。

「吳國人盛殮吳兵的屍體，卻把越軍的屍體堆成屍山，想一把火燒掉了事，有些人的心確實不是肉長的……」西施眼前又出現了那慘烈的場面。

成千上萬具屍體堆積如山，血肉模糊，面目全非，更慘的是那些殘肢斷臂隨地亂扔，到處都是。吳王夫差身穿粗麻喪服，手執黑竹喪杖，頭戴喪冠，腳蹬草履。他袒露左臂，額上和唇上塗了厚厚的牛血，他剛祭祀完吳軍的亡靈，現在又要親眼目睹仇敵的屍體化為灰燼，吳國先王的大仇終於得報了，他的臉上除了對上蒼的感恩，更多的是驕矜和自豪。

「是你和伯媽跪下來求他不要焚燒我們戰士的屍體嗎？」鄭旦不想讓西施傷心，但她的好奇心還是占了上風，便遞給西施一節洗乾淨的嫩藕，不知是向她道歉，還是引誘她回憶辛酸的往事。西施接過藕，咬了一口，紅紅的小嘴中露出一排白玉。

「我媽跪了，我沒有跪。吳王用一種奇怪的眼神看著我，還伸出手來想摸我的頭，我躲開了，後來他和一位頭髮鬍子全都白了的老將軍商量了幾句，就答應了，還把我媽攙起來。」

「西施，你當時才多大呀！就招男人愛了！我打賭吳王一定愛上你了。」當鄭旦的智力高度運轉時，她的自控力幾乎為零，一驚一乍，讓人哭笑不得。

「愛你個烏鴉嘴！」西施被鄭旦氣樂了。「不過吳王長得倒是不難看，很年輕，很威風，要是臉上不抹那些亂七八糟的血，沒準兒還很英俊。」

「他殺了你爸，你應該恨他才對。」鄭旦一向愛憎分明。「就像『范郎』把酒灑到我頭上，我就喜歡他一樣自然。」

「那麼你的『范郎』和我們的大王在吳國所受的苦都是理所應該的了，吳國的先王闔閭不就是死在他們手上嗎？我不恨誰，我只討厭這沒完沒的殺戮和征戰。」

一隻小蟲爬上了西施裸露的小腿，纏綿在光滑、健康的腿肚子上不肯離去，西施輕輕地把它拂去，纖纖玉指在自己柔嫩的小腿上摩娑，滿臉的若有所思和自我憐惜。

「瞧！瞧！又和一隻小蟲豸纏纏綿綿上了，你呀——你呀！」鄭旦誇張地張大了嘴。西施氣得把還剩下半截的藕塞進了那張得大大的嘴裡。「你和它纏綿去吧！」

「鄭姐姐！不好了！有一隊吳國人的戰船在江邊靠岸了！」幾個小丫頭慌慌張張地跑到她們跟前，驚慌失措地漲紅了臉。鄭旦一下站起身，緊走幾步才想起什麼似的從嘴裡掏出半截藕扔到地上，回頭對西施說：「待會兒再跟你算帳。」說完逕自隨幾個小姑娘走了。

一排吳國戰船泊在江岸邊，船吃水很深，縴夫們全都累得躺在沙地上一動不動，從裝束上可以判斷出他們是吳國人，一位吳國軍官走下船來，指著躺在沙灘上的縴夫大聲地說著什麼，縴夫們仍舊一動不動，軍官恨恨地上船去了。船頭上面「糧」字大旗迎風飛舞，嘩嘩作響。

「不要大驚小怪！這是吳國人的運糧船，只不過船上裝的全是越國的糧食。」鄭旦已經見怪不驚，儼然是這群女孩的保護神。

「哼，吳國人永遠都餵不飽。」

「每年咱們那麼多的糧食都要被他們搶走，連越王宗廟裡的祭器也被他們搶走了，這幫強盜！」

「伍子胥的兵還算不錯，只搶東西不搶人，要是遇到伯嚭的兵，就夠你小妮子受的了。」鄭旦好像對什麼都瞭如指掌。

西施也來到鄭旦身邊，自然而然地把手搭在她的肩上。兩個美人站在一起，彼此映襯，光彩奪目。

「好一對姊妹花！」眾女子又是羨慕，又是嫉妒，看著這一對美人蕉，眼中都快噴出火來。

幾塊石頭扔進水裡，隨著「撲通」、「撲通」的響聲，水花四濺，姑娘們急忙躲閃。幾個本村的年輕後生趕著牛從這兒經過，他們故意把牛抽得哞哞亂叫，自己口裡的吆喝聲也比平時響多了，連牛都吃驚地回頭看著主人：主人今天怎麼回事？平時幹活蔫蔫的，怎麼今天忽然來了勁？小夥子們口裡吆喝得山響，眼睛卻有意無間地朝姑娘們這邊瞅。此地本來十分幽僻，也不知他們今天是怎麼找到這兒來的。

「都是本本分分的好後生，以後可別再幹這種偷偷摸摸的事了！」鄭旦笑著對他們說道。

「妹妹浣紗在溪頭，哥哥牽牛岸上溜；莫怨哥哥丟了魂兒，只因妹妹太可人。」一位漂亮、健壯的小夥子不慌不忙地回答，隨手又給了前面的黃牛一鞭，黃牛委屈地長「哞」一聲，正好給小夥子的山歌加了一個漂亮的尾音花腔。

「桑耳！幾天不見，你本事倒是見長不少，過來坐坐，陪姐妹們聊會兒天，待會兒把咱們浣好的紗幫忙送回村去。」鄭旦很熱情地衝小夥子們招手。

姑娘們一聽有人幫忙當差，都挺高興，也都隨聲附和，大聲地和小夥子們逗笑。西施靜靜地聽著，她沒有鄭旦那種隨便和小夥子們插科打諢、打情罵俏的本事。在這種場合，她總是寡言少語，不輕易開口，但這並不妨礙小夥子們的目光長時間的在她身上停留。鄭旦就常常自嘲說自己的努力全被西施不勞而獲了。西施覺得很委屈，因爲有時候她確實很羨慕這種能力，既能隨隨便便地玩笑，又能巧妙地捍衛自己的尊嚴。

桑耳火辣辣的眼光落在西施身上，嘴裡卻大聲地和鄭旦搭話。

「桑耳，注意自己的眼神！別東瞅西瞧的。要看，就大大方方的。」鄭旦是何等聰明的姑娘。

「那你過來讓我們大大方方地看一回！」桑耳不甘示弱，一幫壞小子也跟著起鬨：讓我們大大方方看一回吧！

「鄭姐姐，別去，誰知道他們又在玩什麼花招。」西施貼在鄭旦耳邊說。

「行啊！就讓你們看一看。」鄭旦回頭瞪了西施一眼，「這幫傻小子也就敢窮詐唬，你慌什麼。」笑容又掛在鄭旦臉上。「看就看吧！先把所有姑娘浣好的紗連同竹筐全都給我送到村裡。」

幾個小夥子樂呵呵地跑過來，把姑娘們的東西收拾好。鄭旦大搖大擺地跟在他們後面指東指西，發號施令。

「我先走了，你們玩會兒也早點回家。」鄭旦對大家說道。眾女子都歡呼鄭姐姐萬歲，鄭旦又特地回過頭來囑咐西施，「早點回家，別讓你媽久等哦！」西施點頭答應。就在這時，她瞥見了桑耳火熱的目光，她用坦然的目光迎了上去，桑耳有點不好意思地低下頭，收回了目光，既而和鄭旦大聲地說笑起來。

「哎！鄭姐姐總是這樣，眞拿她沒有辦法。」西施無可奈何地嘆了口氣。回身一看，眾女子在她身邊圍成一圈，都笑嘻嘻地看著她，神情中帶著不懷好意的詭秘和狡黠。

「今天的天氣可眞不錯！正好，你們在這兒好好玩吧！我該回家做飯了。」西施的臉上堆滿了笑意。

「是哪！天氣可眞不錯，你也該好好歇一歇、涼快涼快！」眾女子不由分說，一擁而上，抬胳膊的抬胳膊，抬腿的抬腿，把西施拖離了地面，蕩了幾下，「撲通！」扔進了溪水。

「平時你和鄭旦狼狽爲奸，今兒姐妹們要好好治一治你！」看見西施在水中掙扎的慘相，眾女子開懷大笑，樂不可支。

西施在溪中哭笑不得，不過身子浸在清涼的溪水中倒是愜意得很。只是衣裙濕透了貼在身上黏黏乎乎，礙手礙腳，尤其是胸衣本來就有點嫌小，現在更是緊貼在胸脯上，結結實實地箍在上面，有點喘不過氣來。

西施索性在水中解開了胸衣，頓覺一陣輕鬆，如釋重負，全身都有點輕飄飄地，溪水溫柔地撫摸著她的酥胸，癢酥酥的，撓得心裡發慌。她乾脆連衣裙也全部褪下，扔到岸上。在水中自由地翻了一個身，烏黑的青絲在水面散開，像一隻巨大的花蝴蝶扇動著翅翼；凝脂般的皮膚在水中時隱時現，隨著有節奏的划水，凹凸分明的曲線淋漓盡致地展現出來。西施像一條美人魚一樣在水中來回自如，青春的臉上滿是刺激和快活。

「快下來呀！姑娘們，這裡眞是太舒服、太痛快了！下來玩吧！快點兒呀！」西施邊說邊把浮在水面的荷葉推開，青青的荷葉，白裡透紅的荷花兒此刻都成了她的點綴，她就是水中的精靈，天地間的尤物。

岸上的姑娘們商量了一下，幾個膽大的早就按捺不住，當下褪下衣裙，投身於碧波之中，其餘的姑娘跟著紛紛入水。倒是一個老成點的姑娘放心不下，對水中的姑娘們說：「你們玩吧！我給你們把風，這青天白日的，一幫瘋丫頭！」但她最終沒有抵制住誘惑，也瘋著下了水。

如花似玉的容顏、潔白無瑕的玉體、青翠欲滴的荷葉、波光粼粼的碧液……姑娘們在水中盡情地享受著自己的青春和生命。幾隻隱蔽在草叢中的水禽被驚起，撲棱棱地扇著翅膀在她們頭頂上盤旋而去。

小溪說是溪，其實一點兒也不小，有二十餘公尺寬，也許是江南人偏愛纖細精微，才稱它爲溪。加上夏季雨多，水面更顯開闊，足夠這幫姑娘在裡面盡情宣洩、嬉鬧。姑娘們玩得有些累了，開始互相欣賞對方的身體，說著一些讓人面紅心跳、平時無論如何說不出的私房話。

「西施，你這兒可眞大呀！」一位少女不無羨慕地看著西施高聳結實的玉胸，接著又有意無意地瞟了一眼自己略顯扁平的胸脯，嘆了一口氣。

「也就這幾個月才開始瘋長，想束都束不住。」西施輕聲地安慰她，「不用著急，你很快也會長起來的。再說，大了也不是好事，我都開始有點發愁了，再這樣瘋長可了不得了，還不成一個大怪物！」西施的臉也有點潮紅。

「可她們都說男人總是喜歡這兒大的女孩子，說我會嫁不出去。」小女孩有些委屈。

「我們的身體屬於我們自己，就像我們的心屬於自己一樣，你不是爲了讓男人看才活的，懂不懂？」西施的臉色有點兒變了。

小女孩似懂非懂地點了點頭。

「撲棱棱」，不遠處的草叢中又有幾隻飛鳥被驚起，又隱隱約約地傳來金屬相撞擊的聲音。

「不好！有人偷看。」當有人叫出聲時，西施也立刻意識到了這一點。她本能地把身子藏入水中，只露一張臉在外面，眼睛循聲望去，心裡暗暗後悔，今天的行動實在有點冒失。

「是誰這樣不要臉，還不趕快滾開！」有膽大的姑娘罵道。

剛才還一片喧嘩的溪畔現在如同創世之初一樣沉寂，只聽見溪水潺潺的樂聲。十幾位浣紗女藏身於碧波之中，十幾個眼睛盯著同一個方向。害羞的姑娘們不斷調整自己在溪水中的位置，把自己置身於荷葉和草叢的掩蓋之中，似乎這樣才安全一些。

沉默，仍是難熬的沉默，一分一秒地捱著。西施旁邊的小女孩待不住了，尖叫一聲就想站出水面，往岸上跑。西施急把抓住她說：「你這一出去，豈不是一無遮擋的大暴露嗎？」

發出異響地方的草叢又動了幾下，那兒確實有人，而且不只一個。

「你們趕快離開吧！誰家沒有妻子姐妹呢？好不好，趕快離開吧！」西施柔聲細語地勸說著。只要對方悄無聲音地離去，這一件事也就過去了，而且於雙方的面子上也好看。

三個吳國士兵慢慢吞吞地從草叢中站了起來，爲首的是一名小軍官。他們不僅沒有後退，反而又進了幾步。

西施覺得有一團火在體內燃燒，這太過分了，即使是在被征服的土地上也太過分了。

「請你們馬上滾開！」西施的眉毛已經豎起來了，她的雙手在水下還緊緊地抱在自己的胸前，她覺得自己的模樣一定很滑稽，很可笑，蹲得太久的腳也開始發麻，但只要一起身，肯定春光外洩。

三個吳國士兵也有點傻了，爲首的小軍官意識到自己犯了個錯誤，自己應該悄悄離開，根本不應該露面，但現在後悔已經來不及了，關鍵是如何結束這個尷尬的場面。

「我一定要向你們伍相國報告，難道你們連一點天理良心都不講了嗎？」西施抬出了伍子胥這口尚方寶劍，她知道伍子胥治軍極嚴，他的屬下是不敢明目張膽地犯事的。

被少女肉體激起的欲望和對違犯軍令的恐懼折磨著這三個吳國士兵。小頭目的喉頭不由自主地抖動了一下，嚥了口唾沫，卻也有點發顫。眼前這位彎著身子的女子太迷人了，他急切地渴盼見到她在水下的部分。他費力地嚥了口口水，想命令自己和自己的部下離開這個是非之地。但他也不知道自己怎麼竟發出了自己不想發的口令：把她們的衣服抱走，而自己的腿竟不由自主地向那位少女走去，他已經控制不住自己的行動了。

西施的腦子裡一片空白，她不能容忍那些髒手去碰自己的衣服；她也不想蹲在這幫牲口鼻子底下，她要站起來！

精妙絕倫的脖子出來，圓潤的雙肩、結實尖挺的乳房，閃頭炫目紅光的乳頭……一一露出了水面，吳國人嚇傻了，當西施光滑渾圓的肚臍露出水面時，三個吳國人嚇得扔掉了兵器，轉身就跑……

西施仍如一尊雕塑凝固在那兒，秀髮滴滴答答地往下滴水，眼神中流露出凜然不可侵犯的高貴和矜持……

美目盼兮

長滿青苔的船槳斜斜地切入水中，把金色的朝輝攪得四分五裂，幾隻江鷗無限柔情地尾隨著覆蓋有黑色船篷的大官船，盤旋著灰白色的柔和弧線。

越王勾踐懶洋洋地靠著船舷，一雙赤腳舒舒服服地伸出船外，自鳴得意地抖動著。他釣魚甚至連魚竿都不用，一根長長的麻線挽在手中，在左手腕上繫了一個活扣兒，又尖又細的魚鉤上穿著一塊蛤蜊肉，尖利的釣鉤穿過縮成一團的蛤蜊肉，隱隱地現出尖鋒。勾踐似睡非睡，眼睛半閉半睜，眼神裡是空白和平淡，世間萬物與他無關，人間百事也於他無涉，就連頻頻碰擊魚餌的幾條大魚也引不起這位釣者的興趣。

「大王，那條大鯽魚又在咬餌了！」坐在一旁的范蠡輕聲提醒勾踐。時値盛夏，初升的陽光曬在身上也有幾分燥熱，乾乾地堵在毛孔裡，透不出去，又吸不進來。范蠡的頭髮光滑平整地束在紫玉冠下，一身白袍得體地把身體裹得嚴嚴實實，一絲不苟地跪坐在勾踐旁邊的草席上，一柄長劍從脅下露出，長長的劍柄上鑲有一顆寶石，不時地變幻著顏色。

「這是牠第九次咬鉤了，但牠就是不上鉤，牠可比夫差聰明多了。這小小的生靈眞讓我懷疑人是不是萬物之靈！」勾踐說完，猛一拉線，大鯽魚又脫了鉤，蛤蜊肉卻被它撕去一塊。

「我看牠長得像伍子胥！」勾踐哈哈大笑，爲自己的幽默很快活地發出反應。

「也眞難爲這小傢伙了，從吳國把咱們送到越國，一路尾隨，若即若離。」范蠡用溫柔的眼波看著幾條隨船而行的大魚，憑空溢出幾許愛憐和讚賞。

「不是牠，而是他在爲我們送行！」一絲明亮而殘忍的光芒從勾踐乾涸的眼瞼中射出，但很快又爲無所事事的平庸和無所作爲的慵散所代替，他又成了那個一心垂釣、不問世事的船頭釣客了。

一隻大鷹在湛藍的天空中劃出不規則的弧線，扇動的翅翼透出驃悍和矯捷，牠一圈一圈地降低著高度，猛然向江面撲擊，巨大的氣流把江面劈開，閃著亮光的尖爪如鐵鉤般地伸入水中，又極其舒緩地收起，一條魚已穩入爪中，白色的魚肚在陽光下分外耀眼。勾踐和范蠡似乎都感覺到了利爪箝進柔嫩魚肉中的破裂和撕扯。

「就這麼一下，一條生命便宣告消失了，成爲等在窠中嗷嗷待哺的雛鷹的早餐。」范蠡感嘆道。連他自己也感到奇怪，怎麼剛離開吳國低矮、潮濕、陰冷的石室，自己就變得如此脆弱和傷感。他貪婪地吸了一口潮濕而溫潤的江風，待它們在肺裡千迴百轉之後才慢慢吞吞地從鼻孔中濾出，全身的每一塊肌腱和細胞都感受到愉悅和輕鬆，他有好久沒這樣暢快、自由地呼吸過越國的空氣了。

「范卿，你說離開了天空，這不可一世的雄鷹能這樣任意翱翔嗎？」

「不能，關在籠子裡的鷹和雞沒有任何區別，甚至不如雞，因爲牠不會下蛋。」范蠡很清楚勾踐的言外之意。

「大王還記得吳王給你送行時所說的話嗎？」

「怎麼會忘記呢？」勾踐莫測高深地笑了，嘲諷的笑意停留在嘴角唇邊。「怎麼會忘呢？『願君勿忘吳恩，感激效命，吳、越永結骨肉之親』，每一個字我都銘刻在心，牢記不忘啊！」勾踐輕飄飄地說著，手上卻使足了勁，神經質地把垂釣的麻線搓捏、捲曲，麻線被揉成一團，亂七八糟地扭結在一起，釣鉤上的蛤蜊肉上足了發條一樣隨著他的動作旋轉，倒把幾隻魚搞得無所適從，眼睜睜地看著嘴前的美食運動不止，不知從何入口。

「好一個『勿忘吳恩』！好一個『永結骨肉之親』！眞是婦人口角，孩子心腸，每一個越國人都不會忘的。」

范蠡用手撫摸著劍柄上的寶石，凹凸不平的磨面劃在手上印出淡淡的血痕，他覺得很舒服，很痛快。

「哎！不可欺君罔上，人家可是要做中原的霸主，大江長河的主宰的。」勾踐忍不住揶揄道。他把「霸主」和「主宰」兩個詞咬得又重又狠，眼前彷彿又出現了夫差說這兩個詞時的嚮往和企盼。

「大王，上鉤了！上鉤了！」范蠡不顧君臣禮儀，一把拽過勾踐手中的麻線。一條大鯽魚應聲而起，青色的背脊和白色的肚白在兩人眼前一閃，「啪」地一聲落在船板上。大鯽魚徒勞無益地在船板上活蹦亂跳，消耗著旺盛的精力，牠終於明白了自己的困境，躺在那兒，用尾鰭拍打著船板，泛白的雙眼茫然地望著蒼天，似乎還在苦思脫身之計。

君臣二人相視而笑，於無聲的對視中傳遞著言詞不能表達的意念。

前後擁疊的浪尖托出一葉小舟，在跳躍的波山浪海中自在地穿越，逕直向大船駛來。小船上一青年男子一手掌舵、一手搖櫓，小船對他的每一個動作都作出靈敏的反應，人、船似乎已合爲一體，宛如一名悠閒的農夫趕著自己的耕牛走在黃昏歸家的路上。

范蠡下意識地握牢了劍柄，把勾踐屏在身後。勾踐衝他搖了搖手，坦然地把魚具收拾好，吩咐廚子：「午飯燴鯽魚，熬鯽魚湯。」廚子笑著答應了。

「大王慢行！草民拜見大王。」年輕人大聲叫喊，一口地道的越國話。

「又聞鄉音！鄉音不改哪！」勾踐雙手熱切地絞在一起。「想不到我勾踐還有再見越國江山的機會。」

大船漸近，年輕人把船舵夾於兩腿之間，騰出左手從船上抄起帶有鐵鉤的纜索，單手舞動纜繩，「叭」地一聲，鐵鉤穩穩地扣在了大船船幫上，小夥子緊搖櫓槳，小船靈巧地貼上了大船。

「苧蘿村村民聽說大王從吳國返回，特意準備了酒席給大王洗塵，請大王上岸小駐歇息。」小夥子英武之中不失文質彬彬，謙恭有禮。

「好一名壯士！」勾踐滿意地打量著自己的臣民，讚賞的目光落在他那一身油亮赤紅的腱子肉上。

「來人！給勇士上酒。」年輕人雙手托住來人從大船上縋下來的酒案，將三杯醇酒一飲而盡。

「有酒無肴不成飲，把寡人剛釣的魚賜與壯士。」勾踐突發異想，想看眼前這位小夥子把生魚吞下。他在吳國時曾親見吳王的侍衛吞食夫差賜予的生魚以示對夫差的忠勇，他現在更渴望得到自己臣民的這種效忠表示。

「大王，苧蘿村人都認為吃生肉是一種陋習，我從未吃過。」

「既然從未吃過，今天不正好趕上機會了嗎？」勾踐有點不悅，自己回國的第一道旨意就遭人違抗，他心裡確實生氣。

「恭賀大王，你的臣民如此懂得教化，知情識禮，實在可喜可賀哪！」范蠡對勾踐的心思揣摩得明明白白，急忙出面圓場。

「天降福瑞，佑我越國，使得我越國民風淳樸、百姓教化知禮。」勾踐自然而然順著范蠡給的台階下了台。他清了清嗓子，又說道：「感謝父老鄉親們的好意和盛情，我勾踐沒齒難忘。只是……」勾踐知道文種已率領群臣迎候在國都之外，極力想早回舊都，接見群臣，實在不願意在這荒僻的小村歇息，他要做的事太多了！

范蠡聽出勾踐有拒絕之意，急忙附耳於勾踐，小聲叮囑：「民心可用！失民心者失天下哪！」勾踐一點就明白了，急忙改口：「只是寡人還要著急趕路，只能小駐片刻。」

聽見勾踐允諾，年輕人向他深施一禮，又向范蠡致意點頭。左手將纜索一抖，鐵鉤離開船幫，他將繩索往懷裡一帶，鐵鉤已穩穩落在手上，右手一撥櫓把「走！我前面帶路。」小船瀟灑地掉過頭，又跳躍在波峰上了，大官船緊隨其後，向江岸駛去。

大船隨小船拐過一個峽口，江流變緩，略顯渾濁的江水變得清亮明麗，連滋生在江面的水草根鬚竟也看得分明，或根根蔓蔓糾纏扭曲，或如絲如縷任意飄逸。一抹青山逶迤地拖入江中，山勢奇絕，林木蔥鬱。小船小心翼翼地避開黏連糾集的水草，靈巧地在江面上划出好看的波紋。綠得擠得出水的浮萍貼附在勾踐乘坐的大官船上，把江水綠得發釅，宛如濃稠的綠翡翠。幾隻白鶴翱翔於江天之際，叫聲清唳，回鳴陣陣。一隻白鶴竟繞船數圈，停於船頭，朝勾踐的船艙清鳴三聲後，一飛沖天，白色的身影掠過空中，中間竟帶有一條紅線的軌跡。

「大王，丹頂鶴現世，祥瑞之兆啊！祥瑞之兆啊！」小船上的小夥子大聲向勾踐道喜。范蠡發現自己漸漸喜歡上了這個言語不多、英氣不凡的小夥子，向他揮了揮手，小夥子也點頭還禮。

「大王！你看！」范蠡興奮地用手指著前面的沙灘。一大群越國的男女老幼，牽羊擔酒，有的手中還托著香案，裊裊香煙從上面飄起。他們也看到了勾踐的乘船，黑鴉鴉的人群跪了下去，匍匐於地的人頭茂密得如瓜田。

范蠡扶在船舷上的手微微有點發抖，勾踐也象徵性地用手在眼睛上抹了幾下，他又找回了當初在越宮中一呼百應、威嚴神聖的王者感覺：我的子民還在，他們愛我仍一如既往，他們將用血肉之軀重新改畫越國的地圖，用子民的熱血去洗刷君王曾經蒙受的恥辱。

勾踐在剛才已經換好了一套粗麻布衣，已顯出幾分陳舊，但洗得乾乾淨淨，腳下穿上了一雙草鞋，腳趾頭露在外面。他不是刻意這樣打扮，但他深知這種打扮會對自己的子民產生什麼樣的影響。

迎賓的簫笙隨著勾踐走下跳板的腳步聲響起。三名老者迎上前來，在走上沙灘的勾踐身前跪下：「苧蘿村三老拜見大王！」三顆白髮蒼蒼的頭一點到地。

「長者爲尊！長者爲尊！三位老人家不必客氣。」勾踐急忙俯身，將三位老人逐一扶起，還用手在他們的膝蓋上撣了撣。按周朝制度，各村都以村中三名年高德劭的長者爲尊，參與鄉里中大小事務的管理。他們是鄉中禮儀的教化者，也是紅白喜事的執事人。勾踐見三位老者容貌清奇，紅潤的面龐在白雪皚皚的覆蓋之下更顯氣度非凡，不覺也多了一層敬意。

「大王以萬金之軀，不惜孤身赴虎狼之地，忍辱負重三年有餘，草民們於心不忍哪！」一名老者慨然嘆道，昏花的老眼中擠出了幾滴渾濁的淚水，附在溝壑萬千的臉頰上。

「勾踐有何德能，喪師辱國，苟且偷生，無顏見各位父老鄉親啊！」勾踐也忍不住動了眞情。兩個小姑娘從人叢中大大方方地走了出來，一臉嬌憨之色，各自手拿鮮花紮成的花環向兩位尊貴的客人走來。勾踐的脖子被一圈鮮花環繞得濃妝艷抹，范蠡朝向他走來的女孩搖了搖頭，又用手指了指勾踐，那姑娘會意了，於是越王勾踐又被再次加冕。

范蠡感覺到後面那個小女孩的手在他的手臂上不知有意還是無意地摸了一下，姑娘的手很涼，一直涼到他的肌膚裡，寒到了骨髓。姑娘的手又摸了他一把，比上一下還要重。對這種事他已經見慣不驚了，坦然地看了姑娘一眼，感激地點了點頭，姑娘的瞳孔放大了，范蠡在那裡面看見了自己碩大無比、中間突出、上下尖細的腦袋。他知道姑娘誤會了他的意思，又搖了搖頭，姑娘明白了，柔柔地拋來一個無限遺憾的眼波，很快消失在人群中。

三老當下邀請他們去村中的祠堂吃飯，勾踐點頭依允，又從一位母親手裡把一個尚在襁褓中的小女孩接過來抱在懷中，這才隨三老向村中走去。眾人見勾踐禮賢下士，體恤民情，都高呼萬歲，不由分說把勾踐一行簇擁到祠堂落座。

交杯換盞、觥籌交錯，彩蝶般行走的侍女們來往穿梭於席間，變戲法一樣把各種美味佳肴上到客人面前。輪到她們爲客人斟酒了，淡雅的素手擎住酒罈的蓋口，琥珀色的酒漿如銀河瀉落九天，簌簌撲撲的倒酒聲鶯鳴鸝囀地迴盪不止，便是不會喝酒的人也忍不住會抿上一口。

范蠡陪侍在勾踐下首，既要替勾踐向眾人敬酒，另一方面還要爲勾踐攔酒。十指如蔥的纖手不斷把黏稠泛黃的酒漿傾入他面前的酒器中，窸窸窣窣的裙角衣邊拂在他的身上，醇濃的酒汁中彌漫著姑娘的清香。他總是把杯中酒一飲而盡，不覺有些微醉，白白的俊臉上也泛出幾分微紅，他本來就是一白面書生，加上穿了一襲白袍，更顯風流倜儻，雅量高致。

祠堂門口聚集了一大堆姑娘、媳婦，穿紅戴綠的一大群，在那裡嘰嘰喳喳，指指點點。她們本來是欲睹越王丰采的，想不到一向名聞遐邇的范大夫「范郎」也在這裡，好奇心戰勝了待客禮教的禁約，當下就在那裡評頭品足，任意觀望。見范蠡舉止灑脫，談吐高雅，待老人謙和有禮，對君王不卑不亢，如肌如玉的褒揚從紅紅的小嘴中泛濫出來：

「好一個俊俏的『范郎』！果然名不虛傳！」

「瞧人家的瀟灑勁兒，比咱村的小夥子強一百倍。」

「哎喲！他笑了，『范郎』一笑，陽光燦爛！」

范蠡雖然聽不真切她們在說什麼，但從她們的神態之中已明白了個大概，扶了扶略微傾斜的紫玉冠，正了正腰中的寶劍，態度更顯莊重，對勾踐也越發地恭敬。

「山野小村，偏僻閉塞，姑娘們缺少教化！在貴客面前有失禮數，慚愧！慚愧！」一老者向勾踐陪罪，「不過本村的姑娘們倒是極其勤儉，心地也還善良，長相嘛——也是遠近聞名的！」勾踐和范蠡都從其中嗅到了矜誇的氣味。看來，老人是很爲本村姑娘驕傲和自豪的。

「范大夫，姑娘們可是衝你來的喲！誰不想一睹『范郎』風采。」一老者酒酣耳熱，滿臉都寫著童眞和質樸，缺牙的嘴裡吐出的言詞卻也伶俐詼諧。一絲難以覺察的陰霾罩上了勾踐的長臉。

「區區范蠡何足掛齒，這幫小姑娘是來仰望大王的風姿，我不過是一個陪襯和點綴。」范蠡巧言以對，勾踐微笑頷首，心裡很是受用，又一杯酒下了肚。

「這幫姑娘眞是天眞質樸，何不讓她們進祠堂一坐，寡人想和她們聊聊家常。」受到恭維的勾踐擺出了一副與民同樂的姿態。

范蠡只覺面紅耳熱，心口猛地往下一沉，腦子裡一片眩暈，一片空白。一道道目光正在他的背上掃瞄，活生生地將他的頭轉了過去。范蠡身不由己地側過身去，面對祠堂大門。一泓碧綠的清泉把他給淹沒了，波光粼粼的漣漪一圈一圈地向他蕩來，他被束縛得不能動彈，胸口一陣窒悶。祠堂門邊的其他女孩似乎都被一團迷霧罩住了，模模糊糊地看不眞切，白霧之中逐漸現出了一雙勾魂懾魄的眼睛。

百里太湖，波光粼粼，碧波湧動，深不可測。一彎冷月升起在中天，倒影綠水之中。

浮光掠影，萬千光環變幻重疊。眼睫毛就如太湖邊上圍繞的叢林，秀美清麗，青枝翠葉，春意盎然。林爲水添色，水因林生輝，交相映襯，顧盼生彩。

現在這泓一望無際的太湖水正向范蠡發出綿綿不斷的脈沖輻射時，他有點心神不寧了。

「范郎！」太湖水幻成了一個荊衣布衩的女孩，在門邊向他招手。范蠡從手勢中判斷出是讓他出去，他身不由己地站起來，向眾人歉然一笑，向祠堂外走去。

「快去快回，別誤了開船。」勾踐笑著對他的背影嚷道。

一頭黑髮揚起如黑色的瀑布在范蠡眼前閃過，范蠡尾隨著這一頭青絲離開了祠堂，向村外走去，黑瀑布來到一條小溪邊，猛然轉身，那如太湖般深邃幽深的眼波又迷離湧動於范蠡眼前，四目相對，一絲可人心脾的幽香從范蠡心頭湧起，瀰漫擴散至全身的每個細胞和毛孔，熏得他微微發暈。在那對黑白分明的眸子裡，他讀到了自己滑稽可笑的形狀，頭大身小，眼睛暴出，不覺有些惶惑。

「你就是『范郎』？」紅唇白齒中開出一道小口，吐出一股幽香，如風鈴掛響在三月的梨花枝頭。點點珠玉敲擊著范蠡的耳膜，在腦中刻下了深深的印象。幾天之後，這個聲音還在已回到越國都城的范大夫耳畔縈繞，甚至當越王大宴群臣時，它仍然從鐘鼓齊奏、笙簫共鳴的樂音中蹦了出來，不屈不撓地纏繞著他。

「對！有人在背後叫我『范郎』。」很少有人當面叫范蠡「范郎」，這畢竟太親暱了，從一個陌生的女孩口中跳出，范蠡眞還有點彆扭，不過他同時渴望再次聽到這個名字由那紅紅的小嘴叫出。

「有一個人想見你。」

「誰？我在這兒沒有認識的人哪！」

「可有人認識你，而且還在——」姑娘本意是想說「牽掛」或是「思念」，後來覺得都太直接、太暴露了，就改了口，「而且還想再見你一面。」

「哦！她在哪兒？」范蠡被這個神秘出現的姑娘和那個他不認識、但人家認識他的人吸引住了。事件本身就具有極大的誘惑力，更何況眼前站著一個比天地萬物更富誘惑的女子。

「鄭姐姐，范大夫來了！」姑娘一連叫了幾聲，竟沒有人答應。她有些著急，細細的汗珠滲出了額頭。「說好在這兒見面的，她怎麼不守信用。」她沒有看范蠡，但顯然這句話是解釋給范蠡聽的。

范蠡覺得事情很明晰了，這種事他以前也遇到過幾次，他甚至覺得眼前這個女孩使用這種計謀太愚蠢了，眞辜負了那對美妙難言的秀目，她到底落了俗套。

「該不是你想見我吧！」在自己的崇拜者面前，范蠡的口氣隨便、自然多了，瀟灑自如、游刃有餘的感覺又回到了身上。

小姑娘聽出了他話中的傲慢和輕視，明白了他的心思，他掛在唇角裝飾性的微笑使她明瞭他正在轉著什麼念頭看自己。姑娘的臉紅到頭髮根裡去了，挺起的胸部加快了呼吸的頻率。

「你有什麼了不起？害得我鄭旦姐姐爲你牽腸掛肚，胡思亂想。我覺得爲你眞不值！」

西施陪鄭旦到祠堂來看范蠡，是鄭旦硬拉她去的。西施對范蠡的印象不錯，又看見鄭旦魂不守舍的模樣，便自告奮勇要替她叫出范蠡，和她在村外的小溪邊見面。鄭旦以爲是一句戲言，誰知西施對她的事的熱情和關注超出了她的估計，眞把范蠡叫了出來，把個鄭旦唬得面紅心跳，如雷貫頂，遠遠地看見范蠡跟在西施後面走來，就像一隻大老虎跟在一隻可愛的小牝鹿後面，朝思暮想的人就要出現在面前，她卻慌慌張張地逃開了。

眼前的姑娘動了氣，似嗔帶怒地對他橫目而視。懾人心魄的眼光加入了些許惱怒和焦躁，長長的睫毛輕輕地抖動著，似乎在訴說自己的委屈和不滿。范蠡有點於心不忍了，儘管他一貫相信自己的判斷而不輕信他人的言語，但現在他寧願相信姑娘的話也不願相信自己的判斷。但他確實又很迷糊，這究竟是怎麼回事呢？

范蠡疑惑不解的神情從姑娘口中又引出話來。「鄭旦姐姐是我們苧蘿村最漂亮的姑娘，可是自從三年前參加春祭廟會後，回到村裡就變了一個人，成天沒精打采，總把一個什麼『范郎』掛在嘴邊。你可眞夠討厭的！」隨著一句佯嗔似怒的埋怨，姑娘卻來一個和解的眼光，范蠡也不自覺地點了點頭，無形的目光中具有一種力量迫使他這樣做，他的心裡舒坦得像六月天灌了一壺冰水。

范蠡有點明白了！一位叫鄭旦的姑娘三年前在春祭的廟會上喜歡上了他。那天他代表越王主持儀式，向眾人彈灑祈求安寧和豐收的醴酒，後來又在鞠球的遊戲中拔了頭彩。在各種娛樂、遊戲中獨占鰲頭和贏得少女的青睞，已經成了范蠡生命中不可或缺的一部分，太平常了！但眼前這位美目妙齡卻太不尋常了，像老朋友一樣向他招手相約，他內心裡也有似曾相識的記憶；其他姑娘愛說「討厭——」而她卻說「眞夠討厭的」，把個「眞」字拖得又綿又長，讓人的心意隨著聲音起落，飄浮不定。

有了似曾相識的感覺，范蠡顯得輕鬆、隨便多了。從懷中掏出一方絲巾鋪在草地上，朝姑娘眨眨眼睛，「我也不想回去喝酒了，眞沒勁！咱們聊聊天好嗎？」他自己坐在草坪上，自由地把腳伸展開，這可比跪坐舒服多了。「坐呀！」他朝草坪上的絲巾努了努嘴。

「我要告訴鄭姐姐，你這人不老實，喜歡向女孩獻殷勤，很懂得討好女孩。」姑娘微笑著看他，眼睛裡溢出的脈脈秋水再度淹沒了范蠡，他有點輕飄飄了。和越王在吳國朝夕相處，應該說君臣同心同德，沒有任何隔閡，相當親近，可他總有一種壓抑和憋悶，越王是一個對人隨和但絕不允許臣下對他隨和的人，他看得很清楚，但和眼前這位姑娘在一起，輕鬆和放縱的小螞蟻在他心中爬來爬去，全身都舒坦、自如。

那姑娘不客氣地在紗巾上坐了下來，雙手抱住雙腿，規規矩矩地坐在那兒。

「你想聊什麼就隨便聊吧！」

「咱們應該先認識一下，我叫范蠡。」范蠡隨手拾起一根樹枝，「范蠡」兩個字龍飛鳳舞地在地上張牙舞爪，他的書法是很有名的。

「咦！你不是叫『范郎』嗎？怎麼又改名叫范什麼來著？」

姑娘不認識「蠡」字，歪著頭想了一會兒，又自言自語地說：「這字怎麼看都像隻大螃蟹橫行霸道。」

「『蠡』不是螃蟹，是一種貝殼。」范蠡認眞地對她說，沒有半點兒嘲諷的意思。

「你一說貝殼我倒想起來了，不是有句話叫『以蠡測海』嗎？大概就是說的用貝殼去測量大海有多少水，對嗎？」姑娘滿臉誠懇求教的表情，眼神中也對范蠡多了一點欽佩。

「對！你倒能舉一反三啊！你叫什麼名字？」范蠡很隨便地問。

「隨隨便便地打聽女孩子的姓名很不好，我媽讓我不要輕易告訴陌生人我的姓名。」姑娘頓了一下，「還有我家的住址。」她得意地看著范蠡，眼神裡的嘲弄和戲謔讓范蠡感覺到自己是一個徹頭徹尾的大笨蛋。

范蠡又氣又惱，小姑娘說話也太直了，但並非一點道理沒有。他自己也說不清打聽小姑娘的名字是何居心，是否有非分之想。不過小姑娘說的倒是一針見血，擊中了要害。「是誰把我從祠堂裡叫出來的？又是誰先問我是不是『范郎』，有我這樣被人牽著鼻子走的壞人嗎？」范蠡心頭發虛，嘴上卻振振有詞。

姑娘無言以對，低下頭看著一對花蝴蝶在自己腳前撲扇著羽翼嬉戲，斑斑點點的翅翼鼓得圓圓的，一閉一合，煞是好看。半晌，她下定決心似地跺了一下腳，「好！告訴你。」也學范蠡的樣子隨手從地上撿起一根小樹枝，旋即「哎喲」一聲，樹枝落到地上，把黏連在一起的蝴蝶驚開了。原來樹枝上有一棵大倒刺，手指被拉了一條大傷口，滴滴點點的血珠滲進沙地裡，留下了深褐色的印痕。

「呸！」小姑娘把手指放入口內吮吸，又想了一想，臉上閃出狡黠、頑皮的表情，乾脆一把抓過范蠡的白袍前襟，用帶血的食指在上面歪歪斜斜地寫下了兩個血字：西施。

范蠡心痛得跟什麼似的，一把抓過女孩的手就要給她包紮。

「哎——你這人怎麼對女孩子動手動腳的？」西施一把拽回了手腕。范蠡的臉像一隻熟得裂口的石榴，張口結舌，鬧了一個大紅臉。

西施甩了甩被范蠡抓過的手臂，「你這人勁兒真大，把人家都給捏痛了！」末了，她又對范蠡說：「你這人心眼還好，眞的！挺善良的。」

范蠡被逗樂了，這叫西施的小姑娘一驚一乍的，再這樣下去，自己非搞得神經衰弱不可。不過她倒也聰明伶俐，這樣好一副容顏可惜身在亂世，否則，她會嫁一如意郎君，終生廝守，生兒育女，兒孫繞膝，共用天倫之福。思緒脫韁馳騁，范蠡心中暗罵自己無聊混帳。還沒有罵完，心念電閃：要是自己就是那一個如意郎君，與這樣一個女孩相守一世，終老田園，不也是很舒心、很快活，比活在世上爭名奪利、蠅營狗苟、耗盡心機強得多嗎？

西施瞇縫著眼睛，身後柳樹靠著她柔軟的腰肢，把萬種風情的柔絲拂上她的臉龐，烏黑的青絲與青青的柳絲相互追逐、糾纏，一個活脫、飄逸的大髮髻貼在了西施頭上，她心安理得地享受著自然的賜予。溫潤輕柔的風也拂過范蠡的臉，他聞到了姑娘的清香和美麗，暖暖融融地溶入他的呼吸，他想吻開濃濃睫毛下半閉半開的眼睛，看一看裡面黑亮的眸子，兩點黑玉做成的小精靈隔著漂亮的眼瞼顧盼生輝。幾隻水禽在溪水中徜徉，無憂無慮地天眞，嘎嘎地亂叫，彼此用脖子纏繞，分不清是鴨子還是鴛鴦。

「西施，你好好玩兒，早點回家。我還要去見越王，他還在祠堂等我。」范蠡起身欲走。

「就是坐在你上首那個半老不老的小老頭嗎？你很怕他，是嗎？」西施的神情宛如嬰兒咿呀學語，誰見誰愛，不會有人感覺到她正在侮辱當今大王。「喂！你坐下來好不好，你站這麼高，咱們還怎麼聊天嘛！」

「西施，你說話要注意點，越王可不高興聽到有人這樣誇他。」范蠡覺得自己的心情壞到了極點，這一切都是因爲西施提到了那個「半老不老的小老頭」的緣故。范蠡在西施身旁坐下，注意和她保持一定距離，心裡暗笑自己的迂腐，大夫與村女坐於野外草地已是大違禮，保持這一距離眞是又無聊又虛僞。他一言不發地取出佩劍，把衣服下襬割掉，揣進懷裡。

「好好的衣服爲什麼要割壞呢？你知道浣紗的辛苦嗎？」

「上面有你的名字，留個紀念。」范蠡的語氣中平添了幾分離愁別恨，西施爲他的情緒所感染。「你還要繼續陪他，陪他在吳國受了三年苦還不夠嗎？」西施憤憤不平，「你要是一去不回，那鄭姐姐豈不是要受一輩子相思苦！」

「別提你那個什麼鄭姐姐，我根本就不認識她，也不願意認識她。西施，你還小，男人的事你永遠也不明白，男人最需要自己的事業，你懂嗎？」

「我當然懂你們的事業，把人殺死，燒掉屍體，這就是男人的事業。我見過那個吳王，手拿一把大板斧，滿臉塗著牛血，頭上還戴著一頂喪冠。喏——就像這樣！」西施用草編了個奇形怪狀、四面各有一個大角的帽子給范蠡戴上，像欣賞藝術品一樣看著范蠡，「不過，我覺得吳王長得比你好看，雖然臉上抹得亂七八糟，但還是很英武，很威猛的樣子。」

「你見過吳王了？」西施對范蠡的評價使他很惱火，要是夫差此刻出現在他面前，他會毫不猶豫地提出決鬥。

「我和我媽到椒山去請求他歸還我父親的屍體，他答應了。我還記得他對我媽說的一句話：『夫人，恭喜你，你丈夫的傷口在前胸，而不是在後背，我尊敬一切勇士。』他說話很和氣。」

「想不到夫差倒這樣通情達理。」

「我從小就討人喜歡，只要我求人，沒有辦不成的事。」西施得意地甩了一下頭髮。

一個青年男子迎面走來，范蠡認出他就是剛在小船上帶路的船夫，向他友好地拱了拱手：「剛才多虧你帶路，你是一位天生的好船夫。」青年後生也很有禮貌地還了一禮。

「他叫桑耳，是苧蘿村有名的好船家。」西施在一邊介紹。

「范大夫，我很敬重你。但我要對你說，不要讓都城的惡臭污染了我們的姑娘，她們太年輕，太純潔了！尤其是西施，她今年剛十六歲，是苧蘿村的驕傲。」桑耳的態度誠懇得無可挑剔，西施靜靜地看著范蠡，等待他的回答。

「我想在這一點上，我們是完全一致的。」范蠡用同樣友好的態度回答桑耳。

「那再好不過了！」桑耳欠身離去，寬闊的背脊如鋼打鐵鑄般地敦實，線條孔武有力。

「這小夥子對你挺關心的。」

「當然了！他是我『前夫』。」西施吃吃地笑了起來。

閃電在腦際閃過，洞穿了范蠡全身每個角落，范蠡如同一具被雷電擊中的殭屍，一片空白，一片茫然。

「小時候，我們常在一起玩遊戲，他總是扮演我的夫君。」西施不慌不忙地解釋道。等范蠡清醒過來，她已經挽起裙子，從溪邊的雜草叢中拖出一條小船，指了指放在船艙中的槳，「送我回家好嗎？我該回家做飯了。」范蠡無可奈何地操起了船槳。

小船漂到西施家門，西施已經睡著了。范蠡放下槳，忍不住俯下了身子，慢慢地將嘴唇湊近似蹙非蹙的美目，但他終於忍住了，拍了拍西施的臉蛋，「西施，到家了，快醒醒！」

葛衣神木

傍晚時分，金陽西沉，鳥鵲歸巢。一陣疾風從會稽城頭掠過，把一面「越」字大旗吹得上下翻飛，嘩嘩作響。天邊大團大團的烏雲翻湧、堆砌，漫天蓋地向會稽城壓了下來，剛才還戀戀不捨掛在城頭的夕陽早已跑得無影無蹤。

風更大了，「越」字大旗被颳上天空，七扭八扭之後，又「啪」地一聲重重落下，又長又細的穗線如長蛇般在空中曼舞，肆虐地抽打著空氣中看不見的仇敵。幾個越國老卒縮在城頭的敵樓中，磨禿的鐵槍攏在懷中，木然注視著漫天飛舞的砂石和枯枝敗葉。黑色的混沌充盈於天地之間，一道閃電劃過，照亮洞開的城門，吊橋仍穩穩地架在護城河上，士兵們根本懶得去動。越王回國後的第一道命令就是會稽北門永不設防，因爲北面是越國的恩人和最親密的夥伴吳國，越國的城門永遠是爲吳國洞開的。

遠處的天空仍不時傳來沉悶的雷聲，時時有電閃撕裂夜空，但那場醞釀已久的暴雨就是下不來。街道上闃無人跡，人們都早早地滅燈睡覺，在暴雨將至、狂風肆虐的夜晚，誰又有什麼心思幹活做事呢？

子民們是幸福的，因爲他們可以早早安歇，而他們的君王勾踐此時正在自己的宮殿裡無法入眠。勾踐即使回到自己從小長大的宮殿裡也睡不好覺，他的睡眠已經被徹底地毀壞了，他享受不到男人最起碼的生理需求。一閉上眼，吳國監官的眼光就牢牢盯在背脊上，盯得他心裡發涼；夫差御者的大鞭偶爾也會在他的夢中響起，每一鞭都在他的身上拉出一條大血道，紅腫和青瘀不僅布滿了全身，連臉上也難逃脫。

勾踐現在唯一能做的事就是借酒消愁了。越宮正殿裡，一百支松明火把劈劈啪啪地燃燒著，火光把勾踐的影子拉得詭異而高大，不斷地搖曳，跳躍。勾踐自斟自飲，血紅的眼睛閃著瘮人的寒光，他已經三天沒睡覺了，疲倦得要死，但就是睡不著覺，御醫也看不出個究竟，開了一些湯藥，勾踐根本不屑一顧。他對王后胡姬說：「我這是心病，你不用再找大夫了，誰也治不好我的心病。」

一名樂官優雅地撥著琴弦，兩名勾踐最寵愛的宮女在他面前跳著越舞。最純正的越音和最地道的越舞溶入酒爵中的酒液裡，發酵著、膨脹著。勾踐沉迷了，煩躁的心緒隨著琴聲的起伏有了旋律和節奏。宮女鑲在肚臍上的寶石不時地變幻著光澤，刺痛了勾踐的眼睛。三年來，他和這一切都絕緣了，當他再重新拾起曾屬於自己的感覺時，已經沒有當初的刺激和新鮮。

「大王，范蠡、文種求見。」一名內侍慌慌張張地進來報告，他很清楚在這個時候打攪大王是不會有什麼好結果的。但勾踐已經醉了，他喃喃地念著「范蠡、文種」，覺得他們彷彿是自己在好幾百年前認識的老朋友，一時又想不起他們的容貌，便對著酒爵發起了愣。

范蠡、文種靜靜地走進了大殿，冷冷的眼光落在仍舊扭腰送臀的宮女身上。宮女對兩位大夫不理不睬，舞步更是有板有眼，一絲不苟。勾踐醉眼迷離地看著自己的臣下，一時想不起他們是誰，醉態可掬地請他們自報姓名。

一聲脆響，樂師手中的琴弦斷了一根，撕裂布帛的聲音磨擦在每一個人的心上。「你們兩位是誰？請和我共同喝酒、睡覺！」話語未落，一頭倒在桌案上碰翻了殘存的半杯酒，酒順著他的頭髮和鬍子滴了下來。

文種逼視著兩名宮女，「爾等媚主惑主，分明是內佞之徒，留之何用，斬——」文種在勾踐困於吳國期間，曾代他在越國執政，威勢極大。

「我等一介女流，又怎麼談得上『媚主惑主』，不過是想爲王上分憂而已！既然大夫這樣說，我們姐妹也無話可說。」

兩位宮女當即觸柱而死，伏屍於地，殷紅的血漿慢慢滲入地板。馬上有衛兵過來拖走她們的屍體。

樂官用滿臉厚道的笑容迎接了兩位大夫的金剛怒目。

「也要我死嗎？」

「你身爲內官，不僅不能勸諫主上從善、行善，反而助主深夜作樂，禍亂國政。你知罪嗎？」文種的語氣緩和了一些。

「兩位一進宮，我的琴聲便被殺伐之氣擾亂，想必兩位是準備大開殺戒了。」未待兩人回話，樂官已將琴舉過頭頂。范蠡急忙阻攔。樂官超然一笑，「只求兩位大夫竭力事主，早早成就大業。」言畢，以琴擊頭，紅的、白的濺了一地，琴也四分五裂。

「你們想造反、逼宮啊！」勾踐看著被抬出去的樂官屍體，大聲喊了起來。

「請大王赦臣之罪！臣等只希望大王保重身體，勤於政事。」范蠡、文種雙雙跪拜於地請罪。

「伍子胥統精兵五萬，親自屯於吳山（今杭州，爲吳、越邊界），隨時可能來犯，請大王定奪。」范蠡朗聲奏道。

「是福不是禍，是禍躲不過，『媚主惑主』的人已經被消滅了，但伍子胥還是來了，兩位愛卿看著辦吧！」勾踐有氣無力地垂頭喪氣。

范蠡、文種面面相覷，勾踐怎麼把什麼事都推得一乾二淨。

「哐噹」一聲，勾踐把酒杯擲於地上，金屬的震響在大殿裡刺耳地呻吟。「伍子胥，我要與你決一死戰，決一死戰。來人哪！」幾名內侍慌張地跑過來，嚇得全失了宮裡往日的規定，勾踐發這麼大的火，在他們還是第一次見到。

「傳令，盡起全國甲兵……不！盡起全國十五歲以上的丁男……十五歲以上的丁男……」勾踐頹然伏在案上，嗓子裡扯出了幾聲野獸的乾嚎，然後一動也不動地趴在那兒。

范蠡朝茫然失措的內侍們揮了揮手，內侍們如甲蟲般蹣跚地退下了。范蠡、文種心裡很清楚，此時越國甲兵不逾萬人，且武器陳舊，缺乏訓練，全國丁男加在一起也不到十萬，與伍子胥談不上決一死戰，不過是以餒羊投於餓虎群中。

一聲炸雷伴著一道電光震響，桌案上的杯盤朝上跳了幾跳，電光映出勾踐被酒漿染得發脹的臉和被氣惱、絕望扭曲的猙獰。

「大王，臣觀伍子胥此行只在試探，並不是要犯我邊境。」文種上前，輕輕地把勾踐從案上扶起。

「何以見得？」勾踐抹了一下臉上的酒汁，有了一點兒生氣。

「其一，吳軍只帶了三天的口糧；其二，全是輕裝，沒有任何攻城器械。」文種手下的密探已把吳軍情況摸得一清二楚。

「伍子胥這個老滑頭又在玩什麼鬼把戲？」勾踐有點進入狀態了。「此人不除，終是我越國的心腹大患，這個老毒疽！」勾踐恨恨地拍了一下額頭。

「看來吳國君臣對我們並沒有真正放心，不消除他們的疑心，縱有千般舉措，也無法出手啊！」文種嘆了口氣，眼睛裡卻透出成竹在胸的鎮靜。

「那如今之計？」

「離間其君臣，惑亂其君，投其所好……」勾踐附耳於文種上下翕動的鬍鬚，一絲罕見的喜色染上了眉梢。

又一聲炸雷響起，成千上萬的雨柱自天垂落，殿內燈光更加搖曳不定，把君臣三人的影子黏到一塊兒，身形難辨。

驟雨初歇，一道霓虹高掛天空，赤、橙、黃，多色奇妙地揉合在一起。青蛙不知疲倦地在稻田裡傾訴衷腸，喋喋不休地讓人厭倦。被雨水沖刷過的稻穀，飽滿地挺直了胸脯，發散著清香和濕潤。

苧蘿村的村民們趕著牛，挑著擔子，拿著農具從悶了一天的家中走出來透透氣，去田裡做工，他們是永遠閒不住的。

三匹快馬飛進了村裡，在廣場前停住，人和馬都濺滿了泥漿。里正認出他們是京城的傳令官，急忙上前籠住馬頭。

「請三位官爺下馬歇息。」

「謝謝你，里正。請召集村民，我們要宣讀越王的命令，還急著趕路呢！」他胯下的馬嘴裡噴出白沫，似在證明主人所言。

「什麼事急成這樣，人不歇，馬也要歇嘛！」里正不由分說把三位差官拉下馬，吩咐手下備茶、做飯，自己去通知村民集會。

不一會兒，全村人都聽見里正中氣十足、抑揚有致的老調：「到麥場哎——聽越王命令！」「到麥場哎——」

看著眼前攢動的人頭越聚越多，差官躍上馬背，大聲宣讀越王文告：當差官念到：

老者勿娶少婦，壯者不娶老妻；
女子十七不嫁，男子二十不娶，其父母俱有罪。

眾人一聲哄笑，人群中沸沸揚揚，那一幫小媳婦、大姑娘更是嘰嘰喳喳，滿臉興奮和好奇。

「西施，你到年紀了吧！趕快嫁出去喲！不爲自己想，也要爲你媽想一想。」

「這『老者娶少妻，壯者娶老婦』早就該禁止了，這算什麼事哪！」

差官們無可奈何地相視而笑，誰也不能斥責這幫村民無禮。里正使勁地敲著木柝「靜一靜，靜一靜，誰再鬧，我扣他的糧。」

差官繼續念：

孕婦待產，告於官，使醫守之；

生男賜以壺酒一犬，生女賜以壺酒一豚；

生子三人，官養其二，生子二人，官養其一。

村民們高呼萬歲，群情激昂。鄭旦高興地對西施說：「肯定是他出的主意，只有他才想得出這些高招。」

「什麼高招啊！趕快嫁人吧！你已經到齡啦！」西施毫不猶豫地在鄭旦興高采烈的興頭上戳了一針，讓她老老實實地安靜下來。

「好姐姐，別生氣了！你這樣的大美人當然可以例外一點，『范郎』會親自抬著花轎來接你的。」西施也不想掃鄭旦的興，只是不愛看她提到「范郎」時那種醉生夢死的勁頭。不過既然提到「范郎」，西施倒眞上了氣。

「替你把人約出來，你自己卻嚇得躲到一邊去，眞沒出息！你不知道，姓范的還以爲是我約他，你沒見他那得意勁。」

「哼，等他見到我時，一定會後悔當初爲什麼見到的是你而不是我。」鄭旦信心十足，與西施笑著摟成了一團。

三天後，又一匹快馬閃進了苧蘿村，馬匹渾身是汗，騎者也滿臉疲憊，馬脖子上掛著橄欖枝編成的大花環，這表示來使所說的事是十萬火急。騎者把大花環扔到迎上來的里正面前，嘶啞的聲音說道：「大王爲吳王做壽，欲獻葛麻細布十萬匹，苧蘿村二十天之內織成一千匹上交。」里正不敢怠慢：「一定盡力辦好，請官爺下馬稍歇片刻。」

「多謝里正，打攪了。」使者兩腿一夾，坐騎又衝了出去，騰起一片細細的煙塵。

當天，苧蘿村的男女老幼都知道了這件事。眾人沸沸揚揚：吳王過生日，關越王什麼事，十萬匹葛布可不是個小數目哪！里正解釋得很清楚：大王的事，誰也不清楚，我們小老百姓也用不著知道那麼多。但大王不會害他的子民，前幾天大王不是下達了讓大家都高興的命令嗎？我們可不能見好就上，見壞就退，那不是苧蘿村人幹的事。

第二天，苧蘿村的男女老幼都入山採葛。男人們光著上身，揮動著大斧把成千上萬、糾纏不開、盤根錯節的葛根砍下來；女人們把砍下來的葛根打成捆，用牛車運回村裡，手上被繩子勒起一個一個的大血泡。整個苧蘿村成了一個大作坊，到處都是葛麻的氣味，最開始大家還覺得是一股清香，等到村中家家戶戶的葛根堆得比柴禾垛還高時，又苦又澀的氣味就聞之欲吐了。

男人們還要幹地裡的活兒，織麻的事全落到了女人們身上。西施已經一天一夜沒有下機杼了，機械地操作著織機，黃色的麻絲在她的身下跳躍著，從她手中濾出，織成了一塊又一塊的黃絲細布。鄭旦在西施旁邊的一架織機上睡著了。她的幹勁比誰都高，「這事肯定和『范郎』有關，一定又是什麼奇略大謀，我得幫他這個忙。」她附在西施耳邊悄悄說。對其他姑娘則是大聲呵斥：「哎喲！幹這點事都嫌累，還算得上苧蘿村的女人嗎？小心以後嫁不出去喲！」但鄭旦的瞌睡又比誰都大，幹上兩、三個小時就得小瞇一會兒，往織機上一趴就睡著。西施見她睡得香甜，不忍心打擾她，放輕了手腳，精神一鬆弛，她的眼皮也忍不住黏一塊兒了。

「咕咚」，西施終於趴到了地上，鄭旦被驚醒了，馬上明白發生了什麼事，心疼地把西施扶起，柔聲問道：「摔痛了嗎？」

「沒事！就是有點兒睏，再織一匹也就差不多了。」西施重又坐在織機旁。

「你不要命了！」鄭旦一把把西施拖到懷裡，輕輕地按摩著她圓潤結實的肩膀。「這幾天我媽都不讓我做飯了，說我做出的飯有一股難聞的葛根味。」西施輕飄飄地向鄭旦訴苦，享受著她嫻熟的指頭的力度和快感。

「鄭姐姐，有時候我眞想嫁人，隨隨便便、普普通通的一個人，生一大堆兒女，養一屋雞鴨，過著像彩虹一樣燦爛的日子。」

「別瞎說啊！這樣做太委屈你的美貌了，瞧你這皮膚白得跟小羊羔一樣。嘖！還有這頭髮比葛根還硬，可別輕易糟蹋自己喲！」

「你的頭髮才像葛根，人家給你說句心裡話，你還有心思開玩笑。」西施軟軟地靠在鄭旦身上。

「往上一點，再往上一點，就這兒！就這兒，使點勁……眞舒服啊！」西施的表情隨著鄭旦手的流動眉飛色舞。

「眞該有一個如意郎君好好疼疼你，要不看你累成這樣，我都心疼得像被刀剮了一塊肉，都是死『范郎』出的餿主意，織什麼葛衣，又不是給吳王戴孝。」鄭旦甩了甩有點酸痛的手，想停下來，西施如醉如癡的滿足又使她欲罷不能。

「鄭姐姐，你眞心疼我，是嗎？」疲疲沓沓的聲音飄進鄭旦的耳朵。

「嗯！」鄭旦點了點頭，手上又使了使勁。

「有一個人心疼我，眞好！」西施的聲音甜得拌了蜜。

「哎喲！別肉麻了！我都快累死了。」鄭旦順勢在西施旁邊坐下，不住地甩著手腕。還沒有坐穩，她又立起身，打開一個彩釉陶罐，醇濃的蜂蜜味充盈了整個房間，黏稠得塞住了西施的呼吸。

鄭旦舀了一大勺蜂蜜擱在一個瓷杯裡，又扔了幾瓣桂花在裡面，然後沖了一杯蜜水遞給西施，桂花在蜜水裡水靈靈地芬芳著旋轉。

「喝點蜜，補補身子，在你的如意郎君未到之前，由我全權代替。」

西施呷了一口，嘴唇親吻著花瓣，親昵得讓人羡慕。她把杯子遞給鄭旦，鄭旦看了一眼她的手，上面滿是血泡和紅色的小口子。「作孽呀！眞是作孽呀！」她搖著頭，把玩著這雙精妙絕倫的玉手。

十萬匹葛布連同百罈甘蜜、五雙狐皮擺上了吳王宮廷，夫差也有些感動，柔情地撫摸著禮單，如同一位接受到含辛茹苦撫養成人的兒子的孝順，滿足和甜美充盈在心頭。

「勾踐果然忠心耿耿，不負誓言。寡人要給他加封。」

「那微臣替勾踐謝過大王了！」文種俯頭到地，儘管伍子胥的目光如一枚芒刺釘在他的背上，他還是不願意放棄這個千載難逢的機會。

「既然兩國永結盟好，在吳山駐軍已毫無意義，請相國撤回人馬，省得徒糜糧餉；另外把吳、越之間東至句甬（東海），北至平原（今浙江海鹽）之間的土地賞賜越王。讓他牢記吳國的恩德，不負寡人的厚望。」夫差滿意地搓著手，像一個兒孫滿堂，享盡天倫之樂的一家之長。

「大王恩重如山，德薄東海，越國軍民今生誓效犬馬之勞。」文種回答得斬釘截鐵，宛然有一個替夫差赴湯蹈火的機會，一臉的大義凜然，視死如歸。他感到伍子胥的眼睛裡噴出的火焰在炙烤自己，頭上不禁滲出一層細珠。

「大王……」伍子胥出言欲止。

「相國為寡人出生入死，勞苦功高，現特將狐皮兩雙，細布一萬匹賜與相國，望相國頤養天年，永享榮華。」夫差把一根無形的封條貼在伍子胥的嘴上。

「退朝！」司禮官按照夫差的眼色不失時機地宣布散朝。

文種再次俯伏在地，頭埋得更低，表情更加謙恭。

吳王寬大華美的朝服終於消失在鑲金鏤玉的屏風後面，一大群宮娥彩女眾星捧月地跟在他身後。錦衣玉服的伯嚭邁著四方步踱到了伍子胥面前。

「恭喜伍相國又得到大王的厚賞，相國眞是咱們吳國的干城棟樑、頂天之柱呀！」一顆又大又澀的酸葡萄脹破了。

「越人十年生聚、再加之十年教訓，二十年之後，吳宮爲沼矣！你伯嚭有何面目見先王？你又會得到什麼好處呢？」

鬚眉皆白的伍子胥豹眼環睜，如同一頭怒獅，逼得伯嚭連連後退。

走出宮門的文種幸災樂禍地看著吳國將相的節禮，細細地玩味著「吳宮爲沼」四個字。

籠罩在越國上空的戰雲消散了，「日出而作，日落而息」的生活又重新回到了舊有的軌道。在越國阡陌縱橫的田間地頭常常可見一形容乾瘦的半老之人，徘徊徜徉，有時候他停下來與農夫聊天，關切地詢問他們的收成，赤著腳在地裡散步，把新長成的稻米放在嘴裡細嚼，還與一群農夫指手劃腳地談天說地；有時候看到缺口的水渠，他會跳進水裡，用泥把缺口補好，一招一式都極其地道，一看便知是一個幹農活的好手。

會稽城裡的兒童們黃昏時分總愛聚集在越王宮殿前的大街上打鬧。又是那位半老之人經常從王宮裡出來，給孩子們分發吃食，對那些淘氣頑皮的孩子總是輕言細語的安撫：

「不要急，排隊嘛！人人都有份的。」遇到那些抱在母親懷裡的孩子，他也會逗上一逗，好像特別偏愛虎頭虎腦、健康活潑的小男孩，念念叨叨地送給他們一些小飾物、小玩具。終於有一天一位孩子聽清了他念叨的是：又是一條漢子。

「又是一條漢子！又是一條漢子！」孩子們高興的在大街上邊跑邊叫。後來這一句話在全國傳開了。母親們常常用「又是一條漢子」來誇獎對方的兒子，婆婆們更用它來激勵兒媳。

這位半老之人便是越王勾踐。

冬天來了，西施欣喜地站在自家的屋簷下，貪婪地用舌頭舔著在空中飛舞的雪花。江南的雪總是纏綿悱惻、溫情脈脈，雪白、細小的精靈在空中紛紛揚揚，悄無聲息地融化在屋簷、竹梢、草地上，不留一點痕跡。西施紅潤小巧的香舌靈巧地與簌簌撲撲的雪花玩著捉迷藏的遊戲，把片片雪花捕捉進嘴裡，甜絲絲的清涼，甘冽一直傳到心中。

一隻小麻雀孤零零地避在屋簷下，咕咕地抱怨著什麼，一陣風颳來，牠落在西施腳邊，撲扇了幾下翅膀，不能動彈了，灰白的眼珠求助地看著穿紅棉襖的姑娘，楚楚的神情宛如落難的公主。

「你夏天一定偷吃過我家的糧食，以後一定要改一改喲！」西施把牠捧在懷中，輕輕地朝牠呵氣，麻雀嗅到了少女的芳香和溫情，感激地點了一下頭，這一個動作耗盡了牠全部的體力，再也不動了，小小的身軀傳給西施冰涼的感覺。

「可愛的麻雀，你是因我而死的，我只是想幫你，我總是好心辦壞事！」西施也不知道為什麼眼淚偏偏就在這個時候掉下來了，她怎麼也不敢相信自己竟然為一隻麻雀在雪天掉眼淚。她走到溪邊，刨出一個小坑，把麻雀埋在裡面，又在上面堆了一些土和幾個小石塊，留作記號。做完這一切，她的手和鼻頭都有點紅了，想回屋去暖和一下。

一群衣衫襤褸、蓬頭垢面的人從她身邊經過，有的人竟然還只穿著一件夾衣，腳上連一隻鞋也沒有。

「姑娘，請問這兒是苧蘿山嗎？」爲首的一名漢子彬彬有禮地問道。

「這兒是苧蘿村，村後的大山就是苧蘿山。」囚犯？苦役？西施迅速地作著判斷，但又一一否定了。

少女的紅棉襖溫暖了這群漢子的心，他們看出了姑娘的困惑。

「不怕，姑娘，我們是都城的木工，奉越王和范大夫之命上山採集巨樹，準備獻給吳王修築姑蘇台。聞聽這一帶山上有神木，特來尋訪。」

又是那個「范郎」！

「幾位大哥快請進屋暖暖身子。」她急忙招呼道。

「謝謝你，好心的姑娘，我們的親人還在等著我們回家過年，一天也不想多待。」木工臉上都現出感激和溫暖的神色。

西施急忙轉身回屋，從舊櫃子裡找出父親生前穿過的一雙棉鞋，追了出來。木工們已經走遠了。薄薄的雪地上留下一串淡淡的印痕。

朝採木
暮採木
朝朝暮暮對山曲
窮岩絕壑徒往復
天不生兮地不育

木客何辜兮
受此勞苦

木工們淒絕的歌聲婉轉飄蕩在冬日的陰霾裡，西施在雪中站了很久，直到那串腳印消失。

當天晚上，苧蘿山上燃起了沖天的大火，後來又傳來一聲天崩地裂的巨響，老人們說盤古開天闢地，用板斧分開天地時，就是這種聲響。家家戶戶都感覺到了大地的顫動，有幾家的豬圈也被震垮了。人們驚慌地注視著後山上的火光，不知是凶是吉。

第二天，里正帶來了一大群士兵，立即把苧蘿山村封了個嚴嚴實實。苧蘿村人成天都提心吊膽，西施把木工的事告訴了鄭旦，說這事肯定與他們有關。

後來士兵們從山上拖下來一對巨木，樹皮都被燒焦了。村人們從未見過這樣大、這樣粗的巨木，紛紛跪在地上禮拜。一些老人叫它「神木」。士兵們把巨木拖到江邊，江上早有大船等候，一對巨木被拖在船後，向吳國駛去。

第三天，士兵們從山上拖下來十多具燒焦的屍體，但面目都栩栩如生，沒有一絲異味，雪花把一切都遮蓋住了。

「這就是你那個『范郎』幹的好事。」西施恨恨地對鄭旦說，鄭旦從未見到她這樣兇過。

在水一方

范蠡回國已經半年了，越國人漸漸感覺到他再不是以前風度翩翩、少年英俊的「范郎」了。昔日的風流少年被造物毫不留情地打上了歲月流逝的印記。眼睛裡再也沒有那種可以燃燒的熱情，多了幾分深沉、穩健和一些難以言狀的東西。更重要的是，他好像不會笑了，偶爾一笑，勉強的嘴唇就像老牛拉著一掛破車呆滯、費力。要知道，當年越國姑娘曾經評價「范郎一笑，春日融融」。

走在大街上，不時有姑娘熱切的目光落在他身上，他仍舊是姑娘眼睛的聚焦點，少女情愫中的偶像，只是心不再年輕，如長滿青苔的古樹，臉上的線條如刀砍斧鑿般棱角分明。

越國人已經沒有太多的精力去注意和關心一個人的變化，他們忙於婚喪嫁娶、春種秋收，繁衍生息。大戰之後，百廢待興，千瘡百痍的家園要重建，荒廢的田園要重新耕種。勾踐已經宣布：開荒歸己，免賦七年。每一個莊稼人都急切地想把莊稼種好。

列國的商人更是看好越國，會稽城裡的集市上你可以買到楚國的藤器、秦國的馬匹、晉國的漆具、宋國產的各式精致的小玩意……越國人自己也感到吃驚：這麼多的人是從哪裡鑽出來的？他們穿著各異，操著各地方的方言，每天都有大批的貨物運到越國；每天又都有越國的絲綢、麻布、海鹽運往其他諸侯國。商人們受到勾踐的優待，「潔其居，美其服，飽其食，而磨礪於禮儀。四方之來士者，必廟禮之。」他們都慶幸在中原的紛爭不息中，南方的越國還是一塊樂土。

范蠡單身一人住在離王宮不遠的一所小宅院裡，有一位老僕和兩個老媽子服侍他。每天例行公事的早朝，討論一些關於老百姓油鹽柴米的瑣事；下午到東門的校場上練兵。五千名老弱病殘瑟瑟縮縮地站在他面前，拿著一些破刀殘戈，好像一陣風就能颳倒，看見就讓人心酸。但范蠡還是很認眞地教他們演練各種陣法，給他們講列國的形勢，興致高的時候，也與其中的年輕士兵較量幾招，贏了幾次以後也就索然無味了。

范蠡的老僕在一個黃昏看見一位蒙著面紗的女子鑽進范蠡的臥室，第二天早上又急匆匆地走了。那女子是過去與范蠡過往甚密的一位大家閨秀，後來那女子在名門閨秀中說了一句被眾人傳頌很久的話：「范郎」的心像古墓一樣蒼涼。

偶爾也有幾絲暖暖的陽光射進古墓長滿苔蘚的裂隙，那雙溢光流彩的妙目曾幾次在他的夢中濫觴出滔滔柔情，那條如夢的小溪也曾歡呼著在夢中流淌。以至於他在第二天上朝時有點想入非非，神不守舍，錯拿了文種的笏板，並且犯了一個不可饒恕的錯誤，在上面畫了一雙美目，睫毛長得可以站下一排喜鵲。氣得文種連聲慨嘆：人心不古，世風日下。也幸虧是文種，才沒有被捅出去，不然眞就鬧了個大笑話。爲了忘掉那雙眼睛，把自己的心思從溪水中收回來，范蠡下午常到會稽城外跑馬，只有速度和力量才能讓他稍微平靜一點，帶著滿身大汗回屋倒頭便睡，第二天早起換上乾淨衣服上朝。

聽說范蠡有了跑馬的興趣，勾踐便大方地送了他一匹叫良嘯的快馬，並把自己的一個馬鞍給他用。於是越國人常常能在黃昏看見一位白袍將軍在會稽城東門外跑馬，引得一幫大姑娘有事無事總愛在那個時候往東門溜達。要是趕上白袍將軍騎在馬背上或是靠在柳樹下拿出他的紫玉簫吹上那麼一兩曲《關雎》之類的曲子，更是觀者如潮，越國人總愛對外地客商誇耀：「這就是我們的少年將軍范蠡『范郎』！」

聽到對方回答：「哎喲！眞是少年英俊，風流倜儻。」越國人都覺得心裡特別舒坦。

勾踐送范蠡快馬解悶不久，他自己卻病倒了。一天早朝當文種向他奏報越國一年來淨增十萬人口時，他頭一仰倒在寶座上，不省人事。

勾踐把自己關在後宮裡，連續五天沒有上早朝，群臣入宮請安，見到一個半臥半躺、說話有氣無力，眼神黯淡無光的小老頭。小老頭病病怏怏，哼哼哈哈，群臣奏事時，他再也沒有以前的果敢決斷，經常用「很好」、「不錯」、「嗯哼……」等不連貫的詞句敷衍了事。說話時，一雙手哆哆嗦嗦，顫顫巍巍，靠他較近的大臣甚至聞到了他的口臭。越國群臣如墜五里冰窖，以前歡欣鼓舞，興高采烈的心情陡然降至冰點，幾年來他們盼星星、盼月亮，結果盼回來一個廢物，一具半死不活的殭屍。一些老臣心痛得掉下眼淚，越國完了！越國全毀了！他們在心底哀嘆。

夜深人靜，越國大夫文種躺在床上久久不能成眠。國事風雨飄搖之際，勾踐又頹廢不振，不理朝綱。長此以往，國將不國，更不用提什麼滅吳報仇的大計了。他仍然不相信勾踐眞的沉淪、萎靡了，勾踐是個報復心很強的人，不會輕易放棄的。記得許多年以前的一段時間，越王宮裡的儲藏室連續被盜，放在裡面的好幾大塊腌肉都不翼而飛了，勾踐並不發作，只是讓人把剩下的腌肉全都抹上了毒藥，幾天之後，人們在郊外發現了一群乞丐的屍體，旁邊還有沒吃完的腌肉，勾踐聞訊只是淡然一笑，泰然處之。文種相信自己的判斷不會錯，今天入宮探病時，一名大臣無意中提到了「會稽」，一絲光亮從勾踐眼中閃過，那是眞正典型的勾踐的眼神，其中包含著殘忍、機智和狡黠。

就在文種胡思亂想之際，一條黑影從房頂落下，逕直走到了文種床前。文種猛然驚起，並被來人一把摁住：「大夫，大王召你入宮，有要事相商。」黑影悄無聲息地消失了，文種揉了揉眼睛，不知自己是否在夢中。一塊權杖赫然放在自己枕頭上，這不是夢，是千眞萬確的眞事，權杖是深夜入宮的憑證。

文種憑著權杖進入了越宮，一名內侍引著他來到了勾踐的寢宮。寢宮裡燈火通明，勾踐端坐床上，與白天的情形判若兩人。更讓文種驚奇的是范蠡也在場，范蠡友好地向他眨了一眨眼睛，算是打了個招呼。

「大夫請坐，深夜打擾，實在過意不去。」文種驚喜地聽到勾踐的音調又恢復了往日的自信和威嚴，勾踐還是從前那個勾踐，如果說他有什麼變化的話，那就是比以前更加老辣、沉穩、更能控制自己的感情了。文種在勾踐旁邊的一張坐榻上坐下，只覺得屁股被硌得生痛，仔細一看，坐榻是由又大又粗的桑木堆砌而成，只在上面鋪了一張麻布。再看勾踐的睡榻，也同樣是如法炮製的。

「大夫，這叫臥薪，感覺不錯吧！」勾踐邊說邊把從屋頂上垂下的一根樑上吊著的東西送入口中。

「大夫，你也可以嘗一下，很提神的。」

文種抓住自己面前垂下的一根細繩，仔細端詳，上面繫著一個黑乎乎的東西，他用舌頭舔了一下，又苦又澀，是為苦膽。「這叫嘗膽，味道不錯吧！」文種全明白了，他覺得鼻子有點發酸。

「大王忍辱負重，臥薪嘗膽，勵精圖治，何愁大仇不報，吳國不滅。」

「我們需要的是詳細周密的計劃，不是感情衝動下的譫妄之語，戰爭不需要感情，是雙方實力和謀略的較量。」勾踐毫不容情。

「臣三年來，晝夜苦思的就是滅吳報仇，現有滅吳九策獻上，請大王斟酌。」

「滅吳九策！太好了！太好了！愛卿請講，快快請講。」勾踐喜形於色。

文種挺身而起，侃侃陳詞：

「今欲報國復仇，破吳滅敵，有九策可取。一曰敬事天地鬼神，祭祀有時，以求其福。」

勾踐沉吟不語，心裡道：「這種老生常談之事，也能算一策嗎？」

「二曰貴糴粟麥以虛其國，利所欲以疲其民；三曰重財帛以遺其君，多貨賄以喜其臣，讓其君臣湎於享樂，玩物喪志；四曰遺美女以惑其心，亂其謀；五曰遣之巧工良材，使之起宮室以盡其財，失農時以擾其民，然後國困民窮，無力以戰；六曰遺之諛臣，使之易伐；七曰強其諫臣，使之君臣猜忌，離心離德；八曰君王國富而修利器；九曰利甲兵以襲其弊，一旦天下有事，攻城掠地如摧枯拉朽。凡此九策，大王行之，滅吳如囊中取物，不在話下。」

勾踐睜大了眼睛，聽得如醉如癡。范蠡沉吟道：「凡此九策，倒有六策須由他自己上鉤，自掘墳墓，看來成敗不在天命，災禍全由自取，好計！好計！」

「正因爲此九計以其自擾自殘爲主，所以必須先用第四策美人之計，惑其心，迷其志，然後才好伺機而行。」

勾踐手執文種雙手，連聲誇獎：「愛卿有如此絕計，何不早言，讓寡人擔驚受怕，苦費心機。」

「大王不是一直有病在身，加之人多嘴雜，臣怕……」

「我也是怕走漏風聲，才裝瘋賣傻，故作墮落。」君臣哈哈大笑，笑聲在越宮裡久久迴盪。

范蠡受命實施美人計，心裡暗罵文種缺德。「想出這種餿主意，卻讓我去幹這種斷子絕孫的事。誰家的姑娘被選中，我都非挨罵不可。」

「要說斷子絕孫，你以前幹的風流事已經足夠了，沒準兒這次因你救越國於水火之中，感動上蒼，只讓你斷子，不讓你絕孫。」

「謬矣！既已斷子，又怎麼可能不絕孫呢？」

「你不幹誰幹？總不能讓我這個糟老頭子去和一幫小姑娘打交道吧！你可是越國鼎鼎大名的『范郎』哦！」

范蠡仔細端詳文種，三年不見，文種蒼老多了，他本來就顯老相，這三年裡勤於治國，忙於王事，眞可謂嘔心瀝血，剛四十出頭，已是兩鬢染霜了。「大夫，你可要多保重啊！」范蠡動情地對文種說。在吳國時，伯嚭貪得無厭，動輒以不讓越王回國要挾，常常提出非份無恥的要求，今天一對白璧，明天一件狐袍。每次文種總是以最快速度備齊，在吳國君臣中上下打點，要是沒有文種在國內照應，勾踐、范蠡別說三年回國，恐怕連性命也難保。文種知道范蠡愛吃鹿脯，每逢越國有使臣去吳國，總要給范蠡捎去一大包。當范蠡在闔閭墓室旁邊陰暗、潮濕的石屋裡嚼著腌好的鹿脯肉時，心中對文種有一種對兄長般的依戀和信賴。對這位比自己大十多歲的老大哥，他心中充滿了感激和敬重。回越國後，看見人民安居樂業，樂於耕織，教化有方，朝綱廉潔，他對文種更平添了一種崇敬。

范蠡深知人心向背事關重大，眼下越王剛剛回國，人心未定，如果在全國範圍內爲吳王選美的話，勢必引起騷動，激起民變；再說這種事傳到列國，也只會被列國諸侯恥笑；更重要的是這種倒行逆施會失掉百姓對勾踐的信任和尊敬，眼下越國離不開勾踐，要完成滅吳的大業，越國必須有勾踐這樣能夠忍辱負重、發憤圖強的君王。

范蠡私下派遣了若干心腹之人，前往越國各地，訪查美女。逢有絕色，記其姓名、宗族，並將其貌繪製成圖，由他親自鑒定、甄別，他自信自己的鑒賞力和對女人的了解。他本人在平日更是時刻注意，處處留心，連文種也嘲笑他成了「美癡」，時間就這樣一天天地過去了。

一日，細作來報，吳王夫差在全國選美三百，充實後宮。范蠡聞訊又喜又憂，喜的是夫差已沒有當初一心進取、矢志復仇的勁頭，終於貪圖安逸享受，這是他走上敗亡的第一步；憂的是半年過去了，尋美大事一點著落沒有。雖然他手頭的美人像也有了一大摞，都不能盡如人意，無人入他的法眼。他的標準很簡單：這個女子必須超過夫差的王后許姒，達不到這個要求，就根本談不上讓夫差動心、動情。他見過許姒，許姒超群的姿色和氣質給他留下了深刻的印象。許姒爲人深明大義，常勸夫差多行善舉，很受夫差寵幸。加之夫差年輕英武，精通音律，氣質不凡。如果選人不當，越國派出的美女倒可能被他迷住，誤了大事。

既不能得其上，就只能退而求其次了。范蠡從一大摞美人圖中尋了兩個他認爲最好的，派人馬上以百金聘禮請到他的府第，準備親自面試。

兩位姑娘果然姿色出眾，談吐不俗，范蠡也挑不出什麼錯，但他總覺得她們缺少一種靈氣，一種天地生成、能與萬物溶爲一體的靈氣，能翻手爲雲、覆手爲雨、揮灑自如。眼前這兩位女子根本鬥不過許姒，大不過成爲夫差的偏房小妾，受十天半月的寵幸就會被拋到腦後，那時候她們想的就不是如何爲滅吳興越出力，而是如何見夫差一面，分享他的恩澤。范蠡心中暗暗嘆氣，事已至此，只有先好好調教一段時間，看她們能不能很快進入角色。

「如果有朝一日你們成爲王后，你們要做的第一件大事是什麼？」范蠡開始實施他的教育計劃，用的是啓發提問的教育方式。

「大夫眞會開玩笑，我等民女哪有這種福分！」

「只要能隨時侍候在大夫身邊，我也就知足了。」第一位姑娘精神狀態太差，根本沒有擔當重任的準備；第二個姑娘邊說邊向他拋媚眼，夫差不會喜歡這種輕薄的女子，女子應該媚而不妖，她調情的功夫還需要好好調教。范蠡在心裡迅速對兩位學生作出了評判。

「如果眞的成爲王后了呢？我們不能排除這種可能。」范蠡繼續開導自己的學生，實在是誨人不倦。

「我要生一位太子，爲王上的宗廟留一線血脈。」

「我要作一位賢妃，絕不嫉妒，鼓勵王上勤政愛民。」兩位姑娘一前一後答道，她們覺得范大夫眞是太逗了，怎麼盡提這種稀奇古怪的問題。

夫差早就有太子了，他可不喜歡有一位什麼賢妃對他指手劃腳，說東道西，就是許姒在宮中也要看他臉色行事，何況你這樣的小丫頭。范蠡深深地爲兩名女子的命運擔憂了，他彷彿看見她們被夫差趕出吳宮，或者打入冷宮，不見天日。傻姑娘們，你們爲什麼不懂得去抓住一個男人的心哪？只要抓住了他的心，他的一切就都屬於你了，不管他是國王，還是乞丐。而地位越高的男人就越孤獨，只要你關心他的方法巧妙一點，就很容易贏得他的心呀！

「如果你是正妻，而你的丈夫寵愛上小妾，你打算怎麼辦呢？」范蠡繼續進行考試。

兩位姑娘嘻嘻哈哈，笑成了一團，既開心，又害羞。她們很高興和范蠡在一起隨隨便便地聊這些和父母也不願意聊的問題，比剛開始活躍多了，氣氛顯得輕鬆而隨便。

「他敢這樣，我就回娘家，還要帶走我的兒子。」范蠡嚇了一跳，他不敢想像幾年以後夫差率領吳軍殺到越國向越王討自己的妃子和兒子的情景。你們可千萬別給我捅這種摟子！他忍不住爲自己的突發異想感到好笑。那位傻姑娘也跟著笑了，以爲范蠡欣賞自己的答案，她很開心、很得意。

「我要向婆婆申訴，我還要趕走那個賤人。」第二個姑娘柳眉倒豎。好像小賤人就站在她面前，而范蠡就是那個喜新厭舊的薄情郎君。

范蠡結束了對兩位美女的考試，給兩個學生都判了不及格。可憐的姑娘們啊！你們都是好姑娘，娶你們的人是有福的。可你們缺少一位國王最需要的東西：女人的萬種風情。濃妝艷抹的女人，夫差不需要；自然純樸的女人，他很快就會玩厭。而女人的風情則是天地生成的靈秀，只有用它才能征服那位桀驁不馴、一心要做霸主的吳王的心。我上哪裡去找這樣一位奇女子呢？范蠡在庭院裡徘徊苦思。

「大人，大王有請。」一位侍從上前稟告。范蠡趕到王宮，勾踐剛從田裡勞作歸來，完全是一副農夫打扮，褲腿上還沾著牛糞，正站在庭前洗臉擦汗。范蠡上前，把勾踐放在身旁的農具收拾好，「大王召臣有何吩咐？」

「哦！不要急，先坐下喝杯水。」勾踐邊說邊把濕手在褲子上擦乾。

「選美工作進展得怎樣了？有什麼眉目嗎？」

「稟大王，我國美女倒是不少，但能替大王分憂、擔當重任的難找啊！」

「是不是你眼光太高了，偌大一個越國找不到幾個美女豈不是笑話。」

「大王，不是臣的眼光高，臣只擔心夫差的要求會更高。」

「好，這事就交給你了，你看著辦好了。」

勾踐從書桌上拿出兩幅美女圖交給范蠡，「這兩個姑娘就很不錯嘛！我看許姒未必就比她們強，你再考慮一下吧！」

范蠡接過一張，連聲稱奇：「絕色！絕色！夫差絕對喜歡。」圖上一位女子正含情脈脈地注視著他，旁邊有四個小字「美女鄭旦」。他隱隱覺得自己聽過這個名字，好像這名字還和自己有點關係，但記憶太遙遠了，只有一絲淡淡的痕跡。

「真是『踏破鐵鞋無覓處，得來全不費功夫』，這女子肯定行。」范蠡對自己的審美觀極其自信。

「哦！如果她行，那麼這一位就更是沒有問題了！」勾踐被他的熱情感染了，又遞給他另一張美女圖。

「美女西施，」一團白霧在范蠡眼前升起，一雙熟悉的眼睛出現在他面前，眼波中泛濫出的滔滔春水將他裹進了漩渦之中，一陣昏眩把一切記憶都抹掉了，片刻之後，青絲般的長髮，隨風飄動的柳絲，苧蘿村清幽的小溪，小船上的相依相偎……在他眼前復甦了。她全變了，當初那個愛嘮叨、愛說瘋話的小丫頭已長大了，美目中流露出了萬種風情，明眸善睞，顧盼生輝。

「既然『范郎』都被迷住了，我看夫差也肯定會中套。諸暨的地方官看我後宮無人，特向我獻美，哎！好鋼用在刀刃上，還是讓夫差去受用吧！」聽不到范蠡的回答，勾踐拍了一下他的肩膀，「那就這樣定了，把這兩名美女獻給夫差，最好你親自去苧蘿村走一遭。」

白露為霜
所謂伊人
在水一方
溯洄求之
道阻且長
溯右求之
宛在水中央

范蠡化妝成一名少年富商，又來到闊別一年的苧蘿村，感慨萬千。不用問路，他逕直向那座曾在夢中出現的小屋尋去，一種神奇的力量牽引著他，根本無法抗拒。鬼使神差地來到與西施第一次見面的小溪旁，溪水依舊碧綠，楊柳仍舊依依，空氣中丁香花的香味更濃了。范蠡跳到溪中，從雜草中拖出了那隻小船，他曾經用過的船槳依舊放在船艙中央，和一年前的情景一模一樣。一股幽香隱隱地鑽進范蠡的鼻子，他使勁嗅了一下，的確有一股淡淡的香味，不是丁香花的馥香，也不是城裡姑娘用的香粉，反正有那麼一股味兒絲絲縷縷地鑽進他的鼻子。他拾起船槳，香味更明顯了，一定是西施的纖纖玉手剛剛握過船槳，那麼她肯定在附近了。

范蠡把船繫好，走上岸來，四處尋視，仍沒見人影。天氣有點炎熱，陽光照在身上已經有點熱度，但陣陣清涼的香風拂到臉上十分宜人。他有點失望，在他心中隱隱約約有一個希望：西施會在這裡等我。

「渺渺乎餘懷，望美人兮天一方！」

失望之餘，他朗聲吟道，此刻，這句話最能表現他的心境。

「誰把美人搞丟了？」一個陌生的女聲在身後響起，不知什麼時候，一個全身白紗的女子亭亭玉立地站到了他身後。

「鄭旦！」范蠡失口叫了出來，他已經從畫像上認識了這個大美人。一年前據西施講，她是他的崇拜者。現在，她的畫像在他的行囊裡，她本人則站在他面前。

「你認識我？」姑娘的語調中帶著驚喜，她也認出了眼前的這位公子。一朵紅雲慢慢地爬上腮邊，漸漸地擴散到耳根上。范蠡眞不知道怎樣解釋才好，他也感覺到自己臉上發燙，莫名其妙地發燙。這鬼天氣太燥熱了，要是在吳國那間潮濕、陰冷的石屋裡絕對不會這樣。想到石屋，范蠡鎭靜下來，彬彬有禮地向鄭旦說道：「姑娘貌美名於全越，在下焉能不識。」鄭旦的臉更紅了，范郎是從不輕易誇獎姑娘的容貌的。

「旦姐姐，你躲到什麼地方去了？快出來。」一個熟悉的聲音響在范蠡的耳畔。循聲望去，一個穿著綠色紗裙的女孩向這邊跑過來，范蠡一眼認出正是西施。

西施跑到近前，看到了范蠡一雙冷漠的眼睛和鄭旦通紅的粉臉。「嘩」，她手中盛著細紗的竹筐掉到了地上，細紗撒了一地。

「你可眞夠討厭的！」西施紅紅的小嘴吐出了一句。

霓夢

第二章　滴淚胭脂石

窈窕淑女

苧蘿村坐落在浦陽江畔，苧蘿山下，一條小溪——名叫香溪——從村中曲折流過，把村子分爲東、西兩部分。西施家就住在村子西頭，村人大多姓施，因西施父母人緣極佳，小西施又長得天眞可人，人見人愛，都把她當成自己的孩子，父母乾脆就給她起名西施，意思就是施姓人家的孩子。

又因她滿月那日有彩虹掛於天邊，艷麗無比，其兆大吉，母親陳氏又給她起乳名「霓兒」。

苧蘿村靠山臨水，得天地山川的精華，自有一段風流體態，村中翠竹掩映，松柏長青，池塘星羅棋布，是典型的江南水鄉。更有一條小溪羞羞答答地從中穿行，春秋兩季，溪水中落英繽紛，香飄數里，故名香溪。夏季溪中荷葉田田，蓮子飄香；冬季溪水清冽，游魚碎石歷歷可數，給山村平添了幾分靈氣。

苧蘿村人秉賦了青山秀水的精髓，男兒強壯俊美，個頭不高但身材勻稱，身手矯健，幹起活來都是一把好手；女兒更顯俏麗，占盡南國女子的風流，體態裊娜，面容姣美，心靈手巧，勤勞樸實，養蠶浣紗，做著絲毫不比男子輕鬆的活。苧蘿村女孩的皮膚在全越國是最白、最亮的，越國曾有「天下佳麗，全在香溪；美女肌膚，當數苧蘿」的民諺。村人們生於斯，長於斯，老於斯；日出而作，日落而息，男耕女織，過著安寧、幸福的生活。但亂世的風也颳到了這裡，自從吳越爭霸以來，加在村人身上的賦稅和徭役越來越重，一些男子應徵入伍再也沒有回來過，村中又多了幾座新墳。不過村人們知足常樂，只要能吃飽飯，穿暖衣，能按時祭祀祖先，他們就很知足了；至於納稅服役，是自己應盡的義務，他們沒有什麼怨言，無君無國之人，與禽獸何異？

相傳苧蘿山是由一隻涅槃的鳳凰化成的，鳳凰在自己用檀香木搭的木堆上舞蹈，啄出點點火星，燃燒自己。她的丈夫，一隻悲哀的青龍跪在她的面前哀泣，化成了浦陽江。鳳凰臨死前對丈夫說她千年之後將再獲新生。

苧蘿村的人都相信鳳凰的故事，他們爲自己村莊神異的傳說感到驕傲。他們同時記住了彩鳳所說的「千年後重獲新生」，堅信自己的村子裡會出現一位貴人，而苧蘿村多美女的歷史更加深了他們對這一點深信不疑。

西施的母親陳氏是苧蘿村有名的美人，名氣大得越國老王允常都知道了，派人持千金聘禮到苧蘿村求聘。陳氏堅持不受，後來她買通畫工，把她的形象大大打了折扣，越王見到畫像後興味索然，斷了念頭。不過老王允常臨死前還對人嘮叨說苧蘿村的陳氏相貌平平，何以有那麼大的名氣。

陳氏對越王的千金聘禮不感興趣是有原因的，她早就與村中的樵戶施陽交往了，而且好得癡迷。南國女子早熟，加之吳、越民風純樸，少男少女在一起耳鬢廝磨，常有一些親熱舉動，拉拉手，親親嘴，村裡人也不在意，反正大家都是這樣過來的。

這一天，陳氏去山中找施陽。要經過一片樹林，一進林子，陳氏就分不清東西南北了，心裡有點發慌，看見不遠處有點光亮，她就朝有光的地方走去。光線越來越亮，忽然眼前一片雪白，一條長蛇盤於樹上，口銜一顆圓圓的珠子在那裡吞進吐出，大珠子晶瑩剔透，煞是好看。陳氏大叫一聲，扭頭就跑，沒跑幾步就出了樹林。回頭一看，樹林裡和平時沒有兩樣，太太平平的。她疑心自己是不是看花了眼。

施陽看見陳氏來了，高興極了，摟住就親。陳氏問他剛才有沒有聽見她的叫聲，施陽說什麼也沒有聽見。陳氏把剛才發生的事告訴了施陽，施陽半信半疑，帶她回樹林裡轉了一圈，什麼也沒看見。

「眞怪！大白天見鬼了！」

「你就是鬼，是狐狸精！」

平日裡老老實實的施陽今天也頗不安分了，摟住陳氏在草地上坐定。

陳氏安靜下來，看見施陽光著個膀子，露出一身腱子肉，有點害羞，後來一想，都六月了，幹活出汗多，這樣也不算什麼非禮，也就任施陽抱住。兩個人摟著在草地上坐了一會兒，她想站起來，但身子軟軟的，一團白霧在眼前升起，索性一閉眼，雙手環住了施陽的腰。又這樣坐了一會兒，兩人都覺得彆扭，小夥子一使蠻勁，把陳氏按倒在身下……

「你說今兒是不是有點邪性，我大白天見鬼，你平時老老實實的一個人，怎麼忽然間也變得惡狼似的。」

「我也覺得邪乎，早上一起床就彷彿有一股邪火在身體裡亂撞。」

躺在青草地上，聽著山雀在耳邊聒噪，陳氏偎倚在施陽懷裡睡著了。那顆耀眼的珠子閃著白光在她眼前旋轉，長蛇吐出紅紅的信子對她友好地微笑……

陳氏就是在那一天懷上西施的。

一個月後，施陽與陳氏完婚了。在新房裡，陳氏軟軟地躺在施陽懷裡，對他說：「我有預感，咱們這一胎準是個女兒，大富大貴的命！那天的邪性可不是憑空發生的，總得兆應點什麼吧！」

完婚十月後，陳氏仍沒有生產，她有點急了。每天都拍著大肚子。「小冤家，你不該來的時候來，該出的時候又不出，你想怎樣折騰你娘哦！」

村裡的幾位大夫都來看過了，都說脈搏跳得很正常，看不出有什麼毛病，小孩晚生幾天也很正常。「晚生幾天」陳氏心裡暗暗叫苦，都快晚生一個半月了，還沒什麼事。施陽也坐不住了，帶著錢到都城去請大夫。「早點回來喲！你這閨女的命硬得很，我一個人鎮不住！」陳氏對施陽千叮嚀萬囑咐。

陳氏一個人躺在床上，感到很憋氣，想下地走一走，又怕麻煩，就躺在那兒想到底要不要下地。她還沒有想出答案，就一點點兒地迷糊過去。這時，她隱隱約約地聽到空中傳來異樣的聲音，「撲哧」、「撲哧」不絕於耳，她想坐起，但覺渾身乏力；想睡著，那聲音又攪得她心煩意亂。就這樣迷迷糊糊、半夢半醒地待在床上，終於硬撐起來，一步步挪到家門口，推門站在自家瓦簷下的臺階上。天空中竟有上百隻白鶴盤旋於她家房頂，圍成一個半圓，「撲哧」、「撲哧」地扇著翅膀，強大的氣流甚至吹到了陳氏臉上。看見陳氏出來，一隻紅頂白鶴長唳一聲，清越激蕩，一直響到了陳氏心窩裡面，全身一陣舒暢，感覺到肚子裡的胎兒動了一下，不是伸胳膊就是在蹬腿。眾鶴也隨著紅頂白鶴的清唳，發出低沉的長吟，聲音此起彼伏，陳氏有一種飄然成仙的感覺，腳下的步子不覺有些飄動。

這時候，空中微風輕拂，一片祥瑞之氣。群鶴忽然寂無聲息，一齊向東朝拜，一隻大鳥從東徐徐飛至。陳氏從未見過這種異鳥，心中大驚。大鳥引頸長吟一聲，響入天際，群鶴成雙成對，翔舞於空中，在大鳥身邊圍成一個大圈。遠處百鳥和鳴，唱和如一，宮商協調，喤喤盈耳。陳氏猛然醒悟：這不是傳說中的彩鳳嗎？只見彩鳳舒翼鳴舞，空中一片五色霞光。彩鳳在陳氏面前停下，鳳頭竟朝她點了三點，慌得陳氏手忙腳亂，不知所措。就見彩鳳振翅展翼一頭向陳氏懷中猛撞過來，陳氏躲閃不及，只覺身子猛地往下一沉，腳下一滑，就不省人事了。但後來陳氏告訴別人，她在即將倒地一瞬間聽到了嬰兒的啼哭。

等陳氏醒過來時，第一眼就瞅見了襁褓中的西施。

「是個女兒吧？」陳氏有氣無力地問守候在一邊的施陽。

「把孩子抱起來讓我看一看！」陳氏的聲音像從海底深處飄起。

「你就好好休息吧！」

「把孩子給我！」陳氏像一隻急於吻舔小犢的雌獸，她要看一看自己生命凝結而成的精華，要親手摸一摸自己身上掉下來的這塊牽腸掛肚的肉。

「我這女兒就是命相不凡，一定是大富大貴的命。別的都不說了，我就奇怪你那天是哪兒來的那麼壯的火力。」

小夫妻倆正在溫存著他們的甜蜜，施陽從城裡請的大夫進屋了，先向陳氏賀喜，接著又給陳氏把脈。把完脈後，大夫沉吟不語，只是搖頭。施陽再三追問，大夫才吞吞吐吐地吐露眞言：

「夫人的身體絕對健康，只是這脈相實在奇怪，老夫從未遇到過。夫人的脈搏跳躍不定，忽左忽右，時快時慢，根本把握不住，這大概就是《內經》上所言的『鬼脈』。此脈主所生之女大富大貴，大德大賢，舜的妃子娥皇、女英的母親產後都曾有過這種脈相。」

陳氏白了丈夫一眼，心裡想：咱這閨女兒命不錯吧！你這呆子。但見大夫吞吞吐吐、欲言又止，似有難言之隱，便連聲催促：「大夫有什麼話只管講無妨，不必忌諱。」

「醫者不隱惡，老夫就直言了！此脈還主所生女子媚主惑君，破家亡國，不但不得善終，還將遺臭於青史。前朝妲己、本朝褒姒的母親產後也有這種脈相。」

陳氏夫婦如雷轟頂，半晌說不出話來，大夫急忙安慰道：「我看小千金眉心有一小痣，此痣主逢凶化吉，鎭邪免災，是福相，想必小千金應是前者，而非後者。老夫胡言亂語，胡言亂語，兩位不必當眞！」

大夫走後，陳氏把女兒抱在懷中，百般愛撫。小傢伙眉清目秀，健康可愛，眉心處確有一點小痣。

「都是你，請什麼瘟大夫，大喜的日子上門來胡言亂語，實在可惡！可惡之極！」陳氏忍不住又數落丈夫，「你看，你看，這樣可愛的小傢伙會害人誤國嗎？我看這國也夠壞，夠亂了，不用咱們小閨女兒去誤了。哎喲——她衝我笑呢，衝我笑呢！」小西施在襁褓中不老實了，小手在空中亂抓，衝著陳氏嘿嘿傻笑。

大夫的話在陳氏心裡留下了一層陰影，直到西施滿月那天，苧蘿村上空出現了一道彩虹，她的心情才有一點好轉。

陳氏疼愛女兒，但從不嬌慣女兒，她像大多數苧蘿村的婦女一樣，用布條把女兒束緊，背在背上，到江邊浣紗，溪邊打水洗菜。有時背著女兒去給打柴的丈夫送水送飯，累了，把西施往地上一放，隨便一擱，小西施老老實實地待在那兒，絕不亂動。開始，陳氏挺高興，逢人就誇自己家西施懂事聽話，後來見女兒總是這樣規矩本分，和她爹一樣，別人家的孩子在外打打鬧鬧，東奔西跑，她卻總是跟在媽媽身後轉，有時候一天都不說一句話。陳氏有點兒著急了，這孩子怎麼不像我，反倒像她爹了，不行，得把她扳過來。陳氏開始教西施唱山歌了，西施很喜歡唱歌，學得快，唱出來也好聽。陳氏會的山歌有限，窮於應付之際，便把自己婚前唱的情歌揀出一首來敷衍。一次陳氏隨口教西施唱了一句「情妹愛哥愛不夠」，西施把嘴一撇，頭向旁邊一歪，有板有眼地說了一句「非禮勿聽」，把個陳氏唬得魂飛魄散，自己的女兒眞是大富大貴之命，后妃之相，小小年紀，便有如此威儀。這些話從來沒有人教過她，要不是有富貴之命，她怎麼憑空就能講出這樣的斯文話。

陳氏還發現西施有兩個愛好：一是喜歡水，二是喜歡虹。一到溪邊，西施的眼睛就盯著水出神，就要在陳氏背上折騰，把她放在溪邊，讓她玩水，她能玩上一個時辰，有時候脆就盯著水中的倒影出神，一句話不說。怕她掉進溪裡，陳氏乾脆讓施陽做了一個大木盆，把她放在木盆裡，讓木盆在溪中飄蕩，陳氏自己盯在邊上，看女兒白胖的小手在溪中亂劃亂動，小嘴裡咿咿呀呀，說著誰也聽不懂但誰都愛聽的童話。小姑娘玩累了，就衝媽媽傻笑，一高興，就把水往媽媽臉上、身上澆，逗得陳氏哭笑不得，誰忍心和這樣的孩子生氣。西施還愛看彩虹，也許是因爲靠近江邊，水氣上升的緣故，苧蘿村不僅多霧，而且多虹。江南雨多，小雨霏霏，絲絲縷縷，把山、把水都罩在一片煙雨迷霧中，午後或是傍晚，天邊就會高掛一道彩虹，七色斑斕。有時候是完整的一道，漂漂亮亮，大大方方地往天邊一架，如長橋臥波；有時候是小半截，遮遮掩掩，羞羞答答，如美女出浴。

因爲女兒乳名叫「霓兒」，陳氏只要一看見彩虹，就會把女兒抱到屋外看虹。後來，她發現這完全是多餘的，「霓兒」對虹比她敏感得多，幾次都是「霓兒」大叫大嚷提醒她有虹了，快帶我去看，還從來沒有出過差錯。她眞是又高興又吃驚，「霓兒，告訴媽媽，你怎麼知道天上有虹？」從女兒一張一合的嘴形她判斷出女兒是在說「虹」。「霓兒」看虹的神態和她的年紀有點不相符，專注、神往中還含著幾絲羨慕，看著七色的光環在空中慢慢褪去，她會發出一聲嘆息，柔得像一陣風從水面掠過。

陳氏是由於過分關心女兒，才總是疑神疑鬼，總覺得有什麼報應、兆頭哇！其實西施是一個很普通的女孩子，和同年齡的小孩沒有什麼兩樣。比如說她講的那個讓陳氏大吃一驚的「非禮勿聽」根本不是她憑空悟出的，而是她從鄭旦那裡學來的。鄭旦是西施鄰居家的孩子，比西施大二歲。鄭家與施家比鄰而居，兩家來往甚密。西施從小便呼鄭旦爲姐姐。兩人親如姐妹，情同手足：有時候，鄭旦到施家和西施住一起；有時候西施到鄭家陪鄭旦。兩人長相、個頭兒都差不多，父母又故意把她們打扮得一模一樣，外人乍一看，很難分清。一次陳氏帶著兩個小孩去都城買東西，在都城一家店鋪裡給兩個小女孩一人買了一件小紅裙子，兩個小傢伙高興得不得了。陳氏讓店老闆取一面銅鏡來，讓兩個女孩好好看一看自己。店老闆生意太忙，看了一眼兩個小女孩說：「讓她們互相看一看不就行了。」把陳氏逗得笑岔了氣。鄭旦的父親是個迂老夫子，識得幾個字，總愛教鄭旦幾句「之乎者也」，這天西施到鄭旦家去玩，正好趕上鄭旦站在她爸面前背書，西施就學會了這麼一句「非禮勿聽」。

西施會跑的時候，母親給她添了個小妹妹，小妹妹兩歲的時候，家裡又多了個小弟弟，一家五口人過著和和樂樂的生活。

西施長到十多歲，媽媽把她送到鄭家念書，她就這樣稀里糊塗地跟著老夫子學了《尚書》和《詩》，認識了幾個字，一般的官府通告，來往請柬，也都能看得過去。西施把跟母親學的唱山歌的本領用到學習上，背功極好，在背書問題上她挨的戒尺最少。

就在讀書期間，西施捅了不少摟子。別看西施在家裡文文靜靜，但只要和鄭旦在一起，就肯定不是一盞省油的燈。鄭旦敢做的事，她就敢做。苧蘿村東村也有一戶姓施的人家，和西施家隔著一條小溪，互相都能看得見。這戶人家也有個女兒和西施同歲，既然西施叫西施，他們家的女兒也就起名叫東施。東施長得不如西施、鄭旦漂亮，但絕對不醜，仍然屬於美女族。苧蘿村的姑娘再醜也醜不到哪裡去。

一天早上，西施來到自家門前的小溪旁，剛和陳氏吵過架，她心裡不痛快，連小溪對岸的東施向她打招呼也沒聽見，她們平時的關係也就限於見面打個招呼而已。東施看見西施沒注意到，也就不再多言語，低著頭在溪邊淘米，她還著急給家人準備早飯。西施在溪邊閒得無聊，就勢把腳伸進冰涼的溪水裡，天氣還不冷，腳放在水裡有一種很舒服的感覺，到現在爲止，她還獨自想著心事，沒有注意到東施在下游淘米，還不時用腳在水裡攪騰，濺起一陣陣水花。東施抬頭一看，不答應了，這太欺負人了！

「西施，你到我下游洗腳好嗎？米是要進口的。」東施的語氣還是比較客氣的，畢竟隔溪相望，天天見面。

「東施姐，我沒有洗腳，我在玩水。」西施現在感覺比剛才好多了，看見東施，還覺得很高興。

東施一聽，這理沒法講了，都叫自己姐了，還有什麼好爭的，自己往上走走吧！收拾好東西，東施朝上游走了幾步，誰想溪邊青苔太滑，腳一軟，摔了一跤，米全撒了。西施這下可高興了，想不到大清早還有比自己更晦氣的人，忍不住笑出聲來，聲音還一抖一抖的，尾音拖得特別長。

「都是你這臭腳！都是你這臭腳！」東施邊拍身上的土邊去撿地上的米，扭頭走了。

如果不是吳、越間那場讓人詛咒的戰爭，這樣的鬧劇在西施的生活中還可能再次上演；可是，吳越椒山的大搏殺中，施陽戰死了。他連一句話也沒留下，只給自己的未亡人留下了三個尚未成年的孩子。

陳氏和西施在亂屍堆中尋找施陽的屍體，陳氏的態度很安詳，像在家中尋找一個熟悉的家具，她甚至停下來爲一些屍體合上眼皮。爲戰死的丈夫收屍，這是一個妻子應盡的責任，西施開始想像自己成爲某一個人的妻子，也正在戰場上尋找那個人的屍體，一種悲劇感和使命感湧上了心頭。

陳氏在遠處招呼西施，她看見父親的屍體，有點猶豫。

「這是你爹！」陳氏對著她咆哮了。在她的印象中，從未見過母親像此刻這樣兇過。

「媽，我不是害怕，我只是在想——」

「想什麼，可憐的孩子，想一想咱們該怎麼活下去吧！」

苧蘿村中又多了幾座新墳，紙錢的黑灰和家家戶戶的炊煙同時在村中並起，這就是生活，鐵一般的法則不會愛惜任何一個家庭和個人，生老病死，繁衍生息。父親下葬的當天，西施把弟、妹叫到身邊，輕聲說：「從今天起，我們姐弟好好過日子，別惹娘生氣。」她指了指站在一邊的陳氏，陳氏點了點頭。她才十四歲呀！她是大富大貴的命，不該受這樣的苦啊！陳氏在心裡不斷念叨。

生活比施陽在時要艱苦一些，但也不似陳氏想的那樣艱難。喪夫喪父的悲哀漸漸在施家散去。

西施和范蠡第一次見面那天和她以往生命中平淡的日子相比並沒有任何特別之處。她一早起床，做好了早飯，照顧母親和弟妹吃過飯，然後在家裡紡紗，陳氏帶領兩個小點兒的孩子去田裡採桑。該做午飯了，西施停下手中的活計，下到廚房，開始準備午飯。陳氏早早地回來了，說越王和范蠡在施家祠堂吃飯，讓她去見一見世面。正巧鄭旦也想去看范蠡，前來約她同去，她很高興地去了。

當時的西施只有十六歲，我們完全可以想像這個半大的女孩披散著長髮與范蠡見面時的情形。對風流年少的范蠡沒有半點的防範心理，只當他是生命中匆匆的一個過客，一片浮萍而已。西施是想像不到這次偶然的見面會改變她的生活。也許是鄭旦躲躲閃閃、滿臉發光的神情，或者是范蠡藏在骨子裡的倨傲激動了她，才冒叫一聲，把范蠡叫出了祠堂。

西施對范蠡的印象不錯，他本來就是一個討姑娘喜愛的角色。後來鄭旦很不好意思甚至還有點兒嫉妒地向西施打聽范蠡和她在一起的情形。西施一五一十地講了每一個細節，甚至沒有漏過范蠡與桑耳見面的小插曲。

「他就是這麼一個好人！有俠義心腸。」鄭旦熱切地叫道，她開始後悔自己剛才怎麼對這個可愛小妹妹酸溜溜的態度。太丟人了，自己竟然嫉妒這個清純如朝露的小妹妹。她把西施摟進懷裡：

「我們一輩子好下去，好不好？」

「這還用問嗎？」西施臉上現出笑意和甜蜜的漩渦。

鄭旦錯了，如果愛情允許嫉妒的話，她的嫉妒完全是應該的。范蠡對西施的確有一種超乎尋常的好感。而這種感情的產生對他那種類型的男人來說，又困難又容易。而十六歲的西施體察不出一個成熟男人的內心世界。

「范郎比桑耳可愛多了！」這就是西施對范蠡的評價。

身體的成熟使西施日益出落成一個大美人。每天起床，她用驚喜的目光注視著自己身體的每一個細微的變化。她經常用擔心的語調對鄭旦說：「旦姐，這頭髮怎麼就越長越黑，越長越粗；還有這兒，今天和昨天就不一樣！」西施發愁地看著高聳的胸脯。「小美人，你知道多少人在艷羨你嗎？」西施現在知道害羞了，臉一下紅了。

西施愛看書，喜歡與鄭老夫子聊天，鄭老夫子難得這樣受人重視過，恨不得把肚子裡的貨全都擺出來賣弄一下。他把自己收藏多年的《詩》找出來，教西施念各國的「風」詩，隔三、四天教西施一篇，一年下來，西施倒也學會了不少，閒下來也能跟老夫子「之乎者也」地來上一段。鄭旦賭氣地對老少兩位書迷說：「西施，你現在和我爸待在一起的時間比和我待一起的時間還長了。爸！我提醒你，我們村子裡的小夥子現在恨你是恨得咬牙切齒。」老夫子氣得吹鬍子瞪眼睛，「非禮之言！朽木不可雕也！」

陳氏高興地看著女兒一天天長大。女兒肯定會比自己有出息，她至今對長女出生前後的各種異象仍記得清清楚楚。這天她走進裡屋，看見西施正穿著自己當新娘時穿的衣服，攬鏡自照，還不時作出各種表情，自我陶醉，自我欣賞。

聽到母親進門的聲音，西施回過頭來，「媽！我這樣好看嗎？」

陳氏心中暗暗稱奇：自己當年偷穿母親的衣服，聽見母親的腳步都害怕，自己的女兒現在可真……真什麼？她也說不上來，只覺得女兒體態風流，尤其是一對美目傳情傳神，妙不可言，肯定是大富大貴的命。

「媽！快過年了！我尋思著給弟弟、妹妹製一身新衣，他們也不小了，總穿舊衣服會讓別人笑話的。」幾句話說得陳氏心裡暖烘烘、熱乎乎的。

西施有點撒嬌地靠在母親懷裡，感受著母親的體貼和愛撫。「媽！你好久沒給我梳頭了！」

「都這麼大了！還撒嬌。」

「我現在都記不起最後一次撒嬌是什麼時候了！有時眞想摟住媽大哭一場。」西施有點害羞地把頭朝母親懷裡藏。陳氏愛撫著女兒的一頭雲鬢。小時候，要摸著她的鬢角，女兒才能入睡。如今，她已經出落得亭亭玉立了！

「霓兒，答應媽一件事！」陳氏叫著女兒的乳名。

「嗯！」西施好看地歪著好奇的腦袋。

「你要是喜歡上哪個小夥子，一定告訴媽一聲好嗎？」媽說的話，西施不是沒有想過。她常和鄭旦關在屋子裡說一些自己都臉紅的話。鄭旦還是一心繫在她的「范郎」身上，成天念叨沒完。西施還是很敬重范蠡的，一個人能侍候自己的君主去吃那麼大的苦，需要多大的毅力和勇氣啊！他一個人待在孤零零的石屋裡該是多麼孤單，一定想找一個人聊天說話。爹剛死那會兒，自己也想找一個人傾訴。不過總聽鄭旦在嘴裡念叨，也挺煩的。她有一次實在忍不住了。

「鄭姐姐，香菜好吃嗎？」

「當然好吃，清得爽口。」

「讓你吃上十天半月不換樣，好嗎？」

鄭旦一愣，明白了，臉有些發燒。

每天在家裡幹活兒，有空陪鄭旦聊聊天，日子也就這樣一天天打發過去。桑耳倒是不時獻點小殷勤，平時愛幫西施做點雜活，心眼兒也還不錯，可西施總覺得他和自己想像中的那種感覺是兩碼事，完完全全的兩碼事，甚至連想都不往那方面想。

像所有少女一樣，西施做著同樣的五彩霓夢。有時候與母親、弟妹閒聊時，也會進入一種空冥遐想的境界，此時的她美目中流溢出無限的柔情和幾許迷惘，布衣荊釵宛如罩上了一圈神秘的光環，讓每一個看見她的人不由得怦然心動。

細細的雨絲不斷從瓦簷上滴落，密密的雨絲在空中斜飛，樹葉上的雨滴也不斷劈劈啪啪地往地上掉，香溪的水面激起萬千漣漪，江南水鄉浸潤在一片細雨薄霧的世界裡。西施披著一件蓑衣到溪邊打水，她喜歡這種天氣，更喜歡這種天氣裡在雨中走動。心裡空蕩蕩的，但好像又有什麼東西在裡面湧動，覺得舒服又覺得有股說不出的感覺，大概就是惆悵吧！好像絲絲縷縷都能從心裡抽出來。心裡很舒坦，但又覺得自己有點可憐。十六歲的西施佇立在溪邊，拎著一個大水桶，咀嚼著自己的心境和感受。

「喂！西施，發什麼愣呀？」桑耳不知什麼時候站到了她身後。

「桑耳哥，給我打水！」西施對自己的「前夫」發號施令。

桑耳不聲不響地把水桶灌滿了，用手掂了掂，「怪沉的，我幫你提。」

「桑耳哥，最近爲什麼老躲著我？」

「你太漂亮了，漂亮得讓我膽戰心驚。」

西施一時無話可答，「到家了，把桶給我吧！」接桶的時候，西施碰到了桑耳的手背，桑耳趕緊把手挪開了。就是這雙手小時候揪過自己的頭髮，掐過自己的手腕，現在它連碰一下自己的手都害怕了。站在屋前的臺階上，西施感到自己如一葉置身於汪洋大海的小舟，沒有半點依靠。雨水從她臉上滴下，她忽然打了一個寒顫。要是桑耳能一把摟過自己，再像小時候那樣掐我的手就好了！西施為自己的想法心跳了半天。

雨仍舊下個不停，點點滴滴地敲在少女的心中，她夢見自己穿上了母親的嫁衣成了新娘子，新郎一把掀掉了她的蓋頭，跳動的紅燭燒紅了她的臉。她瞪大眼睛想認清新郎是誰，隱隱約約地好像是她很久以前在香溪邊上認識的一個人……

雨還在淅淅瀝瀝地下個不停。

鳳兮凰兮

范蠡受命實施美人計，重回苧蘿村，在香溪邊巧遇鄭旦、西施。

要找的兩個人就站在眼前，范蠡一時不知該說句什麼才好。她已經長大成人了，再也不是那個滿口瘋話的傻丫頭了，全身都洋溢著青春的明麗，逼得人目眩神迷，不敢正視；長髮依然飄飄，烏黑光亮，纖塵不染；秀目低垂，眼神中閃爍著羞澀和好奇。鄭旦絲毫也不遜色，慵懶、性感、大方。行家的目光告訴范蠡，夫差一定會毀在這兩個越國姑娘手裡，他敢用腦袋擔保。

這就是那個讓眾多姑娘傾慕的范郎！確實儀表堂堂，眉宇間有一股英武之氣。不過他的嘴角繃得太緊了，這種嚴肅的表情與他的俊臉並不相稱，他要是笑一笑，會更好看的。眞怪！一年裡他竟沒有一點變化，看不出他有多大年紀。而自己呢？西施無意識地低頭看了一下自己高聳的胸部，臉不覺有點微熱。這個范大夫到苧蘿村來幹什麼呢？不會是來找鄭旦姐吧？他看我的眼神有點兒怪，看我的時候也比看鄭旦姐的時候多。西施忍不住向范蠡拋去一個媚眼，她自己也不知道爲什麼一見這個范大夫，眼神就忍不住放浪起來，心裡暗罵自己。

日夜思念的人就站在面前，鄭旦除了面熱心跳外，也沒有什麼特別的感覺。以前隔著千山萬水念他，可以把他想像得要多好有多好；現在近在眼前的他也不過是一個普通男人而已！難道這就是愛嗎？他比以前瘦了、老了，再也不是翩翩少年了。這三年來他受了多大的苦，只要他願意，我一切都可以給他。

范蠡在吳宮的刀光劍影中也未曾動容失色，但在兩位絕色佳麗眼波的泛濫中，不覺有些惶惑。范蠡畢竟還是范蠡，哈哈一笑，拱手施禮：「巧遇，實在太巧了！我奉越王之命到此公幹，想不到與兩位姑娘在此巧遇。」

「又要打仗了嗎？」鄭旦有些擔心。

「不，只是很普通的公務。」

「那你現在是——？」

「哦，我先到村中找里正尋一住處，這次來一時半會兒也走不了。」

「范大夫，我看你也不用去找里正了，鄭姐姐家有的是房，她又燒得一手好菜，住她家可比找里正強多了。」西施在關鍵時候站出來，鄭旦感激地看了她一眼。「西施說得也是，我父親很好客，對范大夫仰慕已久。你去，他會高興的。」鄭旦這幾句話說得非常得體，既誠懇在禮又不失姑娘的尊嚴。

「如果方便的話，這樣最好不過了。越王臨行前也叮囑我不要打擾地方，只是給你家添麻煩了。」范蠡心裡暗喜，不驚動地方最好，自己做的可不是什麼光彩事。高興之餘也有一絲遺憾：要是住西施家該多好哇！

范蠡幫鄭旦托著一竹筐剛剛浣好的紗，向她家走去。看著他們的背影，西施眞爲鄭旦高興，眞是心想事成，有情人天不負，多好的一對哦！她覺得自己有點兒傻，在那個淒雨冷風的早晨，要是有這樣一雙男性的手扶住自己，自己的心還會泛起那一層層寒意的波紋嗎？於是，在這樣一個晴朗的夏日裡，西施把雙手環抱在胸前，隱隱地又感覺到了一絲悵惘，像柳葉的細梢在一泓碧波上輕輕掠過。

鄭老夫子像歡迎凱旋歸來的英雄一樣接待了范蠡，殺雞宰羊，盛情款待，專門騰出上房讓范蠡居住。老夫子越熱情，范蠡心裡越發虛。要是你知道我來就是爲了奪走你的女兒去獻給吳王，你會有什麼樣的反應？你還會這樣盛情地款待我這樣一個強盜嗎？

夜很深了，范蠡還在與老夫子交杯換盞，桌上早已杯盤狼藉了。

「自從椒山之敗以後，老夫再也沒有這樣痛快地喝酒了！」

「老伯，我也是。在吳宮裡有時候好想喝一口會稽城的黃米酒，那可是眞想哪！口裡幾天都是米酒的味兒，吃什麼東西都不香。」

「嗐！我年輕時去過吳國，那地方沒什麼好東西，一幫大男人講話跟娘兒們一樣，又軟又酸。」老夫子四周看了看，壓低了聲音。「大王這次回國，有沒有什麼打算？三年的苦可不能白吃呀！」

「大王自有他的打算，做臣下的也有自己的打算。」范蠡在這樣一位老人面前，戒心消除了大半，講話比較隨便。連越國的普通老百姓都看得出來的事，一心要做中原霸主的夫差卻茫然無知，可惜他身邊還有一個足智多謀的伍子胥。

「爸，不早了，你該早點歇息了！」鄭旦看見桌上菜涼了，又下廚做了一個油炸螃蟹端了上來。按照苧蘿村的規矩，女子是不能上桌吃飯的，尤其是在有男賓的時候。

「鄭姑娘賢慧漂亮，老伯，您可眞有福氣啊！」范蠡的話傳進了正向屋外走去的鄭旦的耳中。鄭旦回頭拋了一個媚眼，范蠡正注視著她的背影，朝她友好地微笑。

「漂亮——漂亮管什麼用？能上陣打吳國人嗎？要是個兒子該多好！」鄭老夫子雖然這樣說，但表情和語氣足以說明他對漂亮女兒的自豪之感。

「有時候美貌比刀劍還鋒利，還有用。」范蠡的眼光中掠過一絲殘忍的亮光，在屋外的鄭旦不由自主地打了一個寒顫。

「范大夫，山裡蚊子多，晚上最好關上窗戶睡覺；屋裡有薰香，我已經給你點好了。」

「謝謝你，鄭姑娘。」范蠡一字一頓地說。

「不用謝，范大夫。」鄭旦同樣回敬他一句。

清晨，范蠡被清涼、濕潤的山風吹醒了。舒展了一下腰肢，感覺不錯，酒勁兒全過去了，透過大開的窗戶，能看見一方藍色的天空，上面點綴著幾朵丁香花，屋裡有股淡淡的香味。

門被推開了，鄭旦躡手躡腳地進來了，她來到床邊，看見范蠡正直勾勾地盯著自己，有點不好意思。「我想來叫你起床，我爸討厭年輕人睡懶覺。」

「給你父親留下好印象很重要嗎？」

「至少對我來說很重要，至少昨天是我把你帶回家的，我希望自己的朋友給我父親留一個好印象。」一縷陽光從窗外投射到鄭旦臉上，她顯得莊重、典雅，而且今天她穿了一條粉底綢袍，更顯高貴艷麗。

「謝謝你把我當作朋友，我儘量做得像你的朋友。」

范蠡一個魚躍從床上躍起，一把寶劍已出鞘在握。「剛才你不敲門就進來，知道自己很危險嗎？」

「天下本無事，庸人自擾之。咦！你這人睡覺怎麼不關窗戶，太不聽話了！」

「我討厭關窗戶睡覺，那樣會讓我感覺到自己還是被軟禁在吳國的石室裡，石室旁邊是吳國老王闔閭的墳墓，我和越王是他的守墓人。石室本身也和墳墓沒有任何區別，黑沉沉的，沒有一扇窗戶。」范蠡從不向人講他在吳國的經歷，但在鄭旦面前，他不願意控制、壓抑自己。在吳國時，每當肉體和精神快崩潰的時候，他都想過總有一天出來以後要對一個人好好傾訴一下，不過當時出現在他腦海中的傾訴對象是西施那張娃娃臉，現在他卻在向鄭旦傾訴。

「你受過很多苦，我看得出來。」鄭旦悠悠地說，她眞想撫慰一下眼前這個桀驁不馴的男人。「不談那些事好嗎？你最好開心一點兒。哎！我穿這件衣服漂亮嗎？」鄭旦提著鑲了花邊的綢袍走到范蠡面前。

范蠡被這個村野姑娘的艷麗和直率震驚了，吳、越王宮中那些高髻束腰的美女是無法和眼前這位村姑相提並論的。他聞到了姑娘的體香，感覺到了滾燙的呼吸，他也記起了此行的職責，也想起了那雙在夢中多次出現的眼睛。但這一切都沒有阻止他握住鄭旦的手。

「是爲我打扮的嗎？」

「女爲悅己者容！」鄭旦的手顫抖了一下，但卻沒有掙脫，她有一種觸電的感覺，十六歲第一次見到范蠡時，她就渴望著今天了，因爲這段情釀得太久，她此刻並不衝動。鄭旦任何時候都不會衝動，即使她在西施面前吵著要去吳國看范郎時，也只是爲了證明自己在戀愛。

「你通常都是在認識一個姑娘的第二天就握她的手嗎？」

「一年前，西施就告訴過我你喜歡我。」

「那是我自己的事，我問的是現在的你。」鄭旦的身體開始發抖了，她害怕自己會控制不住投入對方的懷抱。

「非知道不可嗎？」鄭旦點了點頭。

范蠡知道自己又到了一個抉擇的路口，他把鄭旦慢慢擁入懷中，紅艷欲滴的嘴唇半開半合地誘惑著他，他準備俯身下去，但那雙如深潭般的眼睛似乎在不遠處盯著他，眼睛裡充滿了哀怨。他終於沒有俯身下去，而是把鄭旦的纖纖小手舉到唇邊碰了一下，滾燙的嘴唇讓鄭旦全身抖了一下，她睜開眼睛，明亮的眼神裡有幾分驚訝和探詢。

「鄭旦，你知道，每個人都有自己的職責，對君主的，對國家的，對……」

「我明白，范大夫，我要去溪邊浣紗，你陪我去。」鄭旦打斷了他的話。范蠡猶豫了一下，點頭答應了。

吃過早飯，范蠡陪鄭旦去香溪邊浣紗，他很自覺地端著竹籃、竹筐走在鄭旦後面，鄭旦手執一根浣紗用的木棒槌高高興興地東劈西打。鄭老夫子追出門來，「瘋丫頭，你怎麼能讓范大夫做這種事？」

「老伯，是我自己願意的。」范蠡趕緊解釋。鄭旦白了他一眼，「爹，他總不能在咱家白吃白住吧！」

走在彎彎曲曲的小路上，看著路邊綠得滴油的青草和金色的油菜花，范蠡的心情好極了。一位村人吆喝著一頭黃牛從他們身邊經過，范蠡友好地把手扶在黃牛的角上，黃牛憤怒「哞」了一聲，一雙大角示威似地衝范蠡搖了搖，嚇得范蠡趕緊縮手。「瞧你！笨手笨腳的！」鄭旦把手向牛嘴伸過去，牛友好地舔了一舔，還討好地搖了搖尾巴。

「你們這兒的牛怎麼跟狗一樣啊！」

「連牛都瞅你不順眼，你還有什麼話說？」

「是哪！連一頭牛也過得比我快活。我自己究竟在忙些什麼？」范蠡又想起子自己的神聖使命。

「范郎，我從來沒有像今天這樣輕鬆過。」鄭旦揮舞著手中的棒槌做著各種劈刺動作。

「你剛才叫我什麼來著？」熟悉的稱呼像一股暖流傳遍了他的全身。

「我什麼也沒叫啊！」鄭旦一副清白無辜的神情，其實她也是無意中叫出來的，情不自禁嘛！

「再叫我一遍！」范蠡用命令的口吻。

他們已經來到了小溪邊，鄭旦扔掉棒槌，又接過范蠡手中的竹筐、竹籃，擱在地上，一手摟住范蠡的脖子，在他耳邊不斷地叫著「范郎、范郎……」

范蠡閉上了眼睛，鄭旦豐滿的胸脯正好頂在他的身上，好久沒有過這樣的感覺了。他慢慢地推開了鄭旦，一絲苦笑在嘴邊浮出，「瞧我這副老相，還配叫『郎』嗎？」

「你不是『郎』，你是一隻大灰狼。」鄭旦賭氣走進溪中，幹自己的活，再也不理范蠡了。

范蠡也不多言語，向後退了幾步，躺在草地上，看著天上的白雲，把它們想像成各種形狀，眼睛看累了，不知不覺地閉上了。

「你可眞夠討厭的！」迷迷糊糊中，范蠡聽到了一聲熟悉的嬌嗔。

西施花枝招展地向這邊走了過來，桑耳緊跟其後，左手拎著一桶水，右手抱著西施浣紗的笸籮，像一個忠誠的貼身跟班。

「跟你說過多少遍了，我浣紗不需要人陪，你只會礙我的事。」西施有點不耐煩。

桑耳一聲不吭，只是死心塌地地跟在後面。

西施猛然見到范蠡和鄭旦，有些驚愕。范蠡眼中閃爍的戲謔在她心裡點燃了一把邪火。

「桑耳，我們到林子裡去。」不耐煩的語調轉瞬變得親熱和溫情。

看著兩人遠去的背影，嫉妒的毒蛇吞噬著范蠡的心，想不到這純潔如羔羊般的少女也有私情。自己還在爲誰守貞潔呢？眼前放著一位絕代佳人，卻要拒她於千里之外，范蠡什麼時候變得這樣虛僞。心裡像油滾火煎，臉上卻平平淡淡，語氣更是輕描淡寫，「好好的小姑娘怎麼也做這事兒？」

「別瞎說啊！人家西施可是清清白白的。」

「哎——你也上來歇歇吧！別累著自己。」

「站在水裡挺舒服，你也下來站站。」

范蠡指了指自己腳上的鞋，搖了搖頭。「那我就上來吧！」鄭旦把洗好漂白的紗遞給范蠡，自己走上岸來。范蠡把紗上的水抖乾，擱在竹筐裡，抓起鄭旦的手，「手都泡白了，還說舒服？」

「現在夏天當然很舒服，要是冬天可就受罪了！」捧著鄭旦的一雙玉手，十指纖纖，圓潤光澤的指甲煞是可愛，范蠡忍不住用手輕輕把玩撫摸。

「你的手眞涼！」

「你的手眞熱！」鄭旦的聲音中注滿了溫柔，悠悠地從天外飄來。

范蠡，你在幹什麼？現在住手還來得及，你要對自己，對自己的君王，還要爲那雙不時出現在夢中的眼睛負責，更要對面前這位如花似玉的姑娘，對她如花似玉的青春負責。是的！我應該對這一切負責，但誰來爲我負責，爲我在吳國所受的三年苦難負責？我並沒有欺騙眼前這位姑娘啊！三年前她就對我情有獨鍾，拒絕她不就是傷害她嗎？我喜歡她嗎？有一點兒，她很可愛，爲什麼彼此相悅的青年男女不能相互擁有？范蠡的靈魂深處正進行著一場激烈程度絲毫不亞於椒山之戰的大搏殺。

「范郎，你有什麼心事告訴我好嗎？」鄭旦抽回自己的手，扳過范蠡的脖子，看著他的眼睛。「你並不像人們傳說那樣放縱風流，有時候，你保守得像一個處子。」

「這麼說你已經不是了？」范蠡把鄭旦擁入懷中，在她額頭上輕吻了一下。鄭旦的雙手死死地箍住了他的脖子，暴雨般的吻覆蓋在范蠡的臉上、眼睛上。溫柔的氣息把范蠡緊緊地裹住了，一種徹頭徹尾的愉悅和放鬆從心頭湧起，回報鄭旦的熱烈，一雙嘴唇在那張溫潤的小臉上搜索、探尋，終於與那一對紅色的小嘴膠在一起……他感覺到一種鹹鹹的、熱熱的液體黏到自己的臉上，他知道那是飽含少女眞情的熱淚，一絲後悔和愧疚掠過心頭。

「我只希望將來有一天，你不要罵我是個騙子。」他喃喃地在鄭旦耳邊講。

「你愛騙就騙吧！我不在乎！」

清晨，范蠡舒舒服服地躺在床上，不願動彈。在苧蘿村這幾天的生活太讓他滿足了，不用提防誰，也不用擔心誰；沒有勾心鬥角，也沒有爾虞我詐。只有藍天白雲，小溪流水，淳樸的村人和金黃的油菜花，還有貌若天仙的姑娘和似水柔情。他的目光觸及到扔在牆角的行囊，想起了自己的使命，這兒一切都是眞實的，只有自己是虛僞的，從頭到腳都藏著骯髒和欺騙。他的心情變得灰暗，對自己充滿了厭惡和噁心。

「鄭旦姐姐，」他聽到西施的聲音在窗外響起，他站起來，側身站在窗戶邊，觀察外面的動靜。鄭旦穿著一件花裙，像隻蝴蝶一樣從屋裡飛出，與西施摟在一起，又跳又笑，兩位小仙女的笑靨讓院子裡的綠樹紅花，黯然失色，看著兩位可愛的小仙女，范蠡心中暖洋洋的。

西施眼尖，一眼瞥見站在窗後的范蠡，朝他揮了揮手，「范大夫，你出來一下好嗎？」

時光彷彿又倒流回一年前的施家祠堂，當時那個小姑娘也是這樣向他招手的，范蠡恍如又置身於那個五月的午後，他搖了搖頭，疑心這是夢中。西施見范蠡沒有反應，踮起腳尖，手舉得更高了。「你倒是出來呀！發什麼愣？」鄭旦也說話了。

「什麼好事高興成這樣？」范蠡走到她們面前。鄭旦推了一把西施，「你說吧！」

「我說就我說吧，范大夫，今天是夏至，晚上村裡要在江邊舉行祭社大典，事後有假面舞蹈。我們想請你去參加。」

「這適合嗎？」范蠡想找一個藉口推掉。

「有什麼不適合的，年輕人在一起玩一下有什麼了不起，這可是苧蘿村一年一度的大典哦！」沒等范蠡開口，她又接著說，「范大夫不是說到苧蘿村有公幹嗎？怎麼每天都見不到你辦公事，敢情陪鄭姐姐去溪邊浣紗就是辦公哪！」范蠡被戳中心事，心想小丫頭這眼光可眞夠厲害的，瞧她那副頑皮的神情，眞是少年不識愁滋味啊！只恨自己緣淺，雖近在咫尺卻如同關山阻隔，難以飛越。

「我辦的事連小丫頭都知道得一清二楚，還算公事嗎！」鄭旦撅起了嘴，「既然范大夫公務繁忙，山野女子也就不打擾了。」拉著西施就要走。看看鄭旦，又看看西施，一個似嗔非嗔，眼波佯怒，另一個嬌憨嫵媚，美目流盼，如兩枝雨後的美人蕉亭亭玉立，不蔓不枝。他的心軟了，自己成天泡在名利場中，整天費盡心機，愁眉苦臉，到底圖個什麼呢？爲什麼就不能放鬆一下，過幾天正常人的生活，像一個普通人那樣踏踏實實地過日子呢？

「好，我答應你們，陪你們好好玩一玩。」久違的微笑掛在他的唇角，又在臉上蕩漾開。

「這就對了，笑一下比成天皺著眉頭好看多了，你說是不是？鄭姐姐。」

「他呀！笑比哭好不到哪裡去，都讓人難受。」鄭旦帶著無限的柔情蜜意向范蠡投去一瞥。西施覺得臉有點兒發燒，鄭姐姐眞有福氣，能得此如意郎君相伴，終生無悔，當初爲什麼不讓范郎上我家去住呢？心頭隱隱閃過一絲遺憾，眉心的小痣抖了一下。這一切都沒有躲過范蠡鷹隼般銳利的眼睛。

西施拿出一隻彩鳳的面具給鄭旦戴上，「你是彩鳳」。又拿出一個面具給自己套上，展開雙手作欲飛之狀，「我是金凰」。

「那我呢？」范蠡裝出一副可憐巴巴的樣子。

「我們想好了，你是一隻大惡狼。」西施把惡狼面具塞到范蠡手中，扭頭跑開了。

入夜，浦陽江邊，篝火熊熊。樸實的農人們正在舉行祭社大典，人們戴著各種各樣的面具，跳著原始、古樸的舞蹈，盡情地宣洩和狂歡，向社神祈求平安、祈求豐收。

幾個戴著面具的小夥子揮舞用茅草紮成的巨龍，上下盤旋，來回飛舞。村人們圍著巨龍挑逗它，戲弄它，用點燃的火把去燒它的鬍鬚和尾巴，崇拜龍，害怕它，祭祀它；另一方面又要戲弄它，踐踏它，把它遊戲於股掌之間。苧蘿村人有自己的生活方式，他們按照自己的方式過著天然質樸的生活。

戴著惡狼面具的范蠡混雜在喧囂的人群中，心情壞到了極點。下午他收到了勾踐的密旨：辦妥速返！密旨是刻在一塊獸骨上的，千眞萬確是勾踐的字跡，當時在吳國被拘無事，勾踐就總愛在一些獸骨上刻來劃去。他午睡後醒來，獸骨就在枕頭邊，一般人看見絕不會想到這是越王的手令。范蠡知道越王在宮中養了一大批江湖俠盜，想不到這小小的苧蘿村也受到了他們的光顧。天下之大，也無一方淨土，自己還在尋求放鬆和浪漫，眞是可笑，迂腐。

戴著彩鳳面具的鄭旦緊緊地牽著他的手，握著細膩溫柔的小手，范蠡的思緒才又回到現實中。「有一頭狼伴在身邊，感覺一點不好！」鄭旦見他又陷入了沉思，忍不住抱怨。不遠處扮作金凰的西施正受到幾個小夥子的糾纏，能聽見西施開懷的笑聲。等我撕開面具，面目會更加猙獰。范蠡握緊了鄭旦的手，決心把一切眞相告訴她，不能再欺騙她了。

「旦，我有一些事要告訴……」一股人潮湧來，把他們沖散了，范蠡在人群中好不容易才找到了那隻彩鳳，牽著她的手離開了歡樂的人群，來到了江邊一個僻靜處。

江風陣陣，點點火光在江面上跳動，像游蛇一樣迅速地在江面掠過，江濤的聲音有節奏地迴盪在江天之際。

「有一件事，我一定要告訴你。」范蠡把彩鳳擁入懷中，但被她猝然掙脫掉了。他也沒有多想，完全沉浸在自己的激情裡，要把一切的眞相告訴鄭旦，不能再欺騙她了。

「第一次經過苧蘿村時，我就喜歡上了西施。」彩鳳忍不住全身抖動了一下，他急忙把她抱住；輕輕地吻著她的鬢髮，「別生氣，我知道我不好，但我必須告訴你。你不知道在吳國的那些日子有多難熬，那兒的冬天有多冷，躺在冰冷的石室裡，全身和冰塊沒有兩樣。」范蠡喘了口氣，「我總得活下去，我一定要找個支柱，就給自己幻想了一位愛人，無意中的幻想竟和現實中的西施一模一樣，我想她的眼睛，想她的秀髮，覺得自己的身子暖和了一些。那些日子可眞難哪！越王被迫嘗夫差的糞便，我要侍候夫差的妃子沐浴，她們根本不把我們當人，她們要看一看越國的范郎現在是什麼狗熊樣。每當受辱的時候，我也想著那個小姑娘，我想她肯定能理解這一切。你說我傻不傻？她一個小姑娘懂什麼呀？三年的時光就這樣苦熬出來了——你別生氣，我不是故意氣你，我確實先認識西施呀！我一見到西施，就覺得她和我的夢中情人一樣，我現在告訴你這一切，證明我信任你，欣賞你，換句話說，我已經喜歡上你了，不然我不會告訴你這一切——我本來以爲可以開始一種新的生活，但越王要實施美人計，要把你和西施獻給夫差，讓你們兩位弱女子成爲滅吳興越的內應，這就是我到苧蘿村的『公事』，這就是我此行的眞正目的……」

君子好逑

西施像一頭受驚的小鹿從范蠡身邊逃開了。她爲了避開小夥子們的糾纏，和鄭旦交換了面具，想不到被范蠡誤認爲鄭旦。剛開始，她覺得很開心、很好玩，想從范蠡那兒聽到幾句酸話，好回去取笑鄭旦。范蠡擁抱她時，被她推開了，但范蠡的一番話卻如石破天驚、銀瓶乍破，震得她目瞪口呆，她想離開，腳下卻好像和地面黏在一起，動彈不得。

現在她腦子裡如一片亂麻，沒頭沒尾地纏在一起，理不出半點頭緒，腦子裡一片空白卻又沉重無比，柔弱纖細的脖子根本承受不住它的重量。

幽幽潺潺，如泣如訴的溪流聲把西施喚回到現實之中，她不覺大吃一驚！自己怎麼竟稀里糊塗地來到了與范蠡第一次見面時的小溪邊上。溪流依舊，芳草依舊，只是聚散沉浮，人事已非。西施覺得頭皮有些發熱發燙，定睛一看，自己手上竟攥著一束青絲，她平時一著急，就喜歡用手拽自己的頭髮把玩，不想這一次用勁太大，活生生地連根拽下來一小綹，當時竟渾然不覺疼痛。她攤開手掌，仔細審視自己的秀髮，根根珠圓玉潤，在月光下泛著青光，好像在無聲地訴說無端被扯的委屈。心中一陣淒然，兩顆大而且亮的淚珠從她眼角溢出，順著鼻翼淌下，流進嘴裡，鹹鹹的，澀澀的。

她只是一個初諳世事的鄉野女子，這一切對她而言是太突然了，太難以接受了，在過去十六年的簡單生活中，她自由自在地生活著，無拘無束地成長，而現在人世紛爭中的處心積慮、老謀深算、卑鄙奸詐全都在她面前暴露無遺。

哀婉淒怨的簫聲鑽進了西施耳中，如怨如癡的曲調伴著西施難平的心潮起伏跌宕，如女性溫柔的手掠過情人的臉龐撫慰著西施浸在麻木、驚愕中的心痛。范蠡的身影出現在不遠處，橫執玉簫，一步步向西施走來，在離她很近的地方停住了，四目相對，范蠡玉簫中吹出的曲調有點亂了，西施眼中閃爍著一種爲范蠡所不能讀懂猜透的目光，他不覺有些惶惑，覺得有點手足無措。

「范郎！你過來，我有話跟你說。」西施朝范蠡招了招手。

「你剛才說你喜歡我？」

「我不想告訴你，我把你當作鄭旦了。」

「你還告訴我，你也喜歡鄭姐姐？」西施在「喜歡」二字上加重了語氣。

「是的，我也喜歡她，我不得不承認這一點。」

「而你到苧蘿村來的目的就是爲了把你口口聲聲喜歡的女孩搶走獻給吳王夫差。」

「是的，這是我此行的初衷，但當時我沒有想到會有這麼多的事。」范蠡很不習慣西施這種審判官一樣的態度，但爲眼前這個村野女子的氣勢震懾，把自己的想法如實講了出來，心中抑鬱的積悶竟在這簡單的對話中漸漸消失，有一種如釋重負的感覺。

「那麼你現在做出了什麼選擇？」

「我做不出選擇，我也不願意做選擇，無論做出哪種選擇都是一種痛苦。」

「不對，你爲什麼要把這一切告訴鄭姐姐？當然，結果你把我誤認爲她了。」

「我在跳舞那一瞬間，忽然想帶她遠走高飛，離開這一個污穢的世界。」

「你現在仍然可以這樣做。」西施很認眞地說。

「不，在你沒有明瞭我的感情以前，我可以這樣做；現在你已經明瞭我的眞心，我不會這樣做了。」

「於是——你就把這個難題留給我了，是嗎？足智多謀的范大夫。」西施飄然從范蠡身邊離去，衣袂飄飄，臉上溢出高貴、典雅的微笑。

范蠡很晚才回到鄭旦家的客房中，推開虛掩的門，他就覺得屋裡的氣氛有些異樣，有什麼東西不對勁。鄭旦一動不動地坐在他的床沿上，月光罩在她身上，宛如一尊白玉雕琢而成的玉佛。范蠡吃了一驚，上前一把將她雙肩扶住，一隻手下意識地在她鼻孔下探了一探。

「你做了什麼虧心事嗎？怎麼想到我會死呢？」鄭旦把范蠡的手堅決推開了。

「這麼晚了，你該早點休息！」

「有些人心裡有事深夜還在外面遊蕩，卻不允許人家在屋裡待晚一點兒，世上有這樣的道理嗎？范大夫。」

范蠡心裡明白了，自己不知又有什麼把柄落到鄭旦手裡了，看來這一次自己的苧蘿村之行實在是輸得一敗塗地了，心中不覺坦然起來。

「鄭姑娘，我想咱們不必繞什麼圈子了，有什麼話就直說吧！」他在鄭旦旁邊坐下，一臉的坦白和眞誠。

「是啊！咱們是不用繞什麼圈子，可有些人卻繞著圈子想把『鄭姑娘』獻給吳王。」鄭旦說到傷心處，鼻子一酸，帶上了哭腔。

范蠡立刻想到鄭旦一定是在自己回來之前翻看了自己的行囊，自己雖然早就想把行囊收拾好藏起來，可這幾天事太多、心太亂，把這事給耽誤了，行囊裡不僅有西施、鄭旦的畫像，還有勾踐親筆書寫的聘書。

「你翻看了我帶的東西？」

「對不起，在你不在的時候，我翻了你的東西，可是你應該體諒女人的好奇心，正如女人永遠不能原諒男人的欺騙一樣。」鄭旦用挑戰的眼光看著范蠡。

「瞧，你終於罵我是騙子了！」范蠡苦笑了一聲。

「有些人好像以當騙子爲榮，還挺得意；你放心，你誰也騙不了，你不過是在自欺欺人而已！」鄭旦的每一句話都擊中了范蠡的要害，他有一種被小刀刺得血淋淋的感覺。鄭旦如火，西施如水，他爲自己的妙語逗得很是開心，臉上自然有所流露。「虧你還笑得出來，你現在打算怎麼辦？」

「我沒有任何打算，我只想好好地睡一覺，我該好好地睡一覺了！」

鄭旦把范蠡扶上床，替他把鞋脫掉，侍候他躺下之後起身離去。走到門口，她回頭問范蠡，「你把西施當成我了吧，眞傻！」

「你覺得很好笑嗎？」范蠡用手撐起身子，反問道。

「你們在一起聊些什麼？那時間可不短哦！」鄭旦對此事顯出了極大興趣。

「我告訴她，我喜歡她！」

「別逗了！咱們的事兒已經夠麻煩的了，可別再扯上她！」鄭旦朝范蠡嫵媚地一笑，轉身離去，門在她身後掩上。

范蠡躺在床上折騰來折騰去就是不能入睡，他拔出寶劍在空中揮了幾揮，嘆了一口氣，還劍入鞘，又上床重新躺下。范蠡呀！范蠡，你這個蹩腳的演員終於演砸了，你已經一無所有了。你不是覺得自己很聰明嗎？可你在一夜之間失去了兩位姑娘的感情和信任。做爲臣子，你無法完成君王的使命是欺君瀆職；做爲一個男人，你花言巧語、用情不專，是無情無義，居心不良。你還有何面目苟活於世，立於天地之間。你能說你對兩位姑娘都是眞心的嗎？其中不包含半點逢場作戲的成分嗎？不錯，你是從心裡喜歡上了西施，可是你能拋開你的一切，包括地位和在諸侯中的賢名與她長相廝守，了此一生嗎？

范蠡越想越煩，越想越沒頭緒，索性打開行囊，取出西施、鄭旦的畫像久久地凝望端詳。畫像上的美人鮮活逼眞，呼之欲出。一個念頭忽然閃過腦際，像一道閃電照亮了昏暗的夜空：帶著這兩個女子遠離塵世，找一個山青水綠的所在，休養生息，頤養天年；與她們同雙飛，共浴愛河，享受青春和生命。但他立即否定了這一個意念，勾踐不會輕易放過他，而他所處的地位和所受的教育都不會允許他作出這種欺君無義的選擇；再者，兩個女孩會隨他一起走嗎？她們能忍受貧窮、寂寞和世俗淺薄的偏見嗎？

他終於昏昏沉沉地睡了……

第二天清晨，鄭旦、西施來到范蠡房中，屋中一片凌亂，范蠡仍躺在床上呼呼大睡。西施從地上撿起自己的畫像。

「咦！這裡怎麼會有我的畫像？鄭姐姐，這是怎麼回事？你的畫像也在這裡？」

「我想定是范郎經常和我們在一起，憑記憶畫出我們的形象，也好在他離開苧蘿村時作一紀念吧！」鄭旦急忙替范蠡掩飾。

「鄭姐姐，我一大早讓你陪我到范大夫這裡來，可不是爲了看他這副貪睡相，我是要當著你的面和他把一些事情說清。」

「哦！昨天你們在一起說了些什麼？一大早你就救火一樣來找我。」鄭旦頓了一下，「他告訴我說他對你說了他很喜歡你。」

「范大夫畢竟是范大夫，畢竟不像我所想的那樣卑鄙，他還是對你說了眞話。」

「他不會是開玩笑吧？」

「他很認眞，把我嚇壞了。眞的，我當時都傻了！」

鄭旦的臉有些紅了，在西施面前顯得有些尷尬和侷促。「也許我們這些浣紗女根本就不該和這些公子王孫、貴族大夫們來往，根本就不該相信他們的花言巧語。」

「姐姐，我相信范大夫是眞心喜歡你的。貴族大夫也是人哪！是人就不會沒有感情。我也相信他對我說的話是眞話，他沒有理由騙我們。」

床上的范蠡翻了個身，又繼續睡。

「他一定累壞了，平時睡覺都很警覺，一點兒動靜就拔劍而起。現在我們在他身邊講話都不能將他吵醒，可見他眞的很累，他活得眞是太沉重了。」鄭旦的話中帶著幾分心疼和憐惜，但她又立即變色對西施道：「妹妹，你知道他到苧蘿村來的目的嗎？他奉越王之命要把我們獻給吳王夫差。」

「我也搞不明白爲什麼這些男人像瘋子一樣互相廝殺，屠殺同類，我實在搞不明白。姐姐，我已經想好了，我願意到吳宮去，我見過夫差，是很年輕威猛的一位君王。但——范大夫必須答應我一個條件：娶你爲妻！」

「死丫頭，我的事關你什麼事，你別做這種傻事，我根本不會領你的情。」鄭旦又急又氣。

「西施！」床上的范蠡發出一聲夢囈。兩位女子走到床前，他睡得很熟，在睡夢中眉頭也皺得緊緊的，看來那些在他清醒時纏繞他的煩事在夢中也沒有放過他。

鄭旦看見范蠡枕頭上有一塊說不出顏色的怪東西，忍不住伸手小心翼翼地用食指和拇指將它夾了起來。這是一塊泛黃的白綢，上面有兩個歪歪斜斜的字，字跡很模糊，顏色也辨不清是褐紅還是深紫，鄭旦終於認出那兩個字是「西施」。是西施自己寫的！鄭旦想起了西施曾對她說過的往事，她被眼前這個癡情的男人感動了。

他還留有寫著我姓名的白綢！當鄭旦夾起那塊白綢時，西施立刻意識到那是什麼了，一股暖意在心中漾起。能被一個男人這樣夢魂神牽的女人是有福的。這個以風流聞名的范郎竟然保留著一個女孩無意中送給他的一件小物品，你眞是又癡情又花心，讓人牽掛又讓人愁。

「好妹妹，你都看見了。該走的是我，不是你，你留下來陪著他！」鄭旦的聲音裡帶著哽咽，轉身離開了。

此刻說任何推辭、感謝的話都顯得多餘和矯情，而這也絕不是一件推辭和感謝的事。西施看著鄭旦走出門去，平靜地轉過身來注視著睡夢中的范蠡。他很英俊，像所有漂亮男人一樣，有一張無可挑剔的俊臉；但過多的思慮和勞心又使這張臉顯得深沉和老成，而綳得緊緊的嘴唇和絞在一起的眉頭，又使這張臉帶有一種滄桑感。西施從未這樣近地觀察一個男人熟睡的臉，有點面紅心跳。她的視線又落到那塊白綢上，忍不住把它貼到自己臉上，用柔嫩的臉頰摩挲著它。

當初怎麼就想到扯下衣服下襬，並且用血寫下自己的姓名送給剛剛認識的他。現在回想這一切是多麼地浪漫和溫情，在當時卻是那樣的偶然和隨便。難道當時那個十多歲的小女孩和躺在面前的這位鬚眉男子注定有一段奇緣？是不是冥冥中注定的姻緣一切人都在劫難逃？

一隻小飛蟲停在范蠡絞在一起的眉心處，西施揮手趕走了小東西，輕輕地想用手熨平絞在一起的眉毛。范蠡慢慢睜開了眼睛，他還未完全從睡夢中醒過來，見一長髮女郎坐於床前，正用手摸自己的眉毛，眼見自己醒來，便將身子側向一旁，他認爲又是鄭旦淘氣，一邊支起身子一邊說：「旦妹，不要再裝神弄鬼了！」

西施聽得又妒又惱，轉過身對著范蠡，柳眉倒豎，佯怒假嗔道：「范大夫，你可眞有意思，夢中叫『西施』，醒來就叫『旦妹』；平時老老實實地叫『鄭姑娘』，今天偏偏又不陰不陽地叫『旦妹』，究竟是誰在裝神弄鬼？」

范蠡只覺得心裡塞進了一個大冰塊，充盈著一股滿滿當當的冰凍。自己最近就如同掉了魂一樣，不是把西施當成鄭旦，就是把鄭旦當成西施，眞正丟人現眼；平素睡覺警覺非常，今日一個大活人坐在身邊，竟渾然不覺，實在是大意呀！

待到從西施眼中讀出些許笑容，他才稍稍心安。這小姑娘一大早跑來幹什麼呢？鄭旦又爲什麼沒有和她在一起？范蠡臉上堆出了笑意，用微笑迎住西施探詢的目光。

西施把頭髮放在掌心裡搓來揉去，見雙方無語尷尬便先開了口：「范大夫，剛才我和鄭姐姐談了，作出了決定。」西施從未想到過自己竟如同背書一樣講出如此生硬的話，范蠡也想不到一個天眞爛漫的少女一夜之間竟變得如此老成持重，心中暗暗稱奇。西施乾脆直接觸及主題，「范大夫，我可以應越王的聘，但你必須答應我一個條件。」

「什麼條件？」

「你必須娶鄭姐姐爲妻。」西施一字一頓地說道。這確實是她一大早來找范蠡的初衷；當然，現在這句話裡更多的是考驗和試探。她根本就不知道自己需要什麼樣的答案，希望范蠡答應，又害怕范蠡答應。

「都怪我自己作孽呀！聰明反被聰明誤。西施，你聽我說，如果讓我選擇自己的妻子的話，我第一個就要選擇你。」

「可你選擇的是把我和鄭姐姐獻給吳王，你還害了鄭姐姐，一年前我就告訴過你她很喜歡你。」西施的憤怒不是裝出來的，這些話是她早就想質問范蠡的；但范蠡的話也將高興注入到了她的心田裡。

范蠡無意中瞅到了西施一年前給他的白綢，他不願意讓西施看到自己脆弱、多情的一面，順手用枕巾把它蓋住了。這個舉動博得了西施的好感，如果范蠡此刻要用白綢來證明自己，來表白自己的話，說不定她會鄙夷他、唾棄他。眼前這個男人確實有獨特的地方。

「你不用把它蓋住，我早就注意到了。它算不上什麼信物，但至少是一段美好時光的見證。我不後悔把它給了你。」西施說完起身就走，要是再待下去，她擔心自己會情不自禁地投入那個渴望已久的懷抱。

「我送送你。」范蠡已經穿好了衣服，收拾整齊了。

「不用了。」西施想到這樣會給鄭旦帶來的傷害，婉言謝絕。

西施走到鄭家門口，向坐在樹蔭下看書的老夫子打了個招呼，「老伯，我走了。」老夫子根本沒有聽見，仍舊坐在竹椅上搖頭晃腦地念他的古書。倒是鄭旦從裡間探出頭來：「怎麼？這就走，我讓那個人送一送你。」說完，不待西施回答就朝范蠡的屋子喊道：「范蠡，西施要走，你送送他！」西施滿臉泛紅，落落大方地向鄭旦道謝，「旦姐姐，你眞好！」鄭旦苦笑一聲，欲言又止，轉身回屋，剛好與匆匆出屋的范蠡撞了個滿懷。「你可眞著急喲！」鄭旦話中帶上了一點兒諷刺。看著她那似嗔非嗔的神情，范蠡心中生出幾分憐愛，「鄭姑娘，我珍惜一切我喜歡過的女孩。」他的聲音很大，沒有避開西施的意思。

「把這些話留給其他傻女孩吧！對西施多用一點心，她還只是一個孩子。」鄭旦說完，轉身進了裡屋。

范蠡、西施雙雙走出鄭家，男的丰姿俊雅，玉樹臨風；女的衣袂飄然、風姿綽約、亭亭玉立。老夫子看得傻住了，從椅子上站起來，大叫大喊：「鄭旦、鄭旦！快出來！」

「爸，出什麼事了？」鄭旦聞聲而出，以爲出了什麼大事。

「你看！你看，范大夫與西施走在一起眞可謂郎才女貌、金童玉女呀！」可笑這個迂老夫子，女兒平時與范蠡進進出出，他視而不見，今日看見范蠡與西施結伴而行偏要大驚小怪。「爸爸，你眞是老糊塗了！」鄭旦氣得從老夫子手中搶過書，扔到竹椅上，氣憤憤地進屋去了。老夫子急忙拾起書，翻到一面搖頭晃腦地念起來：

關關雎鳩
在河之洲
窈窕淑女
君子好逑

走在綴滿油菜花的阡陌上，兩個人默然無語。西施在前，范蠡在後，若即若離，走走停停。

「西施！」范蠡在後面叫了一聲。

西施轉過頭來，期冀的眼神瞧著范蠡。

「你家還遠嗎？」范蠡分明是沒話找話。

「哦！你要是嫌遠的話，就不要送了。」西施白了范蠡一眼，一揚頭髮，扭頭再也不搭理他了。

「我只是覺得這樣走悶路太沉悶了，我們聊聊好嗎？」

「不好！我不喜歡與人邊走邊聊天。」

「那你是習慣坐下來與人聊天了！」

「現在我也沒興趣。」

范蠡被嗆得說不出話來，只好悶頭走路。沒走幾步，西施轉過頭來：

「不是說要聊天嗎？怎麼一句話也說不出來，你平時不是口若懸河、滔滔不絕的嗎！」

「哎喲！」范蠡叫了一聲，蹲了下去，用手捂住了腳，一副疼痛難忍的模樣。

「怎麼啦？怎麼啦？」西施心急火燎地跑到范蠡身邊，手放在了他捂在腳上的手背上，眼中溢出的關切和憐愛吞噬了范蠡。

「我的腳硌在石塊上了！」范蠡蹲在地上齜牙咧嘴。

「可這地上沒有石塊哪！」西施看著平坦的路面。

「那就是我扭傷了腳趾頭。」

「扭傷了腳趾頭一次聽說，這種病很少見，我不知道。」一層冰幕又掛上了西施的面龐，她看出范蠡根本沒事，是在裝神弄鬼。

「哦！我知道了，一定是腳脖子抽筋了！」

「腳脖子抽筋，你幹嘛捂住腳趾頭。」西施毫不容情地打斷了他的胡言亂語。

范蠡的「苦肉計」失敗了，他略帶沮喪地說：「我沒有裝神弄鬼，我只不過是想和你多說幾句話，如此而已。」

「那你大大方方地和我聊天不就得了，幹嘛玩這種把戲，玩得又不高明。我看你在鄭姐姐家裡對我的態度還挺瀟脫，怎麼一出門就變得畏手畏腳。」

「在他們面前，我是在演戲；單獨在你面前，我有點發虛。」

「你虛什麼呀？我又不是吃人的妖魔。」

「吃人的妖魔倒不可怕，關鍵是你的美貌和清純讓我覺得自己不配活在這個世界上，覺得自己俗不可耐得像隻呆羊！」

「你眞這樣想？」

「嗯！」范蠡點了點頭。

「那好，學兩聲呆羊叫讓我聽聽！」

范蠡犯難了，他聽見過羊叫，可什麼樣的叫聲才能顯出「呆」來呢？

「呆羊是這樣叫的——」范蠡還在絞盡腦汁。

「好了，不用再學了，我已經聽到了。」西施笑著走開了，像一朵迎風搖擺的美人蕉不勝嬌羞、嫵媚。

范蠡心中喜滋滋地回味著西施的憨態嬌弱，趕上西施，與她並排而行，感覺也比剛才隨和、自然。

「其實你很會聊天。」范蠡對西施說。

「別說話——你看——」

順著西施手指的方向，在茵茵青草中站著一隻白色的大山羊，沉甸甸的乳房墜著像樹葉上搖搖墜落的露水。二隻小羊跪在牠身邊，正著急地品咂著母親的乳頭。小羊的嘴裡發出乾澀的吮奶聲，但母羊的乳房卻絲毫不見減小，焦急的母親急躁地聳動著肩膀。一隻小羊丟開華而不實的乳房，在一邊咩咩地訴苦。

「我得上去幫牠們娘兒仨一把。」西施幾步走到母羊身邊，親熱地拍了拍牠的腦門，母羊把頭在西施肩上蹭了幾蹭，停止了焦灼的抖動。

「可憐的羊媽媽，讓我幫幫你！」西施的手在母羊的乳房上輕輕地揉著，吮著奶頭的小羊羔來了勁，小脖子揚得高高的，嘴裡發出濕潤的吧嗒聲。另一隻小羊羔見狀也撲向了母親的乳房，貪婪地吮吸著。母羊的臉上現出聖潔的滿足和母性的靈光。西施的一雙素手仍在牠的乳房上輕揉著。

西施辦完了事，對愣在一旁的范蠡說：「多溫馨的一家子呀！」脈脈的目光灑向偎依在一起的羊媽媽和小羊羔。

「我終於發現爲什麼你的美是獨一無二的了，因爲你的身上透著一種善，一種包容和愛惜的善。」

騎著馬兒過崗

不見妹妹心發慌

一陣悠揚、渾厚的男音蕩過草地，桑耳騎著一匹大馬悠哉悠哉地從不遠處經過。

「你好！范大夫！」他遠遠地向范蠡打招呼，手上揮動著熱情和豪爽。

「晚上到我家找我，別忘了帶上你那支簫。」西施在范蠡耳邊說了一句，便向桑耳跑去。

「桑耳哥，捎我一程。」

「好！」桑耳渾厚的男音再次響起：

妹妹騎在馬背上

小拳頭擂著郎胸膛

明月痴情

一彎新月升上天空，苧蘿村的狗都來到江邊的沙灘上，對月狂吠，發洩著牠們原始的驃悍，牠們因馴化而隱藏、壓抑的野性只有在這時才得到最淋漓盡致的宣洩。溫柔清涼的月光把苧蘿村淹沒在銀灰的世界裡，勞累了一天的農人們喚回自己的看家狗關門閉戶，準備早點歇息，他們的生活按照自己定的法則旋轉著，以慣有的節奏和速率運行。

西施家的小屋還有著亮光，把弟妹安置入睡後，西施又回到堂屋。陳氏還在紡紗，雪白的紗線被她熟練地拈在手中，上下抖動，她旁邊已經紡好的紗線越積越多。西施幫陳氏把已經捆好的紗線收好，在她旁邊坐下，輕輕地替陳氏按摩頸上累得發酸的肌肉，她的動作很內行，既不影響陳氏的活計，又讓她覺得舒服。

「西施，媽這幾天看你總覺得你變了個人一樣！」陳氏被女兒伺候得很愜意、很舒服，話也多了起來。

「沒有哇！媽，西施跟以前沒有什麼兩樣，你怎麼會這樣想呢？」

「媽老了，但媽還不糊塗，你臉上寫得明明白白，媽又怎麼會看不出來哪？」陳氏停下手中的活計，看著依偎在自己身邊的女兒，女兒剛洗完澡，身上還有一股淡淡的幽香。苧蘿村的女兒們春天把丁香花瓣製成花露水，放在沐浴的湯水裡，冬天則用梅花如法炮製，一年四季，你能從她們身上嗅到不同的香味。今天剛出浴的西施渾身就有一股丁香花的芬芳，頭髮用一根綢帶在頭上盤了個髻，露出雪白的頸窩，宛如羊脂白玉，讓人頓生愛憐。

「媽年輕時也跟你一樣，有那麼一陣子，總覺得心慌，魂不守舍，老愛往人多的地方鑽，一天不見你爸就跟丟了魂一樣，總覺得當天有件事情沒做完。現在你比媽長進多了！喜歡一個人發呆，無緣無故地自己傻笑，說話跟嘆氣一樣溫柔。你跟媽講眞話，是不是心裡有人了，可千萬別瞞著媽哦！」

聽不見西施回答，陳氏仔細一瞅，西施目不轉睛地盯著燒得剝剝的松明發愣，嘴邊還掛著一絲似笑非笑的笑容。陳氏又生氣又好笑，當下把西施轟回屋裡睡覺，自己仍繼續幹活。

西施躺在床上和衣而眠，渴盼已久的簫聲終於響起在耳邊，她急忙起身下床，悄悄溜出了家門。簫聲若遠若近，如游絲在空氣中飄蕩，裊裊不斷。西施循聲來到香溪邊上，只見范蠡正倚在一棵樹上若有所思地吹奏，便輕輕來到他的身邊，凝望著這個讓自己夢魂牽掛的男人。范蠡也放下玉簫，輕輕地執起了西施的小手，如水的月光灑在這對男女身上，輕柔、溫馨的氣氛瀰漫在空氣中。

「深更半夜，還亂吹什麼破簫，把人家騙到這溪邊，是何居心？」西施刁鑽古怪的問題常令范蠡無言以答，他嘆了一口氣，緩緩地將西施擁入懷中，撫摸著她的滿頭秀髮，享受著佳人的溫情。

「嘆氣什麼？你又在為越王那個老醜八怪發愁，我們不是說好了不談他嗎？你又毀約了。」西施使勁地掙脫了范蠡的懷抱，一副不依不饒的神氣。范蠡在西施面前一向比較規矩，見她動怒，也不勉強，識趣地後退一步，臉上仍是一副苦相。西施最怕的就是見到他這副神情，她喜歡那個風流瀟灑，超凡灑脫的范郎。當然偶爾來點沉思顯得深沉和成熟，不過她討厭他滿腹心事，一臉愁雲的慘相。又有什麼大不了的事值得去這樣大傷腦筋，自尋煩惱呢？她款款上前摟住范蠡的脖頸，「開心些！好嗎？求求你了，笑一笑！好嗎？」邊說邊把香唇貼到范蠡眉心，細細地熨平他緊皺的雙眉。

范蠡也覺察出自己的失態，在這種氣氛下太煞風景。輕攏雙臂，環住西施的柳腰，用自己的嘴唇去尋找那兩片呵香吐玉、天雕地琢的香艷紅唇。西施偏過頭，不讓他得逞，還不斷地朝他的脖子、耳朵呵氣。雙方故意延長著這種尋找和纏綿，體會著對方的焦灼和愛意。四片嘴唇終於膠在一起，貪婪地吮吸著，糾纏著，啜飲著對方的氣息和深情，他們就這樣吻著、親著，直到雙方都精疲力竭，才慢慢分開。

「開心一點了吧！」西施粉面通紅，用手擦去范蠡臉上沾的胭脂。她用舌頭舔了舔嘴唇，嘴唇上有幾個小口子。「這是你第二次咬破我的嘴唇了，再出這樣的事，我可不答應。」自己也忍不住覺得可笑，用手捅了捅范蠡，「怎麼當時就一點覺察不到，眞是怪事！」范蠡也不懷好意地笑了，「那你當時是什麼感覺？」

「就好像是我家的小貓在舔我的腳趾頭。」西施爲了使范蠡眞切地體會到自己的感受，打了一個形象的比方。

「把堂堂的大丈夫比做小貓，是不是有點過分？」范蠡的臉耷拉了下來。看見范蠡不高興，西施朝他拋了一個媚眼，嗲聲嗲氣地說：「誰讓你使那麼大的勁，以後輕點好不好？」剛說完，西施就有點不好意思。她自己也不明白怎麼在范蠡面前，自己就裝什麼像什麼，拋起媚眼來也是情不自禁，得心應手。

剛才的不高興是假的，但這一下范蠡可眞生氣了。「西施，不是我說你，瞧你剛才那樣，簡直像一個……像一個……」范蠡一時找不到恰當的詞，乾脆就跳了過去「你哪點像一個十六歲的小姑娘。」

「范蠡，隨便你怎麼想我都行！我只想告訴你，和你在一起我很開心，願意撒嬌發嗲，因爲我相信你，親近你。但這並不意味著你可以隨便評判我，輕看我。」西施也有點著急了，范蠡的話太過分了。

氣氛一時顯得有些緊張，西施覺得有必要緩和一下，走到范蠡跟前無限柔情地說：「范蠡，我們走到一塊兒不容易，這是我們的緣分，應該好好珍惜，你說是不是？」一番話情眞意切，西施都快被自己感動得流淚了。范蠡也意識到自己剛才的話太過火了，更爲西施的一片赤誠感動，一把將她摟入懷中，盡情地在她臉上烙下無數熱吻。

「傻丫頭，再讓小貓給你舔舔腳趾頭。」越國大夫主動要求充當小貓的角色，而且是一隻給「傻丫頭」舔腳趾的小貓。「小貓」吻到了鹹鹹的淚水，他吃驚地注視著懷中的美人，那張楚楚動人的臉上確實淚流縱橫。「范蠡，我只是高興，你能這樣對我，我很高興。」滿是淚痕的俏臉上綻出一絲笑靨，如雨後梨花，牆外紅杏。

「爲什麼總直呼我的名字，叫我『范郎』不行嗎？」就是關係密切到今天，西施也從未叫過他一聲「范郎」，范蠡大惑不解。

「『范郎』已被人叫得太多太濫了，我不想鸚鵡學舌。」西施頓了一下，繼續道，「更主要的是，鄭姐姐這樣叫過你，你根本對不住人家。」范蠡爲她的情緒所感染，在她耳畔輕聲言道：「過去的遺憾已無法彌補，只求我們今生再也無怨無憾。」一對愛侶緊緊地摟在一起，相親相愛，月兒害羞地鑽進雲層，偶爾探出頭來偷瞥一眼。香溪水仍和他們初次見面時一樣緩緩地流動著，水面泛著銀光，波光瀲灩，粼粼點點。

「我要你帶我划船。」西施夢囈般的聲音在范蠡耳畔響起。夜色已深，夜風漸起，但范蠡實在不忍違拂西施的意願。他找到西施的那條小船把她抱上船，摟在懷中，待西施用雙手抱住自己的腰後，他才騰出手操起船槳，一下一下地划起來，幾顆水珠濺到他的臉上，涼悠悠的。香溪雖然被叫做「溪」，但其實完全稱得上是一條河，又值夏季多雨季節，水面竟顯得寬闊，小船行於水面平穩、快捷，甚是便利。香溪的兩岸種滿了荷花，密密麻麻，層層疊疊，有時候甚至擋住了小船的航路，范蠡不得不把擋道的荷葉用槳撥開，西施竟從伸進船艙的荷枝上摘下了一朵剛剛開放的小花，花還沒有開盡，甚至能看出花骨朵的雛形，西施哀憐地將它扔進水中，任它隨水而去。

一陣夜風掠過，西施戰慄了。

「冷嗎？」范蠡關切地問。

「你別划船了，讓它漂吧！把我摟緊點，越緊越好。」

「西施，你頭上有白髮了！」

「也不知是閒白的，還是愁白的！替我扯下來，拜託了。」

年紀輕輕，自己引以爲豪的秀髮竟長出白髮，西施眞有點心灰意冷了。

范蠡的手在西施的頭上搜來尋去，終於找到了一根白髮，他小心翼翼地從一束頭髮裡把它清理出來，連根拔了下來。

「給我看一看，我要看看我今生的第一根白髮。」

「對不起！西施，我看錯了，這不是白髮，完全是因爲月光的原因。」范蠡好生懊悔，充滿了歉疚。

「你呀！你呀！……」西施在范蠡的懷中沉沉睡去。

一艘官船泊在苧蘿村外的浦陽江邊，水手們搭好跳板，越國大夫文種峨冠博帶、腰掛長劍，昂然走下船來。幾個官差打扮的人跟在他身後抬著披紅掛綠的禮盒，還有幾個鼓樂手吹吹打打。一行十多人直奔苧蘿村而來，早有人報知里正，里正慌忙出來迎接。文種向他問明西施、鄭旦的住處，請他隨行一同前往施、鄭兩家。

陳氏聽得鼓樂聲響，以爲是村中誰家又有了紅白喜事，也出門看個熱鬧。誰料一行人竟是奔她家而來。

「嫂子，大喜呀！大喜！」里正隔得老遠就大聲向陳氏道喜。

「我一個寡婦人家，有什麼喜事？里正休要取笑。」陳氏實在猜不到自己何喜之有。

「大媽！你女兒西施美貌絕倫，性行淑和，賢名聞於四海，越國大王要將西施姑娘獻與吳王，特派下官前來下聘。」

文種深施一禮，言詞也很客氣。早有下人將聘禮呈上請陳氏過目，無非是一些金銀玉器、綾羅綢緞之物。

「嫂子，這些東西夠你用一輩子了，多好的事啊！快答應下來吧！」里正在一邊幫腔。難道這就是女兒大富大貴的命？陳氏有一種被欺騙的感覺，這和她的想像差距太大了，一股邪火升上心頭。

「眞是天大的喜事！只是我有一事不明，能否賜教？」

「何事不明，夫人但講無妨。」文種喜歡和一切有智力的人鬥智，他斷定眼前這位半老徐娘絕對不是一盞省油的燈，不知她會提出什麼樣的問題。

「這越王、吳王都是王，那爲什麼還要咱們的王選自己國家的女人去獻給吳王？」

「夫人，我無法回答你的問題，我只能告訴你，越王的王后曾在吳宮裡作了三年奴僕。這是一個國家的災難啊！」

爲了不太掃文種的面子，陳氏給自己找了個臺階，「文大夫，這種賣女兒的事，我做不出來。這樣吧！乾脆你直接和西施談一談，要是她自己願意，我這當媽的也無話可說。」她想西施是絕對不會答應的。

「如此一言決定，不可反悔。」陳氏之言正中文種下懷。

陳氏喚出西施，西施儀態萬方來到文種跟前欠身施禮。文種手中的茶杯差點失手掉於地上，世上竟有如此絕色美人，難怪范蠡被她迷住，爲這樣的女子浪漫一次，實在值得。

他不覺挺直了腰板，拿出一副身受王命的派頭。「西施姑娘，我奉越王之命……」文種欲言又止。陳氏和旁人知趣地退出屋去。

范蠡急匆匆地從外面衝了進來。文種的下人認得他，向他施禮，「范大夫」。他根本不予理會，問陳氏，「大媽，西施在哪兒？」

「正在裡屋與文大夫說話。」范蠡便欲進屋，文種的侍衛擋住了他，「范大夫，文大夫的脾氣你又不是不知道，何況他這次是奉越王之命……」

「讓開，我的脾氣你也不是不知道。」范蠡把擋路之人撥到一邊，衝進屋去，正與淚流滿面的西施撞個正著，西施幽幽地看了他一眼，抽身跑回自己屋去。

「你答應他了嗎？西施！」范蠡大聲問道。

「好消息，好消息，西施姑娘已經接受越王的聘禮，願意去吳國侍候吳王。」文種從裡屋走出，向眾人宣布。范蠡如雷轟頂。

看見范蠡，文種也愣了一下，隨即鎮靜下來，從懷裡取出一張白絹，「這是越王給你的親筆信。」發現范蠡臉色不好，關切地加了一句，「多多保重啊！我看這兒山水秀麗，你倒不妨在此多休養幾天。我還要去鄭家下聘，先走一步。」樂手們又奏樂擊鼓，一行人又吹吹打打向鄭家走去，好奇的小孩和村人們跟在後面，小孩們大聲喊著：「西施應聘了！西施應聘了！」

范蠡抖開白絹，上面寫道

范蠡愛卿：

《尚書》有言：人而無信，不知其可。丈夫立身天地，當以信義播於四海，豈可因兒女私情而廢王事。入吳三年，大夫盡心盡忠，神人共鑒，勾踐沒齒難忘。今若為大夫所棄，勾踐唯有再入石室為吳王臣而已！望大夫三思。

勾踐手書

范蠡長嘆一聲：「大王啊，你這不是逼我就範嘛！文種這一招可真夠陰狠的！」

老夫子坐在竹椅上，眼睛似閉非閉地聽文種說明來意。文種揮揮手，手下人把禮盒抬上。老夫子睜開了眼睛，「羞恥啊！羞恥！可嘆越國滿朝文武不能輔助君王，效忠盡力，倒來打我女兒的主意。你們這些當大夫的，還有何面目立於世上。」

「形勢所迫，請老先生勿以一己之私而廢公。」文種聞老夫子辱詬，不慍不惱，仍是謙謙君子之風。

「文大夫不必多言，請把禮物帶走，不要讓老夫親自動手。」

「西施應聘了！西施應聘了！」屋外傳來小孩的叫鬧。

「慢著。」鄭旦從裡屋走了出來。「文大夫，西施應聘了嗎？」文種微微一笑，「童言無假，你聽聽孩子們在說什麼？」

鄭旦在老夫子面前跪下，磕了三個響頭。老夫子吃驚地張大了嘴，不知女兒想幹什麼；文種在一邊拈鬚微笑，靜觀事態發展。

「爸，請恕女兒不孝，女兒決定應聘。」

「你——你——」老夫子氣得說不出話來，一屁股癱坐在竹椅上，捂著胸口，直喘粗氣。鄭旦上前，輕撫其背，柔聲細語地說道：「爸，你平時不是總嫌我女兒之身，不能為國出力，效命君王，怎麼事到臨頭，倒畏手畏腳，作女兒扭捏之態。」

「為父只是不忍心你去伺侯虎狼之君，你把為父的心都給剜走了。」

如泣如訴，哀婉纏綿的簫聲再度在西施屋前響起，西施把小弟的手從脖子上掰開，親暱地拍了拍他的臉蛋，小傢伙睡覺極不老實，總喜歡鑽進姐姐的被窩。西施披衣起床，躡手躡腳地想從後門溜出去。一個黑影出現在她面前，把她嚇了一大跳。

「從前門走吧！後門有一土坎，不好走。」陳氏的聲音在黑暗中幽幽響起。

「媽，你還沒有睡？」西施有點難為情。

「你當媽是老糊塗，打這簫聲第一天響起，媽就什麼都明白了。哪一夜，媽都是等你回來之後才入睡。別說是你，就是我都被范大夫這簫聲攪得心裡酸酸的，挺不是滋味。讓他以後吹點歡快的樂曲，別總是纏纏綿綿、悽悽慘慘的。」

月上中天，分外皎潔，銀色的圓盤與瓦藍的天空交相輝映，如水的月華瀉在苧蘿山上，一片迷徙。范蠡與西施並肩走在彎彎的山道上，誰也不開口講一句話，享受著「愛到深處無言語」的寧靜和溫情，再加上最近發生了那麼多的事，壓在心頭，沉甸甸的。

他們來到山頂，西施尋到一塊平滑的大石板，拉著范蠡就要坐下來。范蠡憐惜地攔住她，「別直接坐石頭！」說著在身上摸了摸，隨手掏出一塊白絹，鋪在石板上，才讓西施坐。西施看見白絹上隱隱約約有一些字跡，便把它拿起來細看，原來是勾踐給范蠡的那封密信。

「這可是你大王的手諭，拿來給我墊石頭，你不怕丟官掉腦袋。」

「這種東西也就只配給你墊……」范蠡覺得「屁股」一詞多少有點不雅，便省掉了，扶西施坐下，自己也在一旁落座，伸手摟住西施圓潤的肩頭，輕柔地摩挲著。

「他們也逼你了？」看著范蠡憔悴的容顏，西施有些心痛。

「文種是不是告訴你，如果你不應聘的話，我就會丟官掉腦袋。」西施點了點頭。

「傻姑娘，勾踐正要用我，他又怎麼可能對我下手呢。這都是文種的計謀，我要早來一步就好了！」

「你不是早就到苧蘿村了嗎？你自己又幹了什麼？范蠡，有時候我們必須認命，有些東西是無法改變的。」

「於是，你就答應文種了；於是，你就把我拋開了。」

「也許我們沒有緣分吧！我媽說懷我生我時上天都降下異相，給我接生的老大夫也說我將來不是大賢大德，便是敗君亡國的紅顏禍水。你看，『敗君亡國』，這不正是你們要我去幹的事嗎？我不正好可以做一次『紅顏禍水』了嗎？」西施的語調極其平靜，像在訴說一件與自己無關的事。

范蠡心痛地吻住西施的嘴，不讓她再繼續說下去。「紅顏禍水」、「敗君亡國」這些話像燒紅的烙鐵烙在他的心口上。摟著自己嬌小玲瓏的情人，感覺到她的身子也在微微發顫，范蠡帶著千種柔情、萬般蜜意對自己心愛的人說道：「我們可以走，離開這個是非之地，找一塊清靜福地，相親相愛，了此一生。」

西施迷惘的眼中現出一絲光亮，隨即又熄滅了。「范蠡，你眞這樣想？」她把滾燙的嘴唇印在范蠡的眼睛、眉毛和嘴唇上。「只要你能這樣想，我一個鄉野女子也就心滿意足了，只要這樣和你好好過一回，也就今生無悔了。」

「你還沒有回答我，你願不願意跟我走？」

「女子遲早都要嫁人，嫁誰都是過日子，只要我心中有你，你又何必要求我跟你走。男人需要幹一番事業，你不是曾和文種發誓要滅吳雪恨嗎？我不願意等到自己青春已逝，容顏枯槁的時候，還有人埋怨我，說他當年因我而斷送了錦繡前程。」

范蠡不得不承認西施說得有理，自己絕不是那種甘願一生老死林下，守在老婆孩子身邊過日子的人，眼前自己癡愛著這個天地間的尤物，可誰又能保證十年、二十年之後自己仍能一如既往、不改初衷？

「再說，要走也不那麼容易，勾踐連我們親熱的情形都知道得一清二楚，我們又怎能輕易走得掉。他不會做賠了美人又失良臣的買賣的。」

「西施，你什麼都想到了，就是沒有想到你自己。」

「誰讓我枉生了一副好皮囊，你知不知道，有時候我恨我生得漂亮。在一個男人的世界裡，女人生得美麗又能有什麼用處呢？」

涙水溢出了范蠡的眼眶，他想不到自己今生還有眼淚，而且是為一女子所流。

「只要這山還在，只要這江還在，我們總會有見面的時候。也許，到那時，我們都改變了許多，或許會更適合對方。」

兩個人在月光下含淚凝視，都想把對方的臉長久印在記憶中，心坎上。西施慢慢解開了衣帶，把范蠡的手放到自己的胸脯上，范蠡的手接觸到了小巧、堅挺的乳頭。

「西施，我想，我做夢都想，可是現在我不能，因為……因為我不配……」

「知道苧蘿山上為什麼遍地是紅色的胭脂石嗎？這山是那隻傳說中的彩鳳化成的，青龍趕來哀悼亡妻，眼淚流乾了，滴出滾燙的血汁，染紅了苧蘿山上的山石。」西施從地上拾起一塊胭脂石，「你今番為我流淚，我將用終生的眼淚還你。」西施的眼淚濕潤了晶瑩剔透的胭脂石，紅色的石子在月光下更顯鮮紅圓潤。

范蠡咬牙跺腳，大石板在他腳下裂為兩截，「轟隆」斷開，滾下山去，響聲在山谷間迴盪，腳下的大地也好像開了無數條大縫，群山在隆隆的回聲中搖搖欲墜，震顫不已。

「我要讓吳國人用鮮血染紅吳國的土地，你的眼淚不會白流。」范蠡咬牙切齒。

第三章　吳音醉後圓

別情依依

西施、鄭旦應聘後，文種多次催她們動身，西施總以各種藉口搪塞；鄭旦的答覆就更叫文種哭笑不得：西施今天走，我馬上就能走；她要是明年正月初一走，你就甭想我在今年大年三十動身。好在文種心地善良，修養較好，加之他也十分體諒這兩位少女戀鄉眷親的心情，也不硬逼，總是盡量滿足她們的各種要求。

這天，鄭旦又到西施屋中閒坐。

「妹妹，咱們這樣拖下去，也不是一個辦法，你是否心中有了什麼主意？」

「我哪兒有什麼主意，只不過拖一天算一天，不知今生是否還能再回苧蘿村，還能不能再見我媽和弟妹。在他們身邊多待一天就多待一天吧！我就看他文種的花花腸子還能想出什麼鬼主意。」

「我倒無所謂，反正遲早都要嫁人，我對越國已沒有什麼好留戀的，走得遠遠的，倒也省心。」

西施明白她的心意，嘆了一口氣，「鄭姐姐，你何苦如此悲觀。我是非去不可，你又何必非要把自己搭進去呢？」

「讓你一人去虎狼之地，我又怎能放心。我一個弱女，也幹不成什麼大事，只要把你照顧好，我也就心滿意足了。」

「姐姐，從小你就疼我、照顧我，想不到到頭來我竟搶走了你的心上人，你還對我這樣好。」西施上前拉住鄭旦的手，打心眼裡感激這位只比自己大兩歲的姐姐。

「別把姐姐說得那麼窩囊，你想『搶』，是搶不走的，姐姐長得可一點不比你差。」鄭旦捋了捋頭髮，顯得瀟灑、飄逸。

「是的，姐姐，你比我漂亮，在你面前我永遠是一個長不大的黃毛丫頭。」西施被鄭旦逗樂了。

「范郎是一個好人，可惜我無福消受，只怕你也未必能。有時候我也想，『人生一世，草木一秋』，這些情呀、愛呀！又有什麼用呢！怎麼說呢？本來以爲今生見不著他，誰知還能與他在同一個屋簷下生活過、親熱過，也算心想事成，少女夢圓了吧！以後的事對我來說不管選擇什麼路都沒有任何區別。」在西施面前，鄭旦仍呼范蠡「范郎」，從不忌諱。

陳氏推門進來，見小姐妹摟在一起，親熱異常，很是感慨，「只要你們倆在一起，再走多遠，當媽的也不擔心。」說完竟是老淚縱橫。她隨即抹了一把眼淚，手在裙子上擦了擦，「文大夫要見你們，大概又是……」

「媽，你讓他進來，我有話對他說。」鄭旦呼陳氏也是直接叫「媽」。

陳氏出去不久，文種大步走了進來，向她們一施禮，「正好兩位姑娘都在，下官想問一下，是否收拾妥當，咱們什麼時候動身？」

「文種，你讓我們怎麼動身，就穿我們這一身衣服去吳國，還不被人笑掉大牙，我們丟得起這個臉，越王可丟不起這個臉。」

「衣服不是早就派人送來了嗎？這幫奴才辦什麼事都辦不好。」文種以為是手下人誤了事。「啪」，西施從床上順手扯過兩件綢袍扔到文種面前，「上面一顆珠寶都沒有，你以為是孝服啊！是不是越王給我們的東西，被文大夫您給……」西施昂著臉扔了一句半截話給文種。

兩位女子越是刁鑽，越是故意為難，文種心裡越是高興：夫差呀，夫差！這兩位小姑娘非要搞得你國無寧日，將來你會有好果子吃的。

「我馬上派人送新的，我倒想看看你們還有什麼花樣？」文種大度地笑了，兩位小姑娘也衝他笑了，畢竟又是一個小小的勝利。

高興歸高興，兩位女子不上路也不是一個辦法，越王又遣使來催。文種找到范蠡，讓他想想辦法。自從文種下聘之後，范蠡就搬出了鄭旦家。老夫子認為他引狼入室，嘴上不說，還是用從前的禮數待他，但范蠡自己心存愧意，也無顏再待下去。臨行前，他送了老夫子一把吳國將軍的寶劍，是他在椒山之戰中的戰利品；他還送了鄭旦一塊玉佩，鄭旦堅持不受，他急了，「這是我母親的遺物，把你當作最好的朋友才送你的。」鄭旦哭了，「我不做朋友，我要做你的情人，你要承認我是你的情人，而且是在西施之前，我才收。」范蠡也點頭應允了。

現在范蠡住在里正家裡，每天陪里正豪飲，常常醉得不分東南西北。文種找到范蠡說明來意，范蠡聽完之後哈哈一笑：「這計是你定的，人是你聘的，你自己看著辦吧！」文種也笑著說：「人生偶爾小醉幾次是很愜意的事，你是醉不了幾天的，我對你完全放心。」

「你是不是覺得天下的人都喝醉了，只有你文種最清醒。」

「我們不必抬槓。我只想告訴你，這兩個女子中的任何一個都可以讓夫差破家亡國，我們的計謀已經成功了一半。當然，這兩個女子還是尚待雕琢的璞玉，需要好好琢磨。」

「是嗎？一個就夠了，你眞是神機妙算啊！可是你害了兩個姑娘，兩個最美、最善良的姑娘。你把越國最美的兩個姑娘給毀了，你是一個罪人！」

文種走出很遠，還聽見范蠡在身後大喊大叫，「你是一個罪人！」他無可奈何地聳了聳肩膀。

明天西施、鄭旦就要起程，苧蘿村人在施家祠堂擺開宴席，爲自己遠行的女兒餞行。祠堂裡外打掃一新，八十盞大紅燈籠高高掛起，加上數十個熊熊燃燒的松明火把，施家祠堂燈火通明，如同白晝。西施、鄭旦蒙著面紗坐在首席。苧蘿村是按照嫁女兒的習俗來爲她們送行的，此地一別，不知自己的女兒能否回返，何時回返？這一切都只有由無常的命運來操縱了。村中的男女老幼都來了，他們看著兩位姑娘出生、成長，直至她們出落得如嬌艷的鮮花，最終被人接走，到村人們從未到過的去處。

司儀從席中起立，手捧一個大西瓜，走到祠堂中央，用力將西瓜摜到地上，西瓜碎成一片，四分五裂，黃白的瓜籽濺得滿地都是。司儀接過助手遞過來的甜酒，用食指和中指蘸上酒按東南西北的次序朝四面彈射，祈求平安和吉祥：

苧蘿村的女兒長大成人
離開父母到遙遠的人家
去掉幼年的任性
依順成人的德性
子孫如瓜籽般繁衍
德性如美酒潔靜
如瓜藤連著故鄉的土地
承受上天的賜予
得到的福祐沒有窮盡

「像瓜藤連著故鄉的土地」，滿座的村人應和著司儀的吟唱，站起身向坐在上首的西施、鄭旦致意。

「得到的福祐沒有窮盡」，「沒有窮盡」，村人們拖長了調子，嘶啞的、圓潤的、清脆的、低沉的聲音混雜在一起，巨大的聲浪在祠堂裡迴旋，燃燒的松明火把也搖曳著紅紅的火舌隨著節奏跳動。男人和女人都飲乾了杯中的酒，西施和鄭旦彎腰向眾人致意，然後將酒一飲而盡。

司儀將手掌拍了三下，坐在祠堂一角的樂工們吹笙鼓瑟，奏起《由庚》、《由儀》的樂曲，樂聲婉轉，宮商協調，人們擊手爲拍，范蠡也被村人們的情緒感染，用玉簫輕輕地敲擊手中的酒杯，金玉相撞之聲分外悅耳。西施聞聲向范蠡拋過一瞥，緩緩將雙手舉到唇邊，向他飄來一記香吻。范蠡接受了愛人的柔情，舉起酒杯向她致謝，西施已將頭移到一邊，他的目光恰與鄭旦相碰，兩人又互舉酒杯致意。

一隊短裙赤腳的姑娘出現在酒宴之中，她們手執浣紗用的木棒槌，跳著自編的舞蹈助興，棒槌相擊，清脆自然。年輕的姑娘們齊聲歌唱：

心愛的夥伴遠嫁他鄉
請不要忘記一起浣紗的姑娘
美酒已經清冷
裡面有爹娘的眼淚
乾肉和肉醬芳香
遇到不合適的郎君你就回故鄉
承受上天的吉祥
不忘長久把美名揚

這些姐妹都是西施、鄭旦浣紗時的夥伴，唱著唱著，有的已泣不成聲了。西施、鄭旦爲姐妹們的深情所感，走到她們中間，和姐妹們執手而泣。「不許哭、不許哭！大喜的日子不許哭」，一些小夥子在一旁大聲地起鬨。

西施、鄭旦朝大家深深地鞠了一躬，鄭旦大聲說道：「苧蘿村的女兒永遠忘不了苧蘿村，離開家的姑娘永遠想著娘。父老鄉親們，感謝你們的深情厚意，你們的眞情沒齒不忘。」她和西施又向大家深鞠一躬，各自又喝乾了一大杯酒，隔著薄薄的面紗都能看到她們臉上的紅暈。范蠡感覺到了西施火辣辣的目光，急忙舉起酒杯，用手蓋住，意思是不要再喝了，你會醉的。西施明白他的意思，感受到被一個男人疼愛的溫暖，用手指了指范蠡，又指了指自己，又用手在腮上刮了幾下羞他。意思是只有你才會喝得酩酊大醉，我是不會的。范蠡嘆了口氣，被西施的孩子氣逗樂了。是呀！舒心的酒千杯不醉，爲什麼不能在這種時候陶然一醉呢？一仰脖子，又咕咕地灌下了一大杯酒。

一名老者在兩個小女孩的攙扶下，顫顫巍巍地來到堂前，他是當年接待勾踐的三老之一，如今他是苧蘿村中年歲最高的老祖宗。眾人都靜下來，看他有何舉動。老者鶴髮童顏，長鬚飄飄，滿是青筋的手合在胸前，唱了那首著名的古曲《四牡》：

翩翩者誰
載飛載下
集於苞栩
王事靡靡
不遑將父

老者缺了兩顆門牙，咬字有些不準，但歌聲高亢，音調激越，頗有韻味，眾人齊聲喝采。老者蹲下身去，從地上撮起一些泥土，想站起來時，腿腳打顫，站立不穩，兩個小姑娘急忙將他攙起。他哆哆嗦嗦地來到西施、鄭旦跟前。二位女子急忙起身，恭恭敬敬地叫了聲「爺爺」。老者把手中的泥土分別撒進她倆的酒杯，一字一頓地說道：「寧戀家鄉一捧土，勿念他國萬兩金。爺爺老了，但爺爺還想看你們回來呀！」老者嗓音嘶啞，老淚縱橫，如風乾樹枝一樣的手扶住兩位姑娘，哭成一團。

「是哪！吳國人是我們的世代仇人，兩位姑娘千萬不要忘本呀！」里正任何時候都忘不了自己的身分。

「西施，別忘了你爹是被吳國人殺死的呀！」這是桑耳的聲音。

誰說你沒有軍裝
你我共同穿一件戰袍
國家調兵去打仗
修好武器戈和矛
你和仇敵都一樣
誰說你沒有甲冑
盔甲你我同武裝
國家調兵去打仗

修好我們的戈和戟
保衛我們的姑娘

小夥子們同仇敵愾，齊聲高歌，老人的聲音、婦人的聲音、兒童的聲音也漸漸攙和進去，逐漸變得鏗鏘有力，豪情萬丈。

「民心可用哪！民心可用哪！」文種與范蠡相視而笑。

「不讓西施和鄭旦去吳國，保護我們苧蘿村的姑娘！」又是桑耳的聲音。西施感激地望了他一眼，這是她第二次聽見桑耳的聲音了，看來「前夫」對自己還眞是不錯。范蠡同樣聽到了桑耳的聲音，深深地爲村民們質樸的感情打動；自己不是愛西施嗎？自己有沒有眞正爲她想過？自己敢說自己的感情比這些憨頭小夥子更純眞嗎？

文種知道自己該說話了。

「不錯！我們要保護好苧蘿村的姑娘，但我們更要保護好全越國的母親和姑娘。吳國的大軍屯於邊境之上，我國新敗，無力抵擋，他們隨時可能入侵。這兩位姑娘是全越國的救星和英雄啊！我代表越王感謝苧蘿村的父老鄉親。」一仰脖子，文種把一大杯酒一飲而盡。他的話人情人理，加上他豪爽的舉止，平息了村民們的怨氣。

文種坐下之後，暗暗爲自己的伶牙俐齒和隨機應變驕傲，不覺面有得意之色。范蠡暗笑他偌大年紀，鋒頭仍然很旺，正好看見西施的目光朝他們瞟來，便用手指了指文種，又摸了摸自己的臉和嘴。意思是文種這傢伙臉皮眞厚，滿口仁義道德，一點也不臉紅。西施點頭同意他的觀點，又指了指自己的心口，意思是文種的心地還是很善良的，范蠡也點頭同意。二人相視而笑，爲彼此的心有靈犀，心心相印高興。這一切都被文種看在眼裡，他是何等聰明的人，立刻明白了這對情人的啞語。看見他們最後誇獎了自己，也很高興，腳下踹了范蠡一腳，「你小子艷福不淺哪！」范蠡一笑置之，又乾了一杯。

一直默不作聲的陳氏這時站了起來，走到女兒身邊，愛撫地摸了摸她的鬢髮，把一隻手搭在鄭旦身上，鄭旦親暱地握住她的手。

「施陽死得早，西施這孩子長大也不容易，雖說不是『吃千家飯、穿百家衣』長大的，但在座的爺爺奶奶、大叔大嬸都心疼過她，關心過她。這裡我替我那早死的丈夫敬大家一杯。」

眾人見她講得誠摯，話語感人，紛紛飲盡杯中之酒。

「這兩個女孩是大家看著長大的，雖說有時候調皮搗蛋，但人品如何，心地是否善良，大家都心裡有數。不怕大夥兒說我自誇，我這裡說一句：我這兩個女兒是清清白白的，沒幹過什麼見不得人的事。」

「嫂子，看你說到哪兒去了，咱們這倆孩子都是百裡挑一的，人品、長相擱哪兒也不比別人差。」有人高聲說道。

「他大叔，我這兒謝謝您了！」陳氏向那人鞠了一躬，那人也欠身還禮。

「女兒長得漂亮，我高興；但也擔心，漂亮招事。比如說她們到吳國去，我心裡是不贊成的。且不管她們到了吳國會怎麼樣，我這當媽的總有一種賣女兒的感覺。又有哪個當媽的不願意自己的閨女嫁人、生孩子，踏踏實實地過日子；又有哪個當媽的願意把自己的女兒拿去『獻』給誰，管他是什麼公子王孫，這聽起來就覺得彆扭。人心都是肉長的呀！」陳氏的聲音有些哽咽，座中有些心慈的婦人早已淚流滿面了。

「剛才文大夫講了，孩子們到吳國去是爲咱們全越國的人造福。這話有點道理，可拋開這些大道理不談，爲什麼偏偏就要咱苧蘿村的閨女去呀！且不說這事光彩不光彩，女孩子做了這事肯定擔不了個好名聲，不管是不是爲全越國，還是爲全天下的人。女兒是清白地走出苧蘿村的，難免十年、二十年以後沒有人指指戳戳、說東道西。我只希望各位鄉親到時候別嫌棄我兩個苦命的女兒；遇到有人說閒話時，也請大家說一下當初她們的媽也不願意她們走這一條路，她們自己也不願意走這一條路；再有，如果到時候我不在了，還請各位好好看待，不要委屈了閨女……」陳氏「撲通」一聲跪在地上，哭成了一個淚人。

「閨女，你們放心地走吧！咱村裡人心裡跟明鏡似的！」

「大嬸，你說哪兒的話，她們是爲國家出去的，是我們全村人的驕傲！」

「孩子，放心地走！你媽有我們大夥兒照看著哪！」

眾人七嘴八舌，言語紛雜，或安慰陳氏，或勉勵兩位女孩，施家祠堂亂成一片。

又是那位老者站了起來：「哭什麼！閨女們做的是大事，是咱苧蘿村的光榮，大家一起唱支歌，給她們送行。」他乾咳兩聲，清了清嗓子，蒼涼、沙啞的聲音在祠堂裡響起，還是那曲古老的《四牡》：

翩翩者鵻
載飛載止
集於苞杞
王事靡盬
不遑將日
駕彼四駱
載驟駸駸
豈不懷歸
是用作歌
將母來諗

樂工們也隨著老者的節奏鼓瑟吹笙、鐘鼓齊鳴，眾人擊節而歌，歌聲慷慨、悲壯，盤旋縈迴之聲不絕於耳。老者一把掙脫了兩個小姑娘的攙扶，擊節而舞，火光把他的身影拉得又大又長，宛若一隻巨大的蒼鷹。最後他捂住心口，慢慢地倒了下去，一絲微笑仍然掛在嘴角。眾人圍在他身邊，肅立默哀，他生命殘存的能量在最後一刹那來了一次大曝光、大燃燒，這也許比苟延殘喘、靠別人攙扶著生活更合他的心願。

大家把老人盛殮在他早就為自己準備好的楠木大棺裡，圍著木棺舞蹈、歌唱，寄托哀思。酒喝光了，酒席全撤了，人群仍未散去，大家都還在宣洩著自己的情緒。

鄭旦已醉得東倒西歪，西施的酒勁也上來了，根本扶她不住。

「范蠡，你過來！」文種朝范蠡擠了擠眼睛，「有任務，快去吧！」范蠡白了他一眼。

「范蠡！快過來，鄭姐姐醉得不行了，你快快扶她回家。」

「那你呢？」范蠡見她腳步踉蹌，多少有些擔心。

「對鄭姐姐好一點，要比對我更好，明不明白？我不准你喜新厭舊。」西施顯然也有點醉意。

「你幫我看住西施，我先送鄭旦回去。」范蠡對文種說。

「哎喲！范大夫簡直忙不過來了。」文種眞有點替范蠡著急：在這兩個絕色美人之間，范蠡究竟應該充當一個什麼樣的角色更適合。

范蠡扶著鄭旦向她家走去，其實哪裡是扶，比抱還要費勁。鄭旦完全縮進了范蠡懷裡，享受著他有力的胳膊的扶持。後來，她乾脆將范蠡攔腰抱住，兩個人步履蹣跚地走著。

「是誰在扶著我？」鄭旦忽然掙脫了范蠡的扶持，端詳的目光定在范蠡臉上，竭力想辨認出他是誰，良久之後，她失望地搖了搖頭，放棄了這種嘗試。

「看不清是誰，不會是西施，這是一雙男人的手。」她拍了拍范蠡環在她腰上的手，腳下一滑，差點從范蠡手臂中滑落。「更不會是『范郎』，他的心就像被蜜蜂採去花蕊的玫瑰早已沒有我了。哈哈哈……『范郎』是一個沒有心的人。」

「范郎」這個詞從鄭旦嘴裡吐出，依然是珠圓玉潤、濃香溢馥。

「是我在扶著你，旦妹，是『范郎』在扶著你。」

鄭旦好像在漫天迷霧中看到了一線光亮，眼神裡透出迷茫的期冀。「『范郎』，好像是很久以前認識的一個人了。哦！我已經想不起他的模樣了！瞧我這不中用的腦筋。」鄭旦用手拍著自己的額頭，酒精的烈焰在她的臉上燃燒著嬌怯和羞弱。她猛地一把推開了范蠡，「你不是『范郎』，你不是的！『范郎』已經死在我這兒了！」她拍了拍自己的胸口。「『范郎』！我的心好痛，像被人撕開了一條大傷口。」鄭旦踉踉蹌蹌地朝前走了幾步，慢慢地斜倚在一顆老樹上。皺裂的樹皮，乾癟的樹根和一張燃燒著青春的容顏奇妙地融爲一體，青翠欲滴的青春中透出一線蒼老的淒涼。范蠡覺得心裡空蕩得如一所殘敗的廟宇，一股蒼涼的暮氣壅塞了他的心胸。

范蠡走到鄭旦面前，用手托起她悲哀的髮梢，看著在萬千雲霧中時隱時現的兩粒眸子，動情地在她額頭上輕印了一吻。

「不要碰我！不要碰我！」鄭旦邊說邊把范蠡的手抓在手中貼到自己臉上。「『范郎』，喜歡我嗎？」

「喜歡。」范蠡老老實實地回答，又補充了一句：「非常喜歡！」

「那我和西施你到底喜歡誰？」

「兩個都喜歡，但我只能選擇西施。有時候人不得不靠緣分，而不能強求。」

「兩個都喜歡，你說得可眞輕巧！你這個不安分守己的『范郎』喲！」鄭旦不置可否地搖了搖頭，「講眞話的男人可眞可愛，雖然顯得有點傻。」范蠡憐惜地看著這個癡愛自己的女子，心內湧起一陣愧疚，動情地吻著她的臉和脖子，密不透風的熱吻把鄭旦陶醉了。

「有時候，我也想，得了！乾脆咱們三個人生活在一起算了。像舜與娥皇、女英那樣，不也挺好的嘛！從小我就什麼事都讓著西施、護著西施，總不能大了和她共用一個郎君吧！太不合適了。其實有時候也就是一念之差，做人可真難啊！……」鄭旦很滿意范蠡對她的愛撫，偎在他懷裡睡熟了。

就在范蠡和鄭旦跌倒在草地上時，西施也被另一個男子劫走了，這個男子就是桑耳。范蠡也不想想，早就絕了凡心的文種又怎麼能看得住西施這個大活人。

西施雖然迷糊，但還知道扶自己的不是范蠡。「別這樣！別這樣！范蠡看見會生氣的！他這個人比較小氣。」西施忍不住嘻嘻笑了起來。

「你都醉成這樣，還心疼那個姓范的。」桑耳對西施的死心塌地絕望了。

「我覺得有時候糊塗比清醒更輕鬆，一醉解千愁嘛！」西施醉態可掬地看著桑耳的一臉苦瓜相。「高興一點兒，我不想把你這根苦瓜帶到吳國去，吳王會被苦死的。」西施腳步踉蹌，結結實實地倒在了桑耳的懷裡，置身於桑耳鐵疙瘩一般的腱子肉的呵護之中。

「西施，你這樣走，我很心痛。」桑耳摟緊了西施。

「放開我，你的勁太大了。」

西施嘴上雖這麼說，可玉臂卻不由自主地對桑耳的動作做出反應，將他反身抱住了。似水的柔情與堅硬的剛武緊緊貼在一起。

「桑耳，答應我一件事，一定要答應我。」

「你說什麼我都答應。」

「不管任何時候，不管發生什麼事都不要去當兵打仗。要打要殺就讓那幫殺人狂自己去流血好了，苧蘿村人再也不幹這種傻事了。」西施憐愛地拍了拍桑耳長滿鬍鬚的臉頰。「眞扎人，眞是一張男人的臉！」

桑耳的嘴唇像張滿了帆的船向西施壓了下來，風帆揚起的男人氣息拂著西施的秀髮，消散著她最後一線防範。她的眉毛熱切地揚起，嘴唇吐出火熱的芬芳，希冀滿懷地翕動著。桑耳在離那兩片紅色的誘惑很近的地方停住了。但他和西施都感受到了這一記熱吻。

「你對我好，我知道。很小的時候，你扮演我丈夫的時候就對我好。」西施柔情地回憶著。范蠡現在在幹什麼呢？他會不會和鄭旦發生……西施知道自己不應該這樣想，可這確確實實是一個實實在在的大問號。也許自己的選擇錯誤了。和眼前這年輕孔武、用全部生命呵護著自己的年輕人待在一起，或許更符合自己的性格，也許生命中的那道彩虹會更加絢麗奪目。就讓范蠡和鄭旦……她簡直不敢再想下去了。霓虹是變幻莫測、捉摸不定的，迷人的光環隨時會隨風而去。誰讓自己愛上了一道虛幻的彩虹。

「你想要我？」

「做夢都想。」

「可你又不能要我！」

「我也不知道是什麼東西在束縛我。」

「這就是緣分，我們不能跨過它的束縛。接受這個事實吧！」西施用融合著母性和女性疼愛的目光撫摸著桑耳，在那雙深邃的眼波裡，他讀到了自己的無望和徒勞，眼前這位女子的心已不屬於他了，唯一的選擇就是離開。

「也許……」

西施用目光止住了桑耳的下文，「也許已經沒有也許了！」

西施跌跌撞撞地離開了桑耳，她要去找世界上那個最疼她、她也最應該疼的人，她要把自己的心放到他胸膛裡，讓它們共奏同一旋律的心曲。快！快！……見到范蠡是她唯一的願望。

迎面疾走的范蠡摟住了西施的香脂玉肌，雙方都沉醉於對方的呼吸和激蕩之中。

「我以爲我永遠失去了你，就在剛才那一刻。」范蠡戀戀不捨地騰出嘴來說話。

「就在剛才那一刻，我像發瘋一樣地想見你。」西施說完這句話，又風情萬種地用薄薄的紅唇在范蠡的臉上播灑滾燙滾燙的火熱。

「這下就好了，還是這樣最好！」西施喃喃低語。「你把鄭姐姐送回家了？」

「嗯！後來聽文種說你被……你一個人走開了，我就趕緊找來了。」文種告訴范蠡西施被桑耳扶走了，范蠡不願意提這些閒事。可憐的姑娘已經有太多的憂愁，他不忍心再讓她傷一點心。

西施感激地把頭貼上范蠡的胸膛，整了整雲鬢。「頭髮全被你搞亂了，你可眞夠討厭的！」

籠鳥池魚

清晨，范蠡被一陣喧嘩的聲浪撞擊而醒，一躍而起，寶劍已操在手中，「嘩」地一聲拉開窗簾，滿屋盛滿了新鮮的陽光。

樓下，聚集的人浪翻湧、奔流著，雜七雜八、各色人等不一：有穿金戴玉的富家子弟，高冠長劍的公子哥兒，同時也有行賈客商、販夫走卒。

「我們要見美人，我們要見美人！」一陣陣聲浪咆哮而至。

「不好了！范大夫，一幫人包圍了館驛，揚言不見美人，誓不離去。」驛丞人未到聲先到。

「吳兵剛退幾天，這幫人便要紙醉金迷，醉生夢死，這等國人還有什麼指望！」范蠡揮劍解氣地劈出一劍，還劍入鞘。「把他們轟走！」

「范大夫，他們中有本地極有身分的人物，再說大王求聘獻與吳王的美人，讓大家看一下又有何妨。與其讓吳國人……」范蠡噴火的眼睛把驛丞後半截話生生地堵了回去。

「只是本站所駐甲兵有限，眾怒難犯哪！」

「混帳！什麼叫『眾怒難犯』，我不相信越國人已經墮落到這份兒上了。」一個細瓷茶杯四分五裂地在地上滾動，殘茶濺得滿地都是。

驛丞從未見范蠡發過這樣大的火，溫和、典雅是范大夫的一貫作風，他是從來不會對下人紅臉的。怎麼范大夫今天早上的火氣這麼大，都能把太湖水煮沸了！驛丞心裡暗暗嘀咕。

「還不快去？」范蠡意識到自己的失態，語氣也柔和了一些。「給大家解釋一下，就說兩位美人是越王親聘的，他未見之前，任何人都不得接近。」驛丞覺得這個理由大家或許可以接受，心裡掂量了一下：范大夫是得罪不起的，便欲出去規勸眾人。

「慢！」文種不知什麼時候出現在屋裡。「煩請驛丞出去把住大門，聽我和范大夫的安排。」驛丞低頭應喏而去。

「文兄這是何道理？」范蠡很清楚文種不會對他的決定隨便提出異議的，其中定有緣故。

「你不覺得你的火氣大得有點不正常嗎？」文種指了指地上的一片狼藉。

「哦！我是有點失態，可這等國人也太讓人生氣了，如此下去，越國還有什麼指望。」

「就因爲這一點就讓修養有素的范大夫大動干戈，恐怕不會這樣簡單吧？」文種在竹席上跪坐，指了指對面的竹席，示意范蠡也坐下。

范蠡仍然憤憤不平。

范蠡知道文種想與他長談，但窗外惱人的喧嘩仍一浪高過一浪，他實在坐不下來。

「來人哪！」一名侍衛應聲而到。

「把住兩位姑娘的房門，不要讓她們出來，免受暴民傷害；另外再派幾個人到門口協助驛丞把好大門，沒有我的命令，不准放進一人。」范蠡好像又回到了刀光劍影的沙場之上，眉宇間隱隱透出殺氣。

「你不覺得你對兩位美人關心得太過分了？」文種仍然慢條斯理地端起一個茶杯，輕輕地揭開茶蓋，小心地吹開茶水上浮著的茶葉，呷了一口。

「不是『美人』，是『姑娘』。」范蠡以不容辯駁的口氣糾正道。

「夠了！你這齣戲唱得太離譜了。你正在以私廢公，陷入情網，越陷越深，你會把自己賠進去的。」文種把茶杯重重地放在茶几上，額上的青筋異峰突起。

范蠡怔住了，所有的辯解和托辭都噎在喉中，扎得他無言以對。泛著寒光的寶劍緩緩出鞘，纖長的手指拭了拭劍鋒，「我奉大王之命求聘美女，未向大王交代以前，任何人膽敢越雷池一步，立即正法！」

文種走到范蠡身邊，輕輕地替他還劍入鞘。「我也曾年輕過，誰也不忍心把這樣好的兩位姑娘往虎口裡送。可這是戰爭，一場關係到越國生死存亡的戰爭。」

「讓你的戰爭見鬼去吧！它和眼前的事沒有關係。我不能眼睜睜地看著兩位越國姑娘被這幫凡夫俗人作踐。」范蠡聽不進半點解釋。

「不！這場戰爭屬於整個越國，西施、鄭旦已經被綁上了戰車，她們屬於這場戰爭，不管是她們還是你願不願意。」文種的嘴唇急促地翕動著。

「那你想怎麼辦？」

「讓兩位姑娘站於樓臺之上，讓眾人觀看，不過觀者每人交金錢一文。」

「你還算人嗎？算我過去瞎了眼，你簡直是一個……」

「牲口或者野獸，你想說什麼？你認為哪個詞更妥貼一點？」文種泛起一絲嘲諷回敬范蠡的辱罵。

「不錯，我是沒有人情、人性，可這場戰爭根本就不需要柔情、溫情，最要命的是男女之情。我不忍心看著你再陷下去了，你會把自己賠進去的。」文種宛如一位苦口婆心的兄長在勸告迷途而不知返的幼弟。

「為什麼要用這樣下作的辦法？她們接受不了的，她們還只是兩個姑娘。」范蠡幾乎是喊出來了這句話。

「她們應該接受。她們必須接受自己是美人計中的香餌這一事實。更多、更大的難堪還在後面，她們必須學會犧牲女人淺薄的自尊來保護自己。」文種看了一眼默不作聲的范蠡，加重了語氣，「她們的心理素質和你的心理素質都還必須鍛鍊。尤其是你，要習慣於她們的美被別人享受，她們並不僅僅屬於你。」文種頓了一下，他早就想對范蠡敲響警鐘了，只是沒有想到會用這種方式。

「還有，越國需要這筆錢，她們的聘禮是王后的嫁妝。我想我不用再作其他解釋了吧！」

「你已經解釋得太多了，我不希望文大夫變成一個巧言的村婦。」西施飄然而至，范蠡根本不敢看她，無力地坐在一邊。

「我早就接受了一切事實。」西施用標準得無可挑剔的動作給文種施了一禮。

人群泛著潮水湧入了館驛。

「每人交金錢一文！每人交金錢一文！」驛丞打心眼裡佩服文種想出這種絕妙的斂財之道。

叮叮噹噹的金屬撞擊著滾進驛館門前臨時抬出的大櫃中。「每人交金錢一文！金錢一文！」驛丞的聲音在金屬的碰撞中像抹了一層油。

一位小販怯生生地走近驛丞，「我只有一文銀錢，可以嗎？」

「愛美之心，人皆有之，本官免掉你的費用。銀錢別忘了給家裡買米回去，美是不能當飯吃的。」驛丞痛痛快快地拍著小販的肩頭，小販千恩萬謝地進了館驛。

一位抹著香粉的富家子弟站在人群中，指著美人即將出現的高臺說：「待會兒美人會在上面拋繡球，打中了誰，誰就可以把美人抱回家，一文金錢可不是白花的，一文金錢哪！」幾位紈袴子弟也隨聲附和。

范蠡對身邊的侍衛吩咐道：「記住那個油頭粉面的傢伙，待會兒等他走時，給我扁他一頓。」侍衛咧開嘴笑了，「這小子欠揍，非玩他個痛快不可！」

看著人群越聚越多，驛丞大聲吩咐手下人「第一批人就放這麼多了，其餘的等待第二批。」運足中氣，驛丞拉長了聲調：

「請美人出場哎——」

「真像到苧蘿村耍猴的賣藝人。」西施淒然一笑，對鄭旦說，「姐姐，節目已經開始，該咱們出場了。」

微風拂起了西施的裙角，她帶著難以言狀的高貴走到了樓臺之上，衣袂飄舉，秀髮飄飄；鄭旦尾隨其後，大紅袍臨風欲飛，腳步若有若無，猶如百花園中一隻大紅蝴蝶。凝固成混沌的時空裡只聽見男人粗重的呼吸和喘氣聲。

「呵！」不知誰發出了一聲驚嘆。

「呵！」眾人不由自主地附和。

西施、鄭旦從一頭走到另一頭；「唰」，眾人的頭一齊轉向。

范蠡站在樓下，背對著眾人，他不願意看見那些瞪直了的眼睛和張大的嘴巴。他的手把劍柄攥出了汗，只要誰敢口出穢語，他會毫不猶豫地手刃其人。

「喂！」一聲鶯啼響起，眾人誰也不曾想到美人會開口說話。後來據離驛館幾里外的人說，他們都聽到了這一聲「喂」，一直甜到心裡去了，而且幾天之後還留在耳朵裡，縈繞回環，揮之不去。

「穿綠袍那位公子，你不是要我們姐妹拋繡球嗎？」

一張大嘴咧開在一張胖臉上，露出裡面的黃牙，「穿綠袍的公子」抬著頭，張大嘴愣在那兒了。

「打他！打他！」眾人一擁而上，拳腳齊下，把「穿綠袍的公子」淹沒覆蓋了。

「西施姑娘可真有辦法，不用我動手了。」侍衛興奮地對范蠡說。范蠡不置可否地搖了搖頭，他已決定，晚上要喝個爛醉。

西施與鄭旦憑欄而立，彼此相視而笑，酸楚、苦澀盡在不言之中。

叮叮噹噹的樂聲又在門邊響起，第二批人準備入場了，驛丞又在熱心地張羅：「每人金錢一文，一文金錢。」

「真像吞了一隻蒼蠅！」西施挽著鄭旦走下樓去。鄭旦清清楚楚地感覺到小妹妹已經長大了，她的心裡一陣踏實和放鬆，把西施摟得更緊了。

范蠡、文種帶著三大櫃子金錢和沿途百姓對兩位美人的交口讚譽回到都城，向越王覆命。

「辛苦了！」越王面無表情地向兩位大臣道謝，又特意對范蠡加了句，「多休息幾天，你氣色不太好。」范蠡的臉色確實顯得憔悴和缺少睡眠。

「范大夫這次出了不少力，兩位美女應聘全是他的功勞。」文種心疼地看著范蠡。

「我知道，所以我要他多休息幾天。」勾踐的語調平板、呆滯，聽不出是褒是貶。

「我明天要見見兩位美人。」勾踐對兩位臣下講。「我也有好奇心。」

西施和鄭旦第二天在一間密室裡見到了勾踐。她們都感覺到勾踐比以前老多了，是個名副其實的小老頭，乾癟而陰沉，她們就是在為這樣一位國王效忠。

「越國人不會忘記你們的！」勾踐的聲調和平時一樣，但范蠡看到那張蠟黃的臉上有一抹紅暈。老氣橫秋和暮鼓晚鐘在青春和美麗面前也不可能無動於衷。

「你們一定行！我相信我的眼力。」這是勾踐在整個接見的第二句話，也是最後一句話，然後他如老僧入定般雙目緊閉、緘口不言。

會見結束了。

西施和鄭旦離開陰暗的密室，站在陽光明媚的夏日裡，感覺到了寒冷的心悸。范蠡在驛館前停住了，西施、鄭旦已經走進了門洞，回過頭來看著在陽光中炫目的范蠡。

「我就不進去了，明天會有人把你們帶到一個很安靜的地方。」

「要在那兒待很長時間嗎？」

「這個——完全取決於你們學習的進度，你們還要學習一些音律歌舞和必要的禮節。」

「想得可眞夠周到的！誰出的主意？是你還是文種？」西施把鄭旦拽她衣袖的手撥開，向范蠡走近一步，眼睛照亮了門洞裡暗淡的光線。

「你們會受到最好的照顧，什麼都不缺。」

「什麼時候才能再見面？」

「我也說不準，不過我想只要一有機會我會來看你們的。」

兩個人隔著高高的門檻對視著，西施垂下了茂密的睫毛，眼瞼半張半閉，似在柔情地敘述。

「『范郎』，你放心地走吧！我會把西施照顧得好好的。」鄭旦的圓場拆開了他們目光的鵲橋。

范蠡站在那裡，寶劍落魄地掛在脅下，被一片蟬聲所淹沒。

夜幕黑得像盲人的眼睛，一隊人馬彎彎曲曲地折出了驛館，向會稽城西南方向馳去。中間兩輛華美的輕型馬車罩上了厚厚的布幔，遮得密不透風。所有馬匹的響鈴都摘了下來，馬蹄也裹上了破布，領頭的人是勾踐的衛隊長。

西施、鄭旦被秘密送往土城，到達的當天，她和鄭旦就被分開了。面對她們的質問，衛隊長根本無動於衷：「我不是范蠡，也不是文種，這是命令。」

西施在黑暗中昏昏沉沉地迷糊過去，她甚至有點擔心明天的太陽還會升起來嗎？

「起床了！起床了！」怪里怪氣的聲音在西施耳邊響起，她不大情願地睜開了眼睛，一隻綠色的鸚鵡在掛在床前的描金小竹籠裡上躥下跳，對她大獻殷勤。

西施把蓋在身上的綠緞薄被往上扯了一扯蓋住裸露的玉肩，身子縮了縮，偎成一隻小懶貓。窗外朗日麗天讓她黯然傷懷，她什麼也不願想。

「安靜點，討厭的小東西！你可眞夠討厭的。」西施又迷迷糊糊地躺下。

再度醒轉，西施已分不清是上午還是下午抑或是第二天了。一個女孩子明明亮亮地走到她面前，柔柔地施了一禮。

「姑娘可眞能睡，現在該吃……」

「午飯了！」西施不由自主地喜歡上了這個滿臉溢笑的女孩子，高興地搶過她的話頭。

「對！不過是第二天的午飯。」姑娘盈盈的笑意甜蜜了西施慵散的心境。

「姑娘是不是想起床了？」

「再不起床也太不像話了！」西施軟軟地在床上掙扎。小姑娘俐落地扶她起床，給她穿衣服。

「不用！不用！我自己來。」西施忙不迭地搶過自己的藕色紗裙。

「姑娘應該習慣有人服侍，要知道吳國王后的貼身女侍都有丫環。」小姑娘很理解西施的舉動，婉轉地向她解釋。

「我就是做了周天子的王后，也不需要人侍候穿衣服。」西施有點發狠。

「行，那就依你吧！」小姑娘也不再堅持，「不過你很快會適應的。」

午餐吃得很滋潤，清蒸螃蟹、燴鱸魚、竹筍燒鴨，還有一碟涼拌藕絲，分量不多卻很精致。西施饒有興味地用筷了撥弄著又大又長的蟹鉗，蒸得全身通紅的大河蟹在青菜葉上依然張牙舞爪。

「我讓你霸道，讓你橫著爬！」西施有滋有味地嚼著大鉗足。

「怎麼樣？姑娘覺得吳國菜還可口吧！」

西施愣住了，這天衣無縫的安排、煞費苦心的經營究竟是誰在操縱，誰在設計？交談中，西施知道了小姑娘名叫旋波，也是這次選美招來的。其實她就是前文中提到的范蠡親自調教的兩個女孩兒之一，另外一個現正服侍鄭旦。

心滿意足的西施看著桌子上的盤盞碗碟，實在有點不願動彈。「我們倆誰洗碗、收拾桌子？」完全是用商量的口吻對旋波講。

「到這兒的人都會變得越來越懶的。瞧，你已經不想洗碗了！」旋波寬厚地笑了。

「我洗給你看看！」西施二話不說就要站起來。

「姑娘別著急！這碗呀！我們都不用洗，有下人洗的。」

旋波毫不客氣地把西施按回座位上去了。「再說，你就捨得讓我去洗碗呀！我還沒掉慣到這份兒上吧！」

日子就這樣一天天地消磨過去，平靜而閒適，連一圈波紋都沒有。西施也曾向旋波問起范蠡和鄭旦。旋波避而不答，「姑娘不要問我不知道的問題，也不要問你不應該問的問題。」旋波只有在這時才顯示出極強的不可調和，其餘時候都隨和得像風中搖曳的柳絲。

不讓問就不問吧！西施很吃驚自己竟變得如此隨遇而安，大概是受了旋波的影響吧！一張由安逸和慵懶織成的網已經無形地把自己罩住了，自己正在隨心所欲地任人改變，苧蘿村的西施正在被無聲地改造、消蝕、磨鈍。無心抗拒，也無由抗拒，更不知如何抗拒。

又是一個清晨，旋波在梳妝鏡前給西施穿衣，西施已經離不開她的服侍了，她比西施更懂得西施需要什麼。

「我要那件鑲有花邊的玄色碎花裙。」

「那件腰太細，顯得胸大，太那個了！」

「太哪個了嘛？」

「還是穿這件綠底心的素裙比較清爽。」商量的口氣中帶著權威的判斷。

西施順從地套上了裙子，在鏡子前細細地審視自己，忍不住「噗哧」笑出聲來。

「我怎麼看都覺得自己像那隻綠色的大鸚鵡。」西施笑得彎下了腰。

「姑娘今天興致挺好的，我們得快點收拾，待會兒還有正事做。」

西施張嘴欲問，猛然想起旋波的警告，知道旋波不願意說，問也白搭，自覺地打住了話頭。

旋波看在眼裡，心裡明白，拍了拍西施剛抹上胭脂的粉臉。「這就對了！要聽話，要乖！不過這事你可以問，我也可以回答。待會兒，你要上課！」

「上課？」西施的疑惑溢出了眼眶。

西施隨旋波拐過幾道彎彎曲曲的迴廊，穿行過一條翠竹掩映的小徑，來到一座石室前。石室被一片松柏翠竹緊緊環繞，不走到近前，根本看不見。旋波叩了叩青銅門環，無聲無息地推開了石門，又把西施推了進去。「你一切都聽裡面人的吩咐。」

「旋波，不要扔下我一個人。」西施有點著急。「我會爲你守門的，還有什麼不放心嗎？」旋波不由分說地掩上了石門。

靠著冰涼的石壁，西施嗅到一股異香，綿綿地滲入她的體內，消融了她的戒心和防備。石屋正中坐著一胖一瘦兩個老者，面前置一木案，上供一爐好香，正幽幽散開。瘦者倚著一張古琴，身形清矍瘦削，骨胳清奇，一綹長鬚更顯仙氣飄然，鷹目削鼻又透出果敢、堅決。胖者一臉福相，福氣把眼睛擠成一條細線，始終的笑意在臉上漩渦著。除了他們，偌大一個石屋空蕩蕩的。

「丹丘子，咱們的學生來啦！」胖老的眼睛眯縫得更細了。

「有一副好皮囊，而且還有點兒靈氣。你說是不是！易青生？」瘦者梳理著自己的美髯。

西施款款走至兩位老者跟前，欠身施禮。「兩位長者有何見教？小女子洗耳恭聽。」經常和綠鸚鵡廝混，西施覺得自己說話都帶上鸚鵡的腔調，學舌於鸚鵡，眞太沒出息了。

兩位老者對視了一下，笑聲漲滿了石屋，「有點意思！有點意思！孺子可教啊！」

「再走幾圈我們看看，隨便點！」胖胖的易青生用手在空中畫了一個圓圈，一臉童真。

年長和童真打消了西施更多的顧慮，他們沒有一點兒惡意，她這樣想，於是她順從地邁開了步子。被兩個老者盯著，西施覺得自己不會走路了，腰部僵硬，腿腳滯澀，步子生生的。她靦腆地朝兩位長者歉然一笑。只見丹丘子手撫琴弦，無聲而奏；易青生則在朝自己擠眉弄眼。她有點感覺了。

「記住！一定要用腳尖、用腳尖走路，要有一種飄的感覺。」易青生的指頭敲著桌子。

「三月的柳絮、五月的蘆花，那才是飄，有點感覺了嗎？」丹丘子注釋著易青生的「飄」。

「用腳尖滑步，而不是踮著腳跳行。」易青生有點著急，敲桌子的聲音越來越響了。

「當」地脆響一聲，丹丘子頎長的指頭撥動了琴弦。西施只覺全身一凜，心神定了下來，那聲脆響還在往身體裡滲，穿透了全身的毛孔。

「崩」，一根琴弦被食指挑起，又跌落回原來的位置。丹丘子漫不經心地輕攏慢拈，樂音如流水般瀉出。每根弦都指揮著西施細腳的落點，調整著步伐和節奏。

「有點感覺了，再柔一點，哎喲！好閨女，正是這樣，正是這樣。」一聲「好閨女」叫得西施心裡春意盎然，剛好合上了丹丘子的樂聲，腳下走出了幾步蓮花步。她心下一喜，剛才的感覺依稀猶存，妙不可言。再試一次，只覺渾身都輕飄飄的已經全然沒有了重量，腳下不經意地就合著了有意無意的樂點，蓮花生輝，芳香四溢。

丹丘子繼續著，把一顆顆珍珠扔入玉盤，把一朵朵花蕾催開。石屋裡異香撲鼻，蓬蓽增輝。

「聲音是由人的心產生出來的，內心的感情表現爲聲音，聲音節奏和諧就叫做音樂。因此，太平盛世的音樂，安詳而愉快，因爲政治寬和；亂世的樂，怨恨而憤怒，由於政治暴戾；亡國的音樂，哀傷而淒涼，因爲百姓流離困苦。」丹丘子燙人的眼光直逼西施。

「你明白了嗎？不諳世事的小姑娘。」

撲朔迷離、混混濁濁中，西施感覺到了隱隱的亮光，這些似懂非懂的話似乎都是她曾經想過但又沒有想通、想透的問題。

「能聽明白一些，就像隔著一條有霧的大河看對面的燈光。」西施老老實實地承認，在這兩位老者面前，她沒有必要隱瞞、掩飾。

「樂的本原在於人的內心活動受到外界的刺激而產生感應。內心悲哀，發出的聲音急促而低微；內心快樂，聲音高昂而悠遠；內心憤怒，聲音粗壯而猛烈；內心恭敬，聲音正直而整齊；內心有了愛慕，聲音溫和而柔順。」丹丘子手中流出的琴聲不斷變幻、聚合，爲他的所講詮釋、例證。一組表示愛慕之意的清泉淌出，注入了西施的心田，心旌搖曳，眼前幻出了范蠡的形象和往昔的記憶。他不是說過一有機會就來看我嗎？他現在是否在用同樣的心情牽掛。無奈、惆悵、委屈、淒婉都被如泣如訴的琴音勾了出來，塞在嗓子裡，不吐不快。

丹丘子的額上滲出了汗珠，臉也有點微紅，十個手指行雲流水般地在琴上撫弄，指法越來越快，手指與弦揉爲一體，難分難辨。有點吃驚地看著西施，食指又挑出了幾個高音。西施只覺得嗓子裡的憋悶已到了喉頭，剛想一吐爲快，琴聲戛然而止。

琴弦斷了！

「孽債，孽債！小姑娘情怒沖天，我本想用琴聲給你化解紓散，想不到功力未到，枉費一把好琴。」丹丘子搖頭嘆氣。

「千古艱難就在這一個『情』字上。」易青生撫摸著自己的大腹，「定是范蠡留的情債。」

「啊……」西施眞的吃驚了，這個其貌不揚的胖老頭莫非能未卜先知。

「全越國也就只有他配和姑娘生出一段奇情奇緣，欠下這風月相思之債。」易青生惋惜地看著西施，「可惜你凡心未泯，就怕你今生償不清這筆情孽。」

西施低頭不語，方寸已失，只想在那個親切的懷抱裡傾訴、宣洩自己的一片衷腸。

「別聽胖子胡言亂語，他也是憑空瞎猜而已！去年我們曾和范大夫合奏《鳳求凰》，也是在這一節弦斷了，琴亦有靈啊！」

「隨我來，閨女！」胖老頭拉著西施走出了石屋，雙雙坐在翠竹叢中的草坪上，幾隻小竹筍柔嫩地探出了頭，不知名的野花抖動著粉色、黃色、紫色的嬌柔。瘦瘦的丹丘子尾隨出來站在他們身後。

「盤上腿、閉上眼睛，雙手合十，看看你能聽到什麼聲音？」

「我聽到了鳥鳴、蟬聲、清風拂過竹林的沙沙聲。」西施不加思索地說。

「只要不是聾子都能聽出來！」丹丘子不屑一顧。

「還有竹葉落在地上的聲音，小蟲在洞穴裡低吟。」西施凝耳諦聽，竭力把那個盤踞在心頭的形象驅走。

「耳朵靈敏一點的人也能聽到，再試一下，你肯定能聽到更多。」丹丘子瘦削的聲音若有若無地飄過西施心際。擾人的形象漸漸化去，西施有一種被大卸八塊之後的輕鬆，身體被竹林吸去，被天上偶然飄過的雲吸走，連心都不在了。一團白霧、一片迷濛中咕咕淌出了香溪碧綠的翡翠。

「螞蟻在打架，小草在生長，柳絲在抽穗，還有一片雲在頭上浮遊。」西施夢囈般地喃喃自語。

「這就是天籟，自然之中最樸質、最本原的聲音。只有順應自然，你才能領悟自然的精髓。忘掉一切煩惱，忘掉身外之物，才能做到物我兩忘，心內無物。」

「你肯定能做到，一定行的！」易青生附和著。

西施若有所思地點了點頭。

「『范郎』，他們都在逼我忘記你，你知道嗎？」一個微弱的聲音在她心底吶喊。

醉裡吳音

西施香汗津津地回到自己屋裡，躺在繡金描鳳的檀香床上，平平地伸展開手腳。剛剛在丹丘子、易青生的調教下練了一下午的舞，全身的骨頭像剛被滾油酥過一遍，又乾又脆，根本不屬於自己了。丹丘子神出鬼沒的琴音像上足了勁的發條，片刻不容她歇息，腳踩在烙鐵上，停不下來，心裡只有一個念頭：旋轉、旋轉，隨著節奏旋轉。直到易青生動了惻隱之心，「得了瘦兄！她就這悟性，咱們乾著急也沒有用，你總不能強求鴨子變成鳳凰吧！」丹丘子這才住了手，西施已經軟成一團。

易青生吃透了丹丘子的脾氣，求情只會讓西施吃更多的苦，只有連損帶貶，丹丘子才可能罷手。但西施已經顧不得他們說什麼了，她只想早點回到小屋那份溫馨之中，見到善解人意的美婢旋波和綠鸚鵡「霓兒」，西施把自己的乳名讓給了牠。

旋波俐落地褪下西施被汗水浸濕的霓裳舞衣，西施一把將舞衣扔到牆角，輕飄飄地團縮在牆角，像犯了事被家長責罵的小孩。

「再也不去石屋了，再也不見那兩個糟老頭子了。」她有氣無力地、頭重腳輕地捶著床沿，眼睛裡都盛不下疲憊和委屈。旋波聽這種話已經不是第一次了，也就作不出西施想要的反應，她用一塊紗巾擦去西施的汗水，像擱一段木頭一樣把她翻轉過身子，頭朝下平放在床上，把橄欖油抹滿西施蕩人心旌的胴體，冷靜得像個飽經滄桑的老大夫。

「你這人怎麼沒有一點同情心？」西施俯身床上，儘量舒展開僵硬、呆滯的四肢，身子深深凹進錦被綢緞之中，感受著柔軟的舒適，誘人的曲線展露無遺。

「沒有一點兒同情心」，「霓兒」隨聲附和西施，亦步亦趨，眞正的鸚鵡學舌。

「究竟該誰同情誰？侍候你這個大小姐不說，還得遭受你們娘兒倆的圍攻。」

西施沒事總愛撫弄「霓兒」，眼睛裡常有一種奇異的母性，像對待自己的兒子。時間長了，旋波也受不了他們的黏黏乎乎，便說「霓兒」是西施的兒子，西施竟也不惱，一口應承下來，說很爲自己有這樣懂事的兒子驕傲。

聰明的「霓兒」聽出來兩位女子在議論自己，很高興自己成爲議論的中心，從西施專爲牠做的小鞦韆架上飛下來，落在西施枕畔，尖尖的鳥喙嗲聲嗲氣地在西施耳垂蹭來蹭去，似有柔情無限。

「去！去！去！」正在給西施按摩的旋波嫌牠礙手礙腳，揮手就轟。「霓兒」委屈地往邊上讓了幾步，委屈的黃眼珠盯著西施的黑眼眸。

「旋波，不要轟我兒子！打狗也不看看主人。」

「究竟是你的兒子是狗，還是狗是你的兒子？讓你把牠關在籠子裡，不聽！每天給我找多少事。」旋波牢騷滿腹、義憤塡膺。

「世界上哪兒有做母親的把兒子關起來的道理，也太狠了點兒吧！」

「別廢話，我找不準穴位了。」旋波訓練有素的手推拿、揉掐著嫩得讓人心碎的皮膚。

西施記起了在某一天的某一刻，鄭旦也曾經給自己這樣按摩過，幾個月了，她一至沒有見過這位自己從小叫著姐姐長大的密友和好夥伴。

「旋波，有一件事你一定要告訴我。」

「你說吧！那得看是什麼事了。」

「告訴我，鄭旦鄭姑娘在什麼地方，她現在好嗎？」西施的音調有點發顫。

「我們說好了不談這事！」旋波的口氣沒有一點商量的餘地。

西施沒有說話，抽抽聳聳的玉肩讓旋波大吃一驚，扳過西施的臉，上面已是淚痕點點，還打濕了一片枕頭。

「沒有這樣嚴重，別這樣婆婆媽媽的好不好！」旋波被眼淚濕潤得失了主意。「霓兒」識趣地回到自己的秋千架上，如簧巧舌噤若寒蟬。

「她和咱們生活在一個院子裡，過得一點不比你差，你完全可以放心。」

「她身體有點不好，恐怕是——有點水土不服吧！」旋波有點後悔自己失言，再也不答理西施，用一方柔紗把西施裹住，「別胡思亂想，好好洗一個澡，晚上我陪你喝兩盅。」

西施暖烘烘地泡在雕花大浴盆裡，青絲濕淋淋地滴答著水珠，細細的水珠在皮膚上晶瑩剔透地滾動著。鄭旦的病牽掛著她的心，她身體一直很好，怎麼可能水土不服呢？

熱水推搡著西施的裸露，一浪一浪就像丹丘子琴下的樂音。要是范蠡在身邊就好了，他從未見過自己沐浴，他會被迷得瘋狂，都是這個狠心的負心賊把我們姐妹害成這樣。這個負心人現在還好嗎？會不會又有什麼艷遇？自己被關在這個低仄的囚籠裡，他卻可以在外面隨心所欲。世道對女人太不公平！太不合理！

「拿酒來！」西施要用酒的醇烈來澆心中堅硬的塊壘。

旋波托著一個青瓷托盤進來，裡面擱著一個半大不小的錫壺，旁邊還有兩個小酒盅。

「是不是有點煩，我陪陪你。」旋波把托盤擱在浴盆旁邊的漢白玉石案上，要往杯裡斟酒。

「去！去！去！今天沒你的份。」西施一把搶過小錫壺對著嘴自斟自飲。火熱的灼燙從喉頭燒到胃裡，她覺得心裡有點好受。

吳王夫差善飲，也喜歡善飲的女孩，因此喝酒是西施在土城的必修課，要多少廚房裡就給多少，這些酒是專程從越國買回來的。用旋波的話來說，全越國有一半的收入用來供養西施和鄭旦，維持土城的開銷，王后的生活也比不上這兩個苧蘿村的姑娘。據說王后每天要在織布機邊待到半夜。

「我並不希罕這樣的生活，我根本也不願意過這樣的生活，只要把『范郎』給我就行了。」

西施最近對范蠡的牽掛與日俱增，像秋日老樹下的落葉越積越多，不能排遣。

西施又嘆了一口氣，臉稀薄地緋紅了，她無限憐愛地用目光撫摸自己。與其生活在這座大宅子裡做一具行屍走肉，倒不如在香溪畔浣紗耕織，生兒育女。一口酒下肚，西施迷惘地搖了搖頭，又把壺嘴對準了紅得滴血的嘴唇，但沒有感覺到灼熱的炙烤，她搖了搖酒壺，沒有一點兒動靜。酒壺空了。

「旋波，再上酒。」

施波一直站在她的旁邊，西施心裡不痛快，她完全看得出來；西施爲什麼不痛快，她也能猜出個八九不離十。可是她無能爲力，甚至對自己的將來，她也無法把握住大概的方向，她自己也是秋雨中隨風東西的芭蕉，隨時會香消玉殞。

「霓兒」不知什麼時候落到了澡盆邊緣，溫順地用小嘴蹭著西施的柔肩。「不要喝了！不要喝了！」

「兒子，只有你心疼我，只有你……」淚水迷濛了西施的睫毛。

一騎快馬飛進了土城，門衛認出馭者是范蠡大夫，但還是很仔細地查驗了他的權杖，上面有越王親筆刻寫的「特許范大夫自由出入土城」。吊橋在范蠡身後吱吱扭扭地放下了。范蠡策馬信步由繮地進入城中。

沒有街道，沒有行人，也沒有店鋪，只有一方狹窄的天空和四周城牆上遊動的士兵和他們肩扛手握的劍戟戈矛。范蠡勒住了馬韁，駐足於一道小橋流水之上，溪水叮咚，細流潺潺，青草依依，多像夢中的香溪啊！只是往昔的甜美已化爲霓麗的夢幻，如同午後轉瞬即逝的彩虹，午夜嫩蕊怒放的曇花。可心的人兒喲！別後的你是否還別來無恙？

踏上一條綴滿野花的小徑，馬蹄地在青草如茵的泥地上留下印記，幾隻蝴蝶繞著馬蹄興高采烈地盤旋、打鬧……濕潤的春日像金色的綬帶一樣鋪在草地上。遠遠地飛來一隻大花蝴蝶，撲扇著翅膀，頭上的觸鬚饒有風度地顫顫抖抖。

「看你往哪兒跑？看你還跑得了嗎？」一道明光閃進了范蠡的眼簾，他聞到了西施的清香：一定是她！

西施穿著一條大紅褶紗裙，手中的描金大紙扇不住地撲打著上下飛動的蝴蝶，春日融融的氤氳中，她本身就是一隻蝴蝶，一隻精美絕倫的彩蝶。

范蠡叫了一聲「西施」，聲音堵在嗓子裡，沒有出來。但西施卻實實在在地聽見了。同時也看見了騎在馬背上的人。

馬蹄不耐煩地在地上敲擊著，馬頭也因馬韁勒得太緊而搖來晃去，被迫的花蝴蝶不甘寂寞地抖動著翅翼。兩個人卻癡癡地呆望著，凝固了他們中間並不太長的距離，時光一發瀉出了漫長的世紀。

他們終於黏到了一塊，走完他們之間的距離如同走完從出生到今天的全部歷程。范蠡一使勁，西施順勢飄上馬背，良嘯寶馬一聲長嘶，濺起了遍地落英。良嘯漫無目的地在草地上恣肆，馬背上的吻越過小橋流水，爛漫野花，溝壑堤坎；穿過通幽曲徑、翠竹小道，古柏松林；炙烈的吻燃燒溪流、水禽和流雲。他們在顛抖的馬背上接吻，在被刀槍環繞的一方淨土中相吻，在彼此的相親相愛中擁吻。

西施的長髮飛揚起無限的柔情蜜意纏繞得范蠡喘不過氣來，纏繞得他渾身燥熱，纏繞得他用更大的熱情來回報西施。西施風情萬種，彩霞英姿颯颯地飄飛，天地間怎麼竟生成了這樣一個尤物，這樣一個精靈。

西施的嘴唇吻破了，朱紅的舌尖滲出了鮮血，她的美因愛而勃發，她的愛因美而高貴典雅。

「你磕痛了我的牙齒。」這是西施在闊別一年後對情郎說的第一句話。

范蠡用猛烈的動作來回報情人的問候，橫轉西施面對自己，西施的腳緊緊地勾住了他的腰。范蠡的喉頭發出一聲低沉的悶響，迫不急待地銜住了情人的賜予……

「你來幹什麼？」當一切都平靜下來之後，雙方都恢復了理智。

「我來做你的老師。」

「你可眞會變！先是越王的范大夫，然後是鄭姐姐的『范郎』，還是我的情郎，如今你又變成了我的老師。你還會變嗎？你還有多少面目？」

「我知道你受了不少委屈，我也是在牽掛和自責中度日。」

「我最近脾氣不太好。你知道，一個人待在這種地方是很容易有一些怪癖和不近人情的，你應該接受這一點。」西施靠在范蠡的懷抱裡，用長長的睫毛在他臉上拂拭。

「這是我發明的『眉吻』，只適用於有一對美麗而頎長的女孩，只對最親密的人使用。」

「那麼我榮幸地成爲了一個有美麗眉毛的女孩最親密的人了！」

「我可以給你這種權利，當然也完全可以收回這個決定，這一切都取決於你的表現以及你的忠誠。」西施歪著頭又加了一句，「允許你採取欺騙的方式，只是對我好一點，別惹我生氣。」

范蠡用織滿柔情的吻輕輕貼平絞在一起的一對細眉。「只要你要，只要我有。」

「只要你要，只要我有；只要你要，只要我有。我太愛聽這句話了！只有我的『范郎』才說得出這種話。」在認識了那麼長久的一段時間後，西施第一次當面叫范蠡「范郎」。

「為你這句話，我要獎勵你一個吻！」他們不謀而合地說道。心心相印甜蜜溢滿心頭，於是他們再次吻在一起，焦灼而熱烈。

「你準備教我什麼？」

「吳語。」

「為什麼？」

「為了你能在吳宮中站住腳，為了你能得寵。」

「得誰的寵？」

「吳王夫差！」

「這就是你所說的『只要你要，只要我有』嗎？」

「不！這是文種『美人計』的內容。」

「你可眞是大方，把自己的情人拱手相讓；你可眞是忠心耿耿，用自己的情人去孝敬君王。」西施兇巴巴地帶著哭腔。

「還要加上一條，為了你，我什麼都可以不要。」

「那好，咱們馬上離開這兒，帶上鄭姐姐一起離開這兒。」西施扯住了范蠡的衣服。

「行，憑我手中的劍、胯下的馬，帶著你和鄭旦離開這個彈丸之地不在話下，只要你一句話，我的愛人。」

「我的愛人」打進了西施的心，她搖了搖頭，「這不是小時候『辦家家酒』了！想走就走，想玩就玩。既然已經上路了，總得走下去吧！」料峭的淒涼爬上她的嘴角，「這個世界對女人來說的確有點不公平。」

「是的，我們已經上路了，上路了就不能中途停下來了，半途而廢是一種妥協和懦弱。」范蠡知道這是最合理的選擇，西施肯定會選定這種結局；但如果眼下西施要他殺人衝出土城，他會毫不猶豫這樣做的，他相信自己是能做到爲眼前這位女子拋開一切，丟掉一切的。

「吳語好學嗎？我能學會嗎？」

「很容易，本來吳、越之間差距不大，只要你用心，肯定能學好。」

「那爲什麼非要你來呀！你是不是在中間做了手腳？」西施很樂意作范蠡學生的。

「我承認我做了一些工作，但更主要的是我在吳國待過三年，完全有能力把你教好，再說對吳國的民情風俗我也很熟。也不算『假公濟私』吧！」

「不，咱們都在假私濟公。我們倆都可以毫無愧疚地說：我對得起生我養我的父母之邦。」西施看見了自己的小屋和倚在門邊的旋波，「要進去參觀一下嗎？」

「這些房子都是我設計的，老師到女學生家裡去總不太適合。」

「范大夫，請進屋坐吧！」旋波也熱情地朝范蠡揮手。

「你的魔手不要伸得太長了！」西施低聲警告。

「明天上課！千萬別掉以輕心。楚國和齊國爲獻給夫差的美女都因不懂吳語，獨居冷宮，無人問津。我不希望在你身上發生這種悲劇。」

「爲你自己考慮，你應該祈禱這種悲劇不要在我身上重演。」西施當著旋波的面快活地吻了一下范蠡，她覺得自己有這種權利。

旋波嘻嘻地笑了，一副很開心的模樣。

西施第二天在課堂上的表現徹底讓范蠡絕望了。西施對吳語的接受力幾乎爲零，他難以想像一個像西施這樣機靈活潑的人怎麼在接受語言上這樣遲鈍。

「不要緊張，女人接受語言的能力比男人強，我都能學會，你肯定也會學會。別著急，千萬別上火！咱們再來一遍。」

第二遍下來之後，連在旁邊伴讀的旋波都會了不少，西施仍然是原地踏步，范蠡一籌莫展。

「現在再把剛才的幾個讀音復習一遍。」西施愣住了，

「剛才學的……」她已經全部給忘了。

旋波忍不住樂了，「西施，你比你兒子笨多了，回去好好跟牠學一學！」

「兒子」，范蠡莫名其妙地尷尬表情逗得生悶氣的西施也笑了。

十天過去了……

一個月過去了……

西施的進展仍然不大。

「吳語和越語最大的區別就在於：吳語圓潤，越語仄急；吳語語調抑揚頓挫，越語則高而急短。光學會一些簡單的單詞、單句也不行，關鍵在於一句話的整體效果。」范蠡循循善誘，一派師長之風。

「老師！我頭痛。」西施病病怏怏地歪倒在面前的案几上。

范蠡停止了獨白，來到西施面前，摸了摸她的額頭，又把了一下脈，「確實病得不輕，你的懶病已經病入膏肓，不可救藥了。」

西施一面哼哼唧唧地扶著太陽穴，眼睛卻活潑地看著范蠡，眉毛也調皮地豎起來，不時示威似地一挑一挑。西施此時的嬌憨顯然有點不合時宜，范蠡的臉開始有點變色了。

「你是存心不想學是不是？」

「我已經盡力了，舌頭上都長繭子了。」西施吐出半截舌頭，上面果然有一個小得不能再小的小疹點。范蠡關切的表情使這半截舌頭更加得意洋洋了，誘人地猩紅著。

范蠡的手掌陡然擊在案几上，戰慄了他們中間的寧謐和溫馨，漂亮的紅舌頭像受到突襲的蛇頭猝然縮了回去，被撕裂的空氣發出驚恐的回聲。

「出什麼事了？」旋波膽戰心驚地挪進屋內，眼睛裡全是好奇。

「你敢在勾踐面前拍桌子嗎？你這算什麼本事？」淺淺的眼瞼裡蓄滿了洶湧的洪水，堤壩一旦崩潰，將一發不可收拾。

「不思進取，不可救藥！」兩句硬梆梆的話如利器在空中呼嘯而過，范蠡大義凜然地走出屋去。

已被波濤拍擊得搖搖欲墜的堤壩終於崩潰了，洪水泛濫而出，汩汩滔滔，鋪天蓋地而至。

西施醉得紅紅的，連眉毛都紅了。

「我覺得自己感覺到了自己的感覺。」西施的笑容裡溢出酒香。

「那感覺好嗎？」旋波一把從她手裡搶過酒杯，「這是第二十杯了！你別糟蹋自己啊！」

「不是說那個叫夫差的吳王喜歡迷迷糊糊的美女嗎？」

旋波心疼地把一塊熱毛巾敷在西施額頭上，理了理她蓬亂的鬢髮。

「我要做一隻小鳥，像精衛那樣，撿石子塡平東海。」西施做出舉手欲飛的姿勢。

「我還要學女媧娘娘補天，把那個狠心的人燒成一塊石頭，用他去補天。他的心比石頭還硬，是熔化不掉的呀！」

「睡一覺就好了，別胡思亂想了！」旋波替西施除去鞋襪，又卸下了她身上的飾物。

「就讓我在夢中不思進取、不可救藥吧！」西施任旋波擺動，嘴裡依然滔滔不絕。她忽然頓住了，范蠡不知什麼時候悄然出現在她的床前。

「解鈴人來了，這堆亂麻就交給你了，只有你才能找出頭緒理清它。范大夫，我走了。」旋波拭了一下頭上細密的汗珠，扭身要走，她也被西施這一番折騰搞得精疲力竭。

「旋波，你不要走，我覺得你比這個人可靠，和他在一起，我害怕。」

范蠡憐香惜玉，無限愛意地握住西施不安靜的手，放在自己的下頷上輕輕地磨蹭。

「會好的，西施，一切都會好的，霓虹總是出現在暴雨之後，你不是叫『霓兒』嗎？」

「『霓兒』在這裡！誰在叫我？」綠鸚鵡偏偏在這個時候湊趣學舌，眞是太不識相。

「你沒什麼事，走開點！」旋波向學舌者揮揮手，自己也忍不住學舌，「『霓虹總是出現在暴雨之後』，哎喲，眞是像詩一樣！」

范蠡坐在床沿上，側著身子，彆彆扭扭地和她擁在一起，腰漸漸有點發酸，西施的頭費力地靠在他懷中，也很不舒服。

「這是幹什麼呀！孤男寡女相處一室，還用得著講什麼禮儀，沒有這許多規矩。」旋波逕直上前，把范蠡的鞋除掉。

「什麼事沒幹過，有必要遮遮掩掩嗎？」

范蠡也不推辭，大大方方地把腳擱上床，換了一個姿勢把西施妥妥帖帖地摟在懷中，舒舒服服地吻她。

旋波悄悄退了出去。

「我眞的讓你生那麼大的氣嗎？」

「我眞的嚇怕你了嗎？」

「你知道有時候我膽子特別小。」

「有時候我也有點躁脾氣。」

「我知道你會來看我，於是我就拼命喝酒，醉得讓你心疼。」

「我豈止是心疼，我是心碎。」

「碎成什麼樣子？」

「像秋風颳過落葉，像雪片亂亂紛紛。」

「證明你對我還有點感情。」西施又開始了她的「眉吻」奇妙的睫毛蹭得范蠡安安逸逸地哼哼著。

青青子衿
悠悠我心
但為君故
沉吟至今

西施沉迷在自己的激情和醉後的飄然之中，脫口吟出了范蠡教她的詩。

范蠡愣住了：珠圓玉潤，字字珠璣，抑揚頓挫。這是千眞萬確的吳語、地地道道的吳音啊！

「再來一遍！」

西施情癡意迷地又吟了一遍，不折不扣的吳音，就是土生土長的吳國人也無可挑剔。

「你行的！我早就說過你行的。」他的吻印滿了西施的全身。

西施也醒悟了，臉上綻開了一朵玫瑰，隨即黯淡下去。

「你就這樣高興我去侍候別人，世界上可曾有你這樣的情郎？」

范蠡默然無語。

「答應我一件事，『范郎』，我要見鄭姐姐。」

如此合情合理的要求，如此柔情蜜意的時刻，范蠡無法拒絕西施的請求。

西施磕磕絆絆地跟在范蠡後面穿過曲曲折折的迴廊，穿過草叢和竹林，中間范蠡還停下來回答哨兵的口令，他們最終在一棟小樓前的籬笆邊上停住了。

「亮燈那間屋就是鄭旦的臥房，她可能已經睡了。」

「我要進去看她。」西施掙脫范蠡的手就要往裡走。

「你不能進去。」范蠡更緊地抓住她的手。

「爲什麼？爲什麼不讓我見鄭姐姐？」

「沒有理由，以後你會明白的。」

西施的眼睛饑渴地停在小樓上那間亮燈的屋子，一道細細的窗簾擋住了她的視線。眼前亮了一下，那道窗簾鬼使神差地打開了，鄭旦的身形出現在窗戶邊上。

一年不見，她更漂亮了，穿金戴玉、雍容華貴；只是臉上少了苧蘿村姑娘特有的靈氣和紅暈，眉宇間鎖著難言的鬱悶。

「鄭……」西施剛喊出一個字，就被范蠡捂住了嘴巴。

鄭旦似乎聽到了什麼，側耳聆聽，自嘲地搖了搖頭，再搖了搖頭。西施看得分明；兩滴大大的淚珠從她眼裡湧出。

窗簾又放下了，如同她的出現一樣，她又無聲無息地消逝了。

「你們究竟對鄭姐姐做了什麼？」西施不依不饒。

「她病了，她正受到很好的照顧。等她病好了，他們會讓你見她的。」

「范蠡，你不要忘記，鄭姐姐整整等你三年，也許她現在還……」西施再也說不下去了。

「相信我，好嗎？『霓兒』，你信不過別人，不能信不過我呀！」

「我誰都不相信，我甚至不願意相信自己，男人的世界太險惡了。」

一個半人多高，三人合抱的大甕擺在西施的庭院中間，它像一個無底洞一樣把從吳國買回的成桶美酒吸入它的巨腹之中。這是丹丘子和易青生兩個怪人的主意，要讓吳國的美酒吸入越國山川、日月的靈氣，才能讓越國女兒淋漓盡致展現女兒的風流。一層薄如鮫綃、透明如蟬翼的油紙緊緊蒙在上面，不讓酒氣外洩。美酒在甕內存放一年半載，酒氣不洩分毫，更覺甘冽、醇香。

「我們姐妹是清清白白地從苧蘿村的香溪水中出來的，但想不到卻爲一群俗物污染，就讓我冰清玉潔地來，稀里糊塗地去吧！」西施優美地在空中飄起，美麗地插進了酒甕之中，油紙「嘶啦」一聲裂開，像一隻小蟲絕望地抗議。

來不及多想，范蠡也縱身躍入酒甕，他被一陣黏膩、濃稠的馥香裹住了，他終於觸摸到了西施的肌膚，一種滑膩和心跳的感覺。

西施動情地醉了，在空中的一瞬間，她看見范蠡驚詫和痛心疾首的眼神，這個世界畢竟還有她最留戀的東西。當范蠡的手剛剛觸摸到她時，她毫不猶豫地把自己的身子迎了上去。

西施甜甜地啜了一口酒，把它慢慢地送入范蠡嘴裡，范蠡接納了情人點點滴滴地賜與和激動如蛇的香舌，癡迷地咂摸著。他們身上都散發出陣陣異香，西施豐腴的曲線在酒漿的微波中蕩起一股令人如癡如迷的靈秀之氣。

在泛著泡沫的酒漿中氣壯山河的媾合。

俠之大者

西施失蹤了！

風掠過水面會有漣漪，煙飄過天邊會有淡淡的白痕。但西施卻不翼而飛了。

范蠡鷹隼般的目光銳利地雕刻在屋中的每一件陳設之上。門窗完好無損，床上纖塵不染，被褥疊得整整齊齊，一盆吊蘭水靈靈地掛在梳妝檯前，魚缸內的金魚放肆地甩著尾巴，旁若無人地圍著缸內玲瓏剔透的石山轉圈。

「你最後是什麼時候見到她的？」范蠡問站在旁邊的旋波。

「吃完晚飯，西施說她想一人待會兒，就獨自進屋了。平時她睡前都要由我給她換衣服，可昨晚大約在酉牌時分，她出屋對我說她先睡了，當時她已經換上了睡袍。後來，我見裡屋熄了燈，也就沒再進去了。」旋波儘量回憶著每一個細節。西施丟了，她是第一個脫不了干係的人，不過此刻她更擔心的是西施的安全，天生尤物在哪兒都會遭人眼饞。

既然西施已經換上了睡袍，而屋內又見不到被換下的衣服，那麼就只能是在她換下衣服到上床的這一段時間被人劫走的。床上的被褥還沒有打開，這一段時間肯定很短，也許就是在她吹滅燈的那一刻，甚至可能連吹燈都是膽大妄爲的潛入者所爲。

從戒備森嚴的城堡裡劫走一個大活人，不留一點兒痕跡，不驚動任何一個人，幹得太漂亮了！

「鸚鵡！鸚鵡！」旋波救火一樣指著在地上蠕動的綠皮「霓兒」，大呼小叫。

「霓兒」在地上掙扎，掙扎著想用兩隻腿支撐起來，但一切努力都白費了，索性自暴自棄地躺在地上，用危難見故知的目光向主人的兩位朋友求救。

范蠡輕輕地把「霓兒」托在掌中。

「『霓兒』，你的主人在哪兒？」范蠡撫弄著它細細的絨毛。

「『霓兒』，你連自己的娘都守不住，眞太沒用了。」旋波把氣往鸚鵡身上撒。

「你去拿點兒水來。我看『霓兒』好像中了什麼毒。」

不一會兒，旋波用一張薄扇大的荷葉撮回了一捧溪水，范蠡用中指在裡面蘸了幾滴水，用拇指一彈，幾粒水珠穩穩地濺在「霓兒」臉上。清涼的露水激起了牠的活力和生氣，牠費勁地終於站直了，抖了抖身上的水珠，似乎欲言又止。

范蠡見「霓兒」還沒有清醒，又是幾滴水珠當頭彈去。「霓兒」精神抖擻地喙尖一張。

「『范郎』，願你睡個好覺。」

范蠡的眼淚都快掉下來了，這一定是西施在睡前向他問好祝福，聰明的鸚鵡，可愛的姑娘。

「我看『霓兒』是被人用熏香熏倒的，事情有點眉目了，我們去見見那兩個老怪物，他們或許會告訴我們什麼。」

丹丘子、易青生耐著性子聽范蠡把大概情形講了一遍。

「世風日下，這幫毛賊竟敢在你我兄弟面前撒野。」易青生人胖，火氣很大，當下拍案而起。

「只要他敢動西施一絲半毫，我要讓他生不如死。」丹丘子也恨得咬牙切齒。

「看來，只有你我兄弟出山了，眞不願意管這些俗事，沒辦法喲！」

「遇到你我兄弟，也就算那毛賊倒了大楣。」

范蠡無心聽這胖瘦二老自吹自擂，互相吹捧，當即打斷他們的話頭。

「跑腿出力是小輩晚生分內的事，只求兩位老先生指點一下迷津，提供點線索。」

「還用什麼線索，這件事從頭到尾都有他的氣味，我一聞就聞到了。」

「他是誰？」范蠡的手不由自主的搭上劍柄。

「還會是誰？方圓百十里內，使熏香、能對西施動心的，除了此人更無他人。」

「你還是沒有告訴我，他到底是誰？」范蠡見易青生含混不清，不覺有些上火。

「他就是處女，居於南林（今山陰縣南）。」

「那好，多謝兩位尊者。我這就去南林尋他。」范蠡轉身欲走。

「慢」，丹丘子叫住了范蠡。

「前輩還有何見教？」

「萬萬不可輕敵，大夫。論風流俊逸，此人不在你之下；論劍術擊技，只恐大夫……」

未等丹丘子說完，良嘯駿馬已經飛了出去，范蠡不斷地揮動馬鞭，騰起一陣塵煙。

西施夢見自己走在萬丈峭壁之上的一座獨木小橋上，獨木橋上長滿了青苔，一隻巨大的蜥蜴友好地在青苔中向她眨眼。她猶猶豫豫地上了橋，搖搖晃晃的朽木忽然幻化成一道長虹，陣陣青靄之中，她迷迷糊糊地靠在虹上睡著了，自己幻成一朵碩大無比的玉蘭花，煙霧一樣的花瓣向四方滲透……

西施驚詫地發現自己置身於一塊大青石上，石上鋪著一層層軟軟的乾草，一點感覺不到石板的涼意，鼻子上有點癢，用手一拂，驚走了一隻停在上面的野蜂，黃色可愛的一點，根本不兇，嗡嗡地飛走了，幾朵野花秀秀氣氣地在耳邊拂來拂去。西施一時有點茫然：自己是在夢中，還是在現實之中，抑或是在夢的夢中。她費勁地掐了一朵野花，放在鼻上嗅了嗅，尖銳的香味使她認定自己已經清醒了。但迎接自己甦醒的應該是旋波的笑臉，她在哪兒呢？自己的床也不可能一夜之間變成一塊大青石呀！按照安排，今天該是到一胖一瘦倆老頭兒那兒去學習樂舞，可千萬別睡過頭。想到這兒，她才著急地撐起了身子。

西施愣住了，最初的驚悸退潮之後，她不得不接受自己正置身於荒野之中這樣一個現實。一匹白馬拴在不遠的樹枝上，正悠閒地親熱著草地上的青草，樹下還坐著一個披著白色披風的年輕人，背對著她。

是范郎嗎？西施立即否定了自己的答案。范蠡的頭髮總是規則整齊地盤在髮冠之下，不會披散在肩上，他的背影也要比眼前的脊背要柔和、溫潤一些，面前的脊背隱隱地透出一些寒氣。

聽到嘩嘩的書頁翻卷，西施意識到他在讀書，而且相當投入，怡然自得地晃動著腦袋。

知我者謂我心憂
不知我者謂我何求

年輕、磁性的聲音，白衣人讀到妙處，終於忍不住朗朗誦讀，搖頭晃腦、玩味不止，反覆吟詠著這一句話。

悠悠蒼天
此何人哉

西施隨口吐出了緊接著的兩句，心中輕爽了不少，總聽他念叨這兩句，吐不出下文，眞讓人如骨刺在喉，欲一吐爲快。

「希望不是我把你吵醒的。」一張賞心悅目的俊臉比溫文爾雅的問話更使西施感覺安全。白衣人很友好地來到大青石邊，規規矩矩地看著她。他的瞳孔是淡金色的，像是兩顆星星不小心落入了眼窩。西施後來在吳國從一位老相士嘴裡得知，這種眼叫「虎眼」，主大貴之命。

「你是誰？你是怎麼把我帶到這裡來的？」白衣人親近地在西施旁邊坐下，很自然，很隨意。西施被年輕人的問話搞得莫名其妙。你還問我，我正準備問你呢！她馬上意識到年輕人替她問出了她想要問的問題。

「你能回答我嗎？」西施對這種有智力的對話饒有興趣。

白衣人又在青石板上朝西施挪了挪，西施找不到拒絕他靠近的理由，便一任由他了。

「我叫『處女』。」年輕人一本正經的表情和神態把西施戲謔的笑容生生地逼了回去。

「不錯！『處女』是我的名字。我生於叢林之中，長在無人之野，無父無母，無牽無掛；純靜如處子，俊美如玉人，自名為『處女』。」處女彷彿在誇獎一個與自己素不相關的人，沒有一點扭捏和尷尬。

「那麼我的第二個問題呢？我對你是誰，誰是『處女』都不感興趣，我僅僅想知道我是怎麼到這兒來的？」

「是我先用熏香把你熏得暈了過去，然後把你扛在肩上出了土城，最後用馬把你馱到這兒來的。做起來比說起來要稍微費事一點兒。」處女對整個事件的描述語言平板、單調，就像是他在一生中幹過無數次偷走大活人的把戲。

「當然，我事先準備了一個大麻袋，是特意為你準備的。」處女一笑，露出了銀光燦爛的牙齒，西施不得不承認他的笑是有魅力的男人的笑，是明確自己優勢後的一種很隨便、眞正開心的笑。

想到自己是裝在一個暗無天日的麻袋裡面，橫放在馬背上馱出來的，西施不寒而慄。分明地感覺到了麻袋骯髒的破布緊緊地貼在身上，手下意識地在鼻樑上摸了一把，湊到眼前看了一看。

「後來我感覺到用破口袋來盛天下一大美人實在是暴殄天物，有辱大雅，便臨時改變了主意。」白衣人小小地賣了一個「關子」，又誠誠懇懇地添了一句：「你在夢中的姿勢很漂亮、很優雅，使得我在把你放上馬背時隱隱約約地萌生了一種負罪感。不過我的馬跑得比任何時候都快，牠是一匹三歲的公馬，馱上一個大美人對牠來說是一種刺激，有靈性的畜牲對美的感受力超過了愚鈍、麻木的人群。」爲了證明自己的話不是憑白生出，處女把食指彎曲，放到嘴裡，打了一個悠遠的呼哨，不遠處的白馬立即長嘶了一聲，懂事地用蹄子在地上敲了三記。「牠在說，是的，確實很美。」處女又熱情地充當馬的代言人。

西施發現自己有點喜歡處女的率直和童眞似的淘氣神態。一低頭看見自己穿了一件湖綠色的紗裙，上面繡著大朵大朵的百合花，不禁吃了一驚：自己睡前不是剛換上了一件開口很低的睡衣，怎麼現在換上了平日的便裝，莫非是這位陌生的男子……她有點害怕深想下去。

「你不要爲你的睡衣擔憂。一方面我覺得你的睡衣開口低了一些，不宜暴露；另一方面，我擔心自己受不住誘惑。於是一到這兒，我就讓我的女侍替你換上了你平時的便裝，我帶走你的時候也順便帶了我認爲你愛穿的幾件衣服。」處女似乎能夠洞察一切，無所不知。他說的不錯，西施平日裡的確很喜歡自己身上穿的這一件衣服。

「女人，尤其是漂亮女人，總會有很多不同尋常的癖好，她們有這種權利，美本來就是一種天賦和力量。」處女侃侃而談。

「剛才你說過你有女侍，可是這兒只有你一個人啊！」

「不，我們現在在一個很大的營地中間，四面都有我們的人。」順著處女的手勢，西施果然看見周圍有一些人很隱蔽地持戈遊弋，戈矛尖處泛出點點寒光。西施意識到自己落入了一夥強盜手中。

「他們不是強盜，都是一些很本分、很善良的人。我們聚在一起只是爲了過一種健康、自然的生活。爲了活得更像一個人，而不是一條狗或者其他什麼小玩意兒。」

「於是你就把我這個『小玩意兒』馱到馬背上劫持到這兒！你準備怎樣對待我？」

「我不知道和土城相比，這兒有什麼不好？在土城，你不過是一隻關在籠子中的金絲雀，而且注定要送給別人把玩。在我這兒——」處女頓了一下，看了看西施的反應，西施的神情有點悃然，似乎被擊中了要害。「在我這兒，至少你是絕對自由的。」處女自然隨便地攬住了西施的纖腰，玩弄著腰帶上的墜子。西施沒有反抗，如果處女要對她下手的話，剛才有很多機會；如果他要用強的話，反抗更是毫無意義。

她很親切地看了處女一眼，竟激起了對方眼中的一片燎原大火，西施感覺到搭在自己腰上的手有些僵直。

「你現在最好把我當成你的姐姐、妹妹或者是你長輩中的女性。既然你口口聲聲地談論美，我請你先做到不要褻瀆美。」

「你忘了我沒有父母、沒有親屬，我不會有任何愧疚和障礙，如果我想要你的話。」話雖這麼說，處女還是鬆開了自己的手。

如果處女再深入一步，西施肯定會有所掙扎，有所反抗，儘管這是無益的；可處女輕易放棄，她又有一些遺憾，其實她對眼前這個大男孩很有好感。和范蠡在一起，是一種壓抑的激動和陶醉；在處女身旁，她有一種無名的輕鬆和舒適。

「如果我是自由的，我準備離開這兒，我要回土城。」

「你當然隨時可以走，不過我更希望你留下來。」

「留下來幹什麼？」西施很想知道這位可愛的大孩子怎樣表白自己，她有一種操縱局勢、控制人的歡欣，這使她的臉更加亮麗。

「或許我們可以在這個混濁、紛繁的亂世中開創出一種嶄新的生活，美得像春季河面上解凍的薄冰。」處女的臉上燃燒著紅暈，「我想每天都能看著你。」

「我可以送你一張畫，你可以每天欣賞它。」西施想起了范蠡在苧蘿村尋美時帶的那幅畫，如果小夥子堅持要的話，她會送給他的。

「你的美是無法複製的，和你本人相比，圖畫不過是毫無生氣的慘白而已！」

「那是你的感受，其實我只是苧蘿村中一個極其普通平常的女孩子而已！」西施忽然有了擁吻處女一對秀目的念頭，「我要回土城，不然他們會著急的。」

處女恢復了常態和自信，正了正自己的髮冠。「既然你一定要走，我不會阻擋；但我們似乎還應該有一些簡單的娛樂，不然我手下的兄弟會嘲笑我的。你知道我們有自己的規則和方式，有時候人在江湖……」處女沒有說完，因爲這種話在西施面前太俗氣了。

「有什麼條件，你儘管說吧！」

「我們平時主要的娛興是擊劍和飲酒，當然擊劍是太不公平了，如果你有興趣飲酒的話，我們這兒的好酒倒是不少。」

「這很公平，如果我贏了，就放我走。」

「當然，其實我也只不過是想在弟兄們面前有個交代罷了。」

青石板很快被打掃乾淨，兩個美婢窈窈窕窕地捧出兩個青瓷鏤花的大瓷甕，擱在青石板上，幾碟精致的小菜也端了上來，漂亮地放在一起，散發著香味。

「也不知這幫江湖中人會用什麼樣粗陋的酒具。」西施心中暗暗思忖，她很難把處女與大碗喝酒的江湖豪客聯繫在一起。從各方面看，處女都應該是一位品味極高的世家子弟，但眼下他確確實實是一位強盜頭子。

處女從隨身的行囊中取出兩個酒杯；精致地放到青石案上。

一只黃而透明，是琥珀精雕而成，最絕的是杯底有兩隻振翅的蝴蝶，與杯身融為一體。一只閃著幽深瑩亮的藍色，似玉非玉，杯口上有一片小巧的葡萄葉，綠得讓人心醉。

處女端起一隻酒杯，「這是千年的琥珀石，我花了三年的時間才把它刻成這樣，杯底的蝴蝶是琥珀中本來就有的。這個倒楣蛋大概是幾千年前被一滴松脂給黏住了，埋在地底下，便成了現在這個樣子。也許它們是一對情侶。」

「那麼這只呢？」西施拿起上有葡萄葉的一只。

「這是用葡萄葉編織成形，然後把磨碎的玉粉用龜膠黏在上面，放在文火中焙烤而成，葡萄葉是藤上最美麗的一片葉子，我留下來了。我喜歡自然的東西。」

「你有一雙巧手！謝謝你，處女，你讓我大開眼界了。眞想給它們起一個名字。」

「我給你這個權利。」處女甩了一下憂鬱的長髮，若有所思地注視著西施。

「葡萄葉的叫『夜光』，我想它在夜裡一定會是很奇妙很美麗；琥珀杯中有一對哀傷的情人，叫它『冷翠』好嗎？」

「有什麼不好呢？你在千年之後又讓它們復甦了，它們會感謝你的。」

處女給兩個酒杯斟滿了酒，想了一想，把「冷翠」推給西施，「我們應該讓女人的同情心得到發揚，你說是不是？」西施無言以對，異性之間的理解和關切既是溫馨的春日，也是危險的薄冰，隨時可能破裂，尤其是當對方需要回報的時候。

「讓我們爲這一對苦戀千年的情人乾杯！」處女笑容可掬，「有些事你如果一定要追究動機是很無聊和殘忍的。」

「好！只求今生今世的人們不再受情之磨難。」話一出口，西施有點後悔，話中分明含有一種挑逗，處女可別誤會了。

「怎麼算贏？」她巧妙地掩飾過自己的失態。

「再簡單不過了！誰身後的空甕數量多，誰就贏了。」葡萄葉在處女手中盡情嫵媚，他一飲而盡。

「對！確實很公平。」西施也端起了酒杯，蝴蝶的羽翅震蕩著水紋，她慢慢地啜乾了它，品嘗著千年的癡情和迷茫。

他們身後的瓷甕在緩慢而頑強地增加。

處女的髮冠有點鬆了，頭髮飄灑著酒香和俊逸，他拿起玉箸，敲打起「夜光」杯。

鼓瑟鼓琴
和樂且湛
我有旨酒
以燕樂嘉賓之心

西施的眼中流出讚美，處女有很中聽的男低音，像站在絕壁之巔聆聽千丈懸崖下的叮咚古泉。她也將「冷翠」舉過眉梢，作歌和之：

妻子好合
如鼓瑟琴
兄弟既翕
和樂且湛

處女的手下漸漸圍攏過來，在離他們幾丈遠的地方站立觀望。他們的穿著很得體，不像人們想像的烏合之眾；看上去也很面善，不像窮凶極惡之徒。西施很友好地舉杯向他們致意，大家紛紛抱拳合十還禮，一位膽大的還叫了一聲：

「姑娘慢點喝，首領的後勁很足哦！」

「你的魅力太大了，我的手下都向著你。」處女苦笑一聲，向那位兄弟揚了揚手，「兄弟，你可眞給我長面子！」眾人都笑了，西施似乎又置身於苧蘿村施家祠堂的送別之夜，到處都有淳樸的人們，都有心善的人群，這個世界卻不像自己有時想像的那樣無情。

西施起身向眾人深施一禮，「小女子願以一曲舞樂爲大家助興。」

西施的頭髮散開了，衣袖飛起來了，腳離開了地面，像一隻精靈，旋轉著、舞蹈著。在場的每一個人都感覺到了她那雙勾魂懾魄的眼睛，她變成了無數雙眼睛和每一個人交流著、溝通著……

「好！好！」

「好啊！」

周圍的人隨著西施的節奏拍起了手掌，發出整齊的吆喝。

要是「范郎」知道我在一群盜賊面前表演舞蹈，不知會氣成什麼樣子。想到范蠡吹鬍子瞪眼睛的神情，西施的心裡熱得像剛熬好的蓮米粥。

「此曲、此舞只應天上有啊！」處女全身都洋溢著酒香和讚美。

兩人身後的瓷甕在堅韌地延伸，眾人開始用擔憂的目光看著自己的首領和這位眞心相待的姑娘。

處女的瀟灑有點笨拙了！

西施的動作也顯得遲緩和深沉。

眾人忽然轟然叫好。

豆大的汗珠從處女額上淌下，他的臉浸滿了酒精，酒從他額頭逼了出來，他的極限已經突破了，上面是一個伸展性很大的平坡，他有充裕的時間繼續後面的攀登。處女笑了，甚至可以說有幾分得意，喝酒畢竟是男人的事業呀！

一眨眼工夫，處女身後的瓷甕數超過了西施，他又猛飲了幾杯。

西施仍然不緊不慢地品呷著她的「冷翠」和殉情的蝴蝶。處女感覺到了她灼熱、輕飄的眼神，不無擔心地喝下了一杯酒，他開始後悔讓西施喝這麼多的酒。

「不用擔心我！」幾乎每個人都聽到了裊裊飄出的聲音。一道白光閃過，處女看見了西施玉石刻就的玉足。西施不動聲色地把腳鞋慢慢倒過來，一股酒泉簌簌而下。她把酒從腳心裡逼了出來。

喝采聲、叫好聲鋪天蓋地。處女欣賞著面前這個天生的尤物，心中湧動著憐惜和絕望。自己是永遠無法得到她了！

「快站住！站住！」幾聲吆喝從遠處傳來，接著又是幾聲金屬相撞擊的聲音。一匹快馬飛了過來。一道白光從處女手中不加思索地飛了出去，馬兒發出一聲哀嘶，在西施和處女面前慢慢倒下，范蠡突兀地站在西施面前。良嘯在他腳下痛苦萬狀地抽搐，馬脖子上露出一把劍柄。

「范郎！」

「西施！」

「范蠡？」

兩個男人對視著。范蠡把西施攬入懷中，「你沒事吧？」

西施不願意讓處女看見他們的親熱，掙脫開他的擁抱，撣了撣他身上的灰塵，柔聲道，「我沒事！大家都對我很好，他叫處女，是一個好人。」范蠡禮貌地向處女點了點頭，「我們走吧！」

「處女！我們先走了，後會有期。」

「慢！」處女斷喝了一聲，大家都抬頭望著他。

「范蠡，西施剛才喝了斷腸毒酒，三日之內必死無疑。」

死寂如同一座墳墓。

范蠡轉過身來，慢慢舉起了寶劍。

「只有對面山上有一種草藥能解。」處女朝身後指了一指。西施這才注意到處女的營寨在一個絕壁頂上，後面是萬丈峭崖，緊連一座孤峰更是險惡，兩峰間架有一根朽木，岌岌可危。

范蠡冷笑一聲，向朽木走去，處女近乎殘酷地望著他「就是對面崖邊的淡紫色小草。」聲調如同一具殭屍。

「你不要去！」西施一把抓住范蠡。

「我總想有那麼一個機會，向你證明……」范蠡推開了西施。

范蠡飄過了懸崖，採了一大把淡紫色的野草，捆成一束，抱在懷中，搖搖晃晃地往回走，不斷有沙石和枯葉沙沙地墜入深澗，朽木發出吱吱嘎嘎的聲響。范蠡在朽木中間站住了腳，探身向下張望，西施閉上了眼睛，那束紫草刺痛了她的全身。只要有一聲驚呼，就跳下崖去，她作出了決定。

范蠡回到了崖這面，經過處女身旁時，處女把他懷中的紫色小草一把抓到手裡，扔在地上，慢慢用腳踩碎。

「我騙你的。」

「謝謝你給了我一個機會！」范蠡拍了拍他的肩膀。

「你們是眞正的、世上最好的……」處女找不到一個最合適的詞來形容這對男女。

「從今以後，處女甘聽差遣。」

西施醉倒在范蠡胸前。

一日不見

如隔三秋

一句圓潤、婉轉的吳語脫口而出。

霓夢

第四章　月波呢喃響屧廊

吳宮紅杏

周敬王三十二年，吳王夫差歷時三年、耗費民力無數的姑蘇台終於建成。

香風陣陣，鼓風聲聲，一對對龍旌鳳旗、雉羽宮扇開道，夫差和他的王后許姒走在隊伍中間，身後是一把曲柄九龍金黃傘，一群內侍宮女緊隨其後，手捧香巾、繡帕、漱盂之物跟其後，浩浩蕩蕩地來到了姑蘇台。

「大王請看，這就是越國勾踐進貢的『神木』。這次還眞是多虧了他們貢獻，不然又怎能造成如此壯觀的高臺，弘揚大王的恩德，向列國諸侯展示我大吳雄厚的國力呢？」伯嚭不失時機地向夫差進言。

「這樣的『神木』應該生在我們吳國，怎麼能生在越國呢？」伯嚭的馬屁拍到了馬蹄上。

「越地已盡屬大王，勾踐早納貢稱臣，有他們替大王分憂解愁，豈不是省掉了大王許多煩惱。大王國事繁忙，又怎能爲這些小事分心勞神呢？」

「太宰，聽說這次建造姑蘇台，有不少民工死於勞累困頓，可有此事？」許姒見宮闕雄偉、氣象巍峨，也讚嘆不已，但一想到耗費大量人力、財力建成這樣的娛興之所，心中總覺有些不妥。

「愛妃，你看那就是我們的宮殿。在下面看到還過得去，在姑蘇臺上一看，可真是寒磣簡陋，又矮又破。」夫差憑欄觀望，感慨不已。「愛妃，你看那就是姑蘇城的東門，你看清門上那條大蛇沒有？那還是先王所造，蛇頭拜伏朝內，以示越之臣服於吳也！先王的遺願，寡人已經實現了！」夫差手扶寶劍，意氣風發，輕輕地拍著白玉欄杆。「普天之下，莫非王土；率土之濱，莫非王臣。我要讓吳國的江山社稷永享福祉，要讓吳國的宗廟延綿千秋。」

許姒的表情燦爛耀眼：有這樣一位英武的丈夫，雄才大略，經天濟世，加之對自己恩寵有加，體貼入微，她還有何求？

「臣妾但求大王江山永固，春秋高壽，願與大王共用太平之樂。」

「願吾主永享太平！」眾臣也跪地叩首，三呼萬歲，伯嚭更是把頭磕得山響。只有伍子胥像隻倨傲的公雞淺施一禮之後，便梗著脖子看著眾人虔誠地表達忠心。

「歌舞伺候！」伯嚭滑稽地從跪式變成站式，油頭粉面地拍了拍手掌。

五隊舞女分別穿著嬌黃、大紅、淺綠、天藍、雪白的舞衣冉冉而入，分花揚柳，擠滿了整個舞池，芙蓉笑臉，細柳纖腰蕩漾在大殿裡。舞女班頭鼓點一敲，樂聲頓響，歌聲揚揚灑灑，嚦嚦清脆，宛如嬌鳥弄舌啼春。各色舞隊變化出千姿百態，翠動珠搖，紅飛綠舞，芳香四溢。

「艷麗之極，華貴之極，可惜沒甚新意。不過也很難得了，賜每人美釀一杯，彩帛一匹。」夫差舉杯向群臣致意，一副君臣共樂的太平君主派頭。眾臣紛紛舉杯謝恩，酒香混著姑娘們的香粉脂氣洶湧澎湃。許姒悄悄地離開了座位，避到一邊，她不願意在此妨礙君臣同樂，群臣盡興歡娛。

許姒的裙角剛轉過殿後的琉璃屏風，伯嚭又閃出了班列。

「下臣還有更好的歌舞獻上。」

「太宰可真會故弄玄虛，吊大家的胃口，君臣同樂，但求盡興，不管有味無味，只管上來就行了。」

伯嚭向樂師揮了揮手，輕佻的音樂靡靡而起，飄渺流蕩；一隊身穿薄紗的舞女緩緩地走進大殿，風流婀娜，恣肆地展現著嫵媚的嬌軀。一位肚臍上鑲著一顆大寶石的舞女在夫差面前抖動著，賣弄風騷，透明的胸衣淋漓盡致地暴露無遺。

夫差的眉頭有點發緊，太陽穴也有點脹痛，用玉箸敲了敲面前的杯子，樂聲戛然而止，舞婦僵在夫差面前，豐臀誇張地後撅，玉胸頑強地向前挺拔，既滑稽又煽情。

「太宰，這些鄭衛之音以後不能再登大雅之堂，會被諸侯恥笑的。」夫差的語氣透著不滿和告誡。

「臣罪在不赦，罪在不赦，都是這幫淫娃蕩女，曲解臣意。」伯嚭跪地請罪，搗頭如蒜。

「太宰對寡人一片忠心，我心裡有數，只是這幫歌女也太……」夫差不好再說，換了一個話題，「這也是鄭衛之女的風格和特點，與太宰無關，以後鄭衛諸國進獻的美女一律不收，倒是越國山川靈秀，既生『神木』，也應該有絕等美色，太宰倒可以多為寡人留心一下。」

「微臣馬上照辦，馬上照辦。」

「越國使臣范蠡求見！」

「越國使臣范蠡求見！」

內侍們的聲音此起彼伏，越來越響，從姑蘇台下飄了上來。

「哦！來得倒挺巧，傳旨讓他上來，寡人已有很久沒見過這位越國大夫了！」夫差有一種懷舊的感慨，他當然也知道，沒有一個越國使臣會空著手來見他，他很想知道范蠡這次給他帶來了什麼奇珍異寶。

「范蠡」兩個字驚醒了似睡非睡的伍子胥，像獵狗要撲出凶狠一擊之前一樣挺起了腰杆，眼睛裡燃燒著突遇勁敵，欲殊死一搏的激情和衝動。

吳國君臣又見到了闊別三載的越國大夫范蠡。他坦坦蕩蕩地站在姑蘇臺上的堆金砌玉之間，面部沒有任何表情，但他的禮儀是無可挑剔的，一跪到地，行的是最莊重、最敬畏的叩首禮，頭深深地俯在撐在地上的兩隻手上，停了一會兒，才慢悠悠地抬起來。

「東海罪臣勾踐聞知大王後宮乏人，遍尋全越，得絕色美女二人，派我送至吳國獻上。若大王不嫌鄙陋，乞大王納之，以供執箕帚、奉巾櫛、侍枕席之用，代我主陪侍大王，以報吳國大恩。」范蠡畢恭畢敬，神態莊重大方。言畢，將勾踐親筆寫的國書奉上，殿下侍衛之人把帛書遞給夫差，夫差在龍案上抖開帛書，與范蠡所說無差，只不過言辭更爲謙恭和敬服。

「難得你主一片忠心，請替寡人回謝。」夫差又賞賜了勾踐一些物品，無非是珠寶古玩，金銀玉器之類。范蠡再拜謝恩。

「范大夫別來無恙，依舊光采照人，風度翩翩。」辦完了公事，夫差很輕鬆地和范蠡閒談。他對這位越國大夫頗有好感。范蠡陪勾踐在越國苦捱時，一日陪侍勾踐及其夫人端坐於馬廄之中，恰被吳王看見，後來吳王對群臣說：「勾踐不過是一小國之君，范蠡不過是一介書生，但在窮困絕厄的地方，仍然存著君臣之禮、夫婦之儀，寡人心甚敬之。眾臣者亦將效法於范蠡。」

「託大王的福，鄙國國君尋訪到的二位絕色女子，是不是先請大王一睹為快。」范蠡永遠是不緊不慢、舒緩自如的。

「絕色女子！哈哈哈，寡人見得多了，可從未感覺到有什麼奇絕之處。希望大夫這次不要再讓寡人失望，怕就怕這絕色女子讓寡人絕望。」夫差哈哈大笑，吳國群臣臉上也陪出笑意，笑意融融，笑容可掬。只有伍子胥冰雕泥塑、正襟危坐，一言不發，看來越國的勾踐、范蠡也沒有什麼新鮮的招數了，用這等拙劣的伎倆，我主夫差雄才大略，又豈是幾個女人能拴得住的。他一時倒很想見見這兩位絕色美女究竟是什麼樣的人物。

玉佩叮噹作響，紗裙曳地有聲，兩位越國女子出現在姑蘇臺上，拾階而上，飄然粲然。一彎新月升上了湛藍無垠的夜空，一抹紅日從海面露出頭來。

「哐啷」一聲，一位吳國大臣手中的杯盞失手落地，金玉交鳴，聲音沸沸揚揚地在空寂的吳宮裡蔓延。

夫差覺得嗓子有點發乾，好像有什麼東西堵在裡面，他想清一下喉嚨，又覺得太失身分，手腳好像都放錯了地方，彆彆扭扭，總覺得不對勁。他威嚴地挺直了腰杆。

「下面兩位女子可是越國進獻給寡人的？」夫差的聲音有點發澀，好像利器在鍋底來回刮擦。

「民女西施拜見大王！」

「民女鄭旦拜見大王！」

從石縫中流出的清泉滴答在千年的深潭之中，一葉新芽吐出在縱橫盤錯的枯藤之上，滋潤了夫差刮過的鐵鍋，吳國君臣耳邊一片天籟之音，絲絲縷縷，不絕於耳。

「西施！」夫差沉思著，「鄭旦」，他反覆念叨著這兩個名字，似乎想用聲音把這兩個名字鏤刻在姑蘇台的玉柱上。

「西施！」夫差遙遠的記憶中塵封的角落豁然閃過一絲亮光，睡熟的秋蠶慢慢甦醒，柔柔地蠕動著。千年萬世以前這雙眼睛也曾注視過他，也是這樣不動聲色，銳利如鋒，一直扎到心窩。記憶像一滴掛在荷葉上的露珠，搖搖欲墜，露珠與荷葉間的聯繫越來越少，出現一個瓶頸一樣的連接，瓶頸以下越墜越重，瓶頸神經質地抖了一下，露珠下墜了，記憶也斷路了。

「西施，寡人好像在什麼地方見過你，不過是很多年以前的事了。」夫差雖然覺得這個問題有失身分，但還是毫不猶豫地當著眾大臣提了出來，他不想讓若有似無的記憶折磨自己。

「民女六年前曾在椒山向大王謝過恩。」西施落落大方地看著夫差，就像她當年懇求夫差發還父親的屍體時一樣。

椒山，那是夫差生命中最輝煌的時刻，也是吳國歷史上的亮點，他的霸業就是從椒山開始的。他當然想起了那個可愛而纖弱的小丫頭。他本來是要把上萬越國人的屍首焚屍揚灰，叫他們萬劫不能復生，要讓他們的骨灰去肥沃吳國的田野。但小姑娘柔柔地消解了他的仇恨和報復，諸侯讚美他的仁慈，周天子還專爲他的善舉賜給他一輛綴滿孔雀毛的四輪馬車。他知道自己並不仁慈，並不心善，那是一位想成就霸業的男人的大敵，但他卻答應了小姑娘的要求，爲什麼？他自己也說不上。反正是那個小姑娘站在他面前，他就覺得不答應就特別愧疚，不答應就是不行。

六年過去了，小姑娘已長大了，亭亭玉立地站在他的宮中，她是臣服國家的奉獻，她的一切都是他的，他甚至嗅到了她血液中湧動的年輕和美麗。這是上天對他當時善舉的一種報應嗎？

夫差雙手扶在案上，兩眼定定地注視著西施，進入了譫妄的境界，嘴角微微地翕動著，發出誰也不明白的音節。

「請大王笑納！」范蠡的話使夫差意識到自己的失態。范蠡的話很刺耳，這樣的女子不是普通的人或者物品，是精華、精靈、精萃。夫差不滿地看了一眼褻瀆神聖的范蠡，他仍然面無表情，無動於衷。夫差心中閃過一絲憐憫：可憐的人哪！連這樣的美你都欣賞不到，你的生命還有什麼價值？還有什麼意義？他又有一份愧疚，是在吳國受苦的那些日子把這位風流少年折磨得麻木不仁的，越國君臣都成了沒有思想的臣服不二的奴僕。這樣的奴僕太讓主人放心，太讓主人滿意了！

「大王，這兩位女子熟諳歌舞，精於音律，大王不妨一試。」范蠡仍在熱心地介紹自己的貢品，講解她們的各項特長。

西施的粼粼眼波掠過范蠡，他的五官有些變形，被吳宮裡的珠光寶氣照得支離破碎。他是我的情人嗎？怎麼陌生得像一個路人，我就是爲了他才來到這富麗堂皇的宮殿裡嗎？還是這華貴的宮殿本身就在誘惑我？唉！我又怎能怪他呢！他的心裡也不會好受，在那冷靜得近乎冷酷的花崗石下面有一顆心正在煎熬。一剎那間，西施覺得自己好無奈，好無助，置身於雕樑畫棟的姑蘇臺上，在吳國君臣的虎視眈眈之下，如身陷無垠的荒漠，旁邊閃著餓狼瑩藍的眼珠。尤其是那個鷹鉤鼻的老頭兒，滿眼的狐疑和鄙薄，一定是伍子胥無疑了。

「西施，如果你會歌舞的話，倒不妨表演一下，爲大家助助興。」夫差也想看一看這位美人的內涵，她該不是虛有其表吧！

「請問大王愛聽什麼樣的曲子？」婉轉、圓潤的吳語本身就是一曲妙不可言、餘音裊裊的精致小曲。

好一口悅耳的吳語！吳王和眾臣暗暗稱奇。「寡人征齊方回，你能彈一曲以慶凱旋，歌唱盛世升平之景嗎？」夫差的興致很好，命樂師取來了吳宮中珍藏的「焦尾古琴」。

西施粲然一笑，斂衽整肅地在琴邊坐下，一點猩紅的丹蔻在琴弦上輕輕一撥，就像天地鴻之初的第一擊聲響，琴聲漸起，但聞宮商齊鳴，角徵交響，時而鏗鏘，時而嗚咽，時而如疾風暴雨，時而如行雲流水，按節起身，頓挫抑揚。十指玉蔥輕輕地撫在吳國君臣的心上，熨貼得他們舒舒服服，連伍子胥蒼老的心中也照見了一縷陽光，眼前又出現了他年輕時征伐四方，威震諸侯的慘烈和神武。當時他還年輕，得遇明主，揮斥方遒，英雄氣長。

一個念頭忽然強烈地占據了伍子胥的心頭，不行！此女萬萬不可留在吳宮，她會把姑蘇台變成第二個鹿台，變成紂王的酒池。勾踐這一招太惡毒了！惡毒在用西施這個天然尤物來做香餌。吳王已經把頭支在手上，側耳細聽，滿臉都寫著如醉如癡。伍子胥眼前出現了擾亂夏桀天下的妹喜，聞到了妲已爲紂王設置的炮烙酷刑的血腥。這個女子太可人了，誰能保證夫差不會糊塗得像本朝的周幽王爲了博褒姒一笑幹出烽火戲諸侯的荒唐事，最後死於犬戎之手。不行，此女萬不可留，范蠡正在得意地聞笑，伍子胥能聞到他內心的喜悅，他會帶著成千上萬披堅執銳的越國甲士殺回姑蘇城。

西施琴音一轉，江水倒流，只覺悲切難抑，淒苦不已，如哀如怨，如泣如訴，仔細聽來，似有《式微》之嘆，《黍離》之悲。

「停！」伍子胥一聲斷喝，止住了西施的琴音。

「大王讓此女演奏得勝奏凱之歌，她卻奏出像《黍離》這樣的亡國之音，分明有怨恨之意。范蠡奉獻此女，欺君罔上，有連坐之罪，臣請大王誅殺兩人，以正朝綱。」伍子胥慷慨陳辭，他要把吳國的禍根鏟除在未成氣候之前。

「相國言之有理。西施，你爲何要彈此不祥之音，莫非你對寡人心懷怨恨不成？」夫差和顏悅色地問西施，在他臉上找不出一絲要殺人的前兆。

范蠡心中鬆了一口氣。

「忘本亡越之民，只配奏亡國之音。若彈激昂慷慨的奮進之曲，又怎能顯出對大王的臣服之心？小女子六年前就沐過大王的仁德，又怎敢生一絲怨恨之意。」西施簡直不敢相信這如行雲流水的肉麻之話竟然不加思索地從嘴裡吐出。

西施又朝伍子胥一揖到地。

「民女觸犯相國，還請相國恕罪。」

范蠡暗暗稱絕。

伍子胥心中叫苦，吳王的心中是容不下這一揖的，他會爲這一揖忌恨自己的。自己精心設置的羅網就這樣破碎了，殘網碎布反而將自己死纏住了。第一個回合的較量，自己已經失敗了，他又有了站在楚平王墓前要掘墓鞭屍的那種衝動了。

「相國對西施的回答是否滿意？」半是調侃，半是嘲諷；不陰不陽，不冷不熱，吳國群臣都聽出了夫差的弦外之音。

伍子胥也聽出了吳王的嘲諷和不滿。我是二世老臣，吳國的江山有我的一半，要不是我在先王面前力保，你夫差今天還能坐在這裡嗎？想到這兒，他起身離席，來到吳王面前。

「臣聞五色令人目盲，五音令人耳聾。夏桀寵愛妹喜而亡，殷紂寵愛妲己而身死國滅，周幽王爲褒姒而失信天下，遂有東遷之恥。今大王接納越國美女，其後必有禍殃，萬望大王三思。」

聽著伍子胥如數家珍地談到亡國滅主的女人，鄭旦的臉有些微紅，伍子胥並非憑空讕言。西施輕輕地拉了一下她的衣袖，兒時在家淘氣受罰時，每當鄭旦害怕認錯時，西施也常在身後拽她衣袖。她看了一下西施，輕輕點了一下頭，嘴唇動了幾下，西施從嘴型上讀出她說的是「我沒事」。

「伍子胥，你太過分了！夏桀、殷紂乃亡國之主，你用他們來比大王，不知何意，這才是眞正的亡國之音。」伯嚭是不會放過這樣一個千載難逢的好機會的，誰讓你伍子胥不知進退，非要往刀頭上撞。

「賢士國之寶，美女國之咎。越王進獻美女，欲在使大王沉湎酒色，荒廢朝政，我王快快遣返這些美女，免遭亡國之難。」伍子胥鬚髮皆立，目眥盡裂，幾乎是在咆哮，伯嚭的話無異是火上澆油。

「我聽說越王日夜提醒自己不忘前恥，夏被毛裘，冬禦薄衾，手下聚集效死之人無數，又禮賢下士，行仁聽諫。此人不死，吳國將永無寧日。」說到傷心處，伍子胥忍不住淚流縱橫，一片赤誠。

「相國是先王老臣，請不必如此激動，多多保重身體！」

夫差盡力壓下心裡熊熊燃燒的憤怒。精疲力竭的獵人到底沒有制服拼命掙扎的猛獸，君王出籠的憤怒吞噬著一切。

「相國三番五次進讒，誣指勾踐圖謀不軌，證據何在？」夫差雙手直直地扶在御案上，隨時可能拍案而起。

「食色，性也。愛美之心，人皆有之。勾踐得此絕色，自己不敢享用，獻與寡人，足以證明他對吳國沒有二心。」夫差頓了一頓，看了看站在一邊的兩位美人，她們低頭不語，恍如受了委屈的小姑娘。

「相國既爲人臣，理當盡忠事主。可你卻當著越國下邦使臣的面在朝廷上侮辱搶白寡人，不知將君臣之禮置於何處？又有哪一點合於禮儀？」夫差一記重捶，御案上的杯盤震蕩作響，宣洩出他的憤怒。

「伍子胥，你還不趕快向大王賠禮認罪？」伯嚭總是在最恰當的機會出現。

夫差覺得自己言語太重了，這是他第一次當眾對伍子胥發火，畢竟他是先朝元老，又冊立有功。他想了想，給自己斟了一杯酒，穩定了一下情緒。

「既然相國口口聲聲說勾踐進獻美女，居心不良，或許有點道理，讓我們來問一問這兩位女子。」

伍子胥負氣地「哼」了一聲。

西施、鄭旦抬起了頭，正巧迎住吳王陰沉的目光。

范蠡的手心有點濕潤，黏黏乎乎的，很不舒服，他輕輕地把手在衣袖裡蹭了一蹭，黏乎乎的感覺怎麼也擦不掉，他設想到了種種情況，但就是沒有設想到這種情況；他按照常理估計了種種可能，但沒想到旁枝逸出，夫差會突發異想。人算不如天算，成敗在天哪！他在心裡暗暗嘀咕。

「西施、鄭旦，寡人問你們，你們是自願前來侍候寡人，還是勾踐強迫你們來的？他有沒有對你們交代過什麼？」

「我是越王用千金聘禮聘來的，我是自願到吳國來的。」

鄭旦從容地回答，她確確實實是自願來的，因爲她不放心西施這個小妹妹。鄭旦的神態裡有一絲讓夫差迷茫的東西，這個女子的絕色之下似乎掩藏著更深的東西。她很合他的口味，豐腴嬌羞，聰明而不張揚，沉靜得如同深不可測的古井。夫差有了一種要把她的嬌弱攫爲己有的渴望。鄭旦感覺到他目光的灼烤，低低地垂下頭，象牙般的脖頸迷茫了夫差的注視。

「勾踐有沒有對你們交代過什麼？」

「當然有所交代。」西施的回答讓范蠡和所有人都大吃一驚。最後一夜的纏綿中，西施躺在他的懷裡，曾說了一句讓他心驚肉跳的話，『范郎』，也許我會恨你，恨你一輩子！」她的口氣絕對是認眞的。

「他交代過什麼？」

「他要我們姐妹好好侍候大王，替他向大王盡忠；要我們不要牽掛家裡的親人，他會替我們照顧好的。」

「那你是自願來的嗎？」夫差興致勃勃地看著西施伶牙俐齒的小嘴。

「不是！」

舉座皆驚。

「來之前我就想到過會有人罵我是紅顏禍水，說我狐媚惑主；更怕有人說大王貪戀女色，荒亂朝綱。」西施滿臉的委屈和辛酸，一副楚楚可憐的嬌憨相。

這女子呼風喚雨，更兼天生麗質，看來吳國是非毀在她手裡不可了，伍子胥內心發出一聲哀鳴，湧上了一層烈士暮年的悲涼。

夫差笑得驕傲而矜持，他為自己找到一個解決難題的方法而高興，一團亂麻被理順了，冥頑不化的老相國已無話可說，他是忠心耿耿的，但他太落伍、太過時了。

「寡人決意收留美人在宮，卿等勿複再諫。」夫差把酒杯重重往桌上一頓，酒濺到手上，他也渾然不覺。

夫差不是個寡恩薄義的人，他把越國的其他貢品分給眾臣。君恩浩蕩，伍子胥也分得了可觀的一份。但對那堆東西，他連眼皮眨也沒眨。

這是一個皆大歡喜的結局。

夫差臉上現出幾分懈怠和疲倦，馬上就要曲終人散。兩名宦者向西施走來，要請她入宮，鄭旦也同時被兩位宦者扶住了臂膀。

就在宦官的手碰到西施的一剎那，她誇張地大叫了一聲：

「我不！」語驚四座。

西施把自己嚇壞了，她想不到心底的呼喚竟會毫無顧忌地脫口而出，有意還是無意，她自己都說不清楚。她憂喜參半地向范蠡投去一瞥。喜的是，能在心上人面前表明心跡；憂的是這場鬧劇怎麼收場。

「大王，妾心一片坦蕩，願以死在大王面前表明心跡。」

西施一頭向大殿中的玉石柱子撞去。兩名宦者急忙拖住。

「好好照顧兩位美人。」夫差掃興地揮了揮手，「今天就到這裡吧！」

范蠡愣了一下，這個小插曲是他始料未及的，做戲的成分太大了，夫差不會高興這種表演的。

在拐進後宮那一瞬間，西施看見高高的宮牆上，伸出了一枝紅杏。「從今後勞燕雙分，寂寞紅杏出牆頭」，她在心裡默默念叨著，向大殿中的范蠡飛去最後一眼。

一點絳唇在范蠡眼中如紅杏鬧春。

茜香荷影

范蠡的預感沒有錯，夫差最先駕幸的是鄭旦，他在鄭旦宮中盤桓終日，不理朝政。西施被冷落一旁，倒也落得清閒。

土城三年，西施一天也沒見到過鄭旦，直至入吳前夕，姐妹倆才重聚一起。西施久久地打量著鄭旦，她更成熟，也更漂亮了，是秋天果園中那種沉甸甸、熟透了的美。

「鄭姐姐，你比以前更漂亮了。」

「你也沒有變醜啊！」鄭旦輕輕地拍著西施因重逢而興奮得紅透了的臉蛋，滿是憐愛和關切。

「可我總覺得你和以前相比有些變了。」

「但我愛你的心沒有變哦！要不要我把心掏出來給你看一看。」鄭旦嘻嘻哈哈，「咱們那位『范郎』是這樣對你說的嗎？」

「從沒有對我說過，他一般情況下講不出這樣的話。大概是以前對你說過的，至今還念念不忘。」西施一本正經，竭力裝出成熟婦人的模樣。

「那眞是一段美麗得騰雲駕霧的誤會，我一生的情感在那幾天揮發掉了。」鄭旦在遐想中甜甜蜜蜜。

西施沉默不語，擺弄著手裡的頭髮，繫上又鬆開，鬆開又繫上。

「哎喲！我的小乖乖，我可沒有怪你的意思，一點兒都沒有。戀過，愛過，已經夠了，還要怎麼著？」

「鄭姐姐，我總覺得你的笑很神秘，很特別，你就像……」

「像什麼？」

「像初冬肅殺的氣流，冷冰冰的。」

「沒那麼慘，我覺得自己更像秋天；但對你我永遠是春天，最多也就是夏天。」

當天晚上，西施要和鄭旦同床睡，鄭旦一開始堅決拒絕，後來還是耐不住西施的軟磨硬泡，「春天姐姐，你就春天一次吧！咱們姐妹該好好聚一聚，是不是嘛！」

睡在一起，西施發現鄭旦的身體有了很大的變化，自從和范蠡好過以後，她對這些事也較在行了。她想問一問那個男的是誰，但不好意思出口，終於沒有問成。她想以後再找個機會好好談一下，鄭旦是不會有什麼事瞞著她的。

旋波躡手躡腳地走到西施床前，一把掀開被子，「吳王駕幸西施。」

「你個死丫頭，你就等著駕幸好了，駕幸你個……」西施本來是想說「死去活來」，但終於忍住了，她發現自己有時候很靦腆，在苧蘿村，那幫膽大的姑娘什麼話都敢說，可她總是「猶抱琵琶半遮面」，到現在，仍然如此。

「我可沒那個福氣，每天就侍候你這個大小姐都忙不過來。」旋波把頭詭秘地湊近西施，「聽說鄭姑娘每天都要『死去活來』好幾次，吳宮裡的人都說從未見過這樣厲害的主兒。」

「旋波，我警告你，你要敢再嚼鄭姐姐的閒話，我要給你好看。」西施毫不客氣地打斷了旋波的閒言碎語。自己拉過被子蓋上，繼續占有春曉擁被而眠的那份情趣和難得的悠閒。

「好久沒有這樣舒舒服服地睡過了。沒有丹丘子、易青生這幫人的虐待，生活眞是太可愛，可愛得我都想活他一輩子了。」

「你會活一輩子的，自在逍遙，無憂無慮一輩子。」旋波從來不記西施的仇，替西施掖好被角，坐在床沿陪她閒聊。

夫差原本是一個不拘禮節的人，後宮中除了王后許姒居所稱爲「乾寧」宮外，其餘的后妃大抵沒有名份，隨隨便便散居於後宮各院。西施現在所居「茜香院」，是一座獨門小院，房屋不大，顯得十分精致。院中遍植翠竹，迴廊曲折，幽靜雅致。院外有一大池，池中荷葉飄香，游魚歷歷。池邊泊有幾隻小船，供官人們遊玩嬉鬧。

「茜香院」裡有四個老媽子，十個小丫環侍候，負責每日的灑掃、庭除。要吃什麼，派丫環告訴御膳房，自會有人送來，丫環們也自製一些糕點、糖果，閒時嘴裡也不缺嚼的。

「你說這日子就一天天這樣過去好不好？眞清靜。不出門，一天也見不著一個生人。」西施把旋波的手拉到被子裡，「你摸，這兒都長肉了，我看這樣下去，非胖死不可。」話雖這樣說，她還是賴在床上不動。

「這樣不行，非出事不可，這樣可不行。」旋波的手證實了那些脂肪確實存在時，頓時如臨大敵，滿臉嚴肅。「起來，起來，馬上起來，活動活動！我可不忍心看你因爲長得太胖被休回越國。」

「真笨！國王不會休妻，最多打入冷宮，我倒想嘗一嘗冷宮的滋味。」西施滿不在乎地撇了撇嘴，很不滿意旋波的大驚小怪，「不就是長了點肉嘛！」

「今天的活動是划船，划到精疲力竭才准吃飯，飯量只准吃平時的一半兒。」旋波成了總攬一切的總管。

「誰給你這樣的權力？你是不是想學那兩個老怪物。」提到「老怪物」，西施有一種親切感。沒有學生教，他們也失業了，在幹些什麼呢？

「這問題問得好怪，誰給我的權力。」旋波慢慢向門邊走去，隨著距離的改變調整著聲音的大小，好像她仍待在原地未動。

「你玩什麼把戲哪？」

西施話音未落，旋波猛地把門打開，一個丫環撞進屋來，踉踉蹌蹌地來到床前才止住步。

「咦！怎麼回事，進屋也不小心點，以後留意一點門檻。」西施假裝糊塗。

「剛才御膳房來問，娘娘午飯吃什麼？」小丫環語無倫次。吳宮的規矩，除稱許姒爲王妃外，其餘的一概稱作娘娘。

「早飯還沒有吃，午飯吃什麼？」

「午飯吃竹筍蓮米，香菇煨魚，還要一個清蒸鱸魚，其餘的按照常例辦。」西施把小丫環打發走了。

「哼！沒有老怪物，但這兒小怪物也不少，小心下次別再讓我撞上。」旋波憤憤不平。

「你吃飯幹嘛這樣省？爲什麼不來幾道大菜，吃他個天昏地暗。」

「剛才還要我節食，現在又鼓勵我猛吃，你是不是有『食言』之癖啊！」

「『食鹽』？我最煩菜做得太鹹，你又不是不知道。」

西施、旋波走出「茜香院」，信步徜徉。

「走，咱們上鄭姐姐那兒去。」西施提議。鄭旦住在離「茜香院」不遠的「絳雲館」中。

「去不得，去不得，吳王已經以『絳雲館』爲家了，咱們去不是自投羅網嗎？」

「什麼自投羅網，我到這兒來不就是嫁給他嗎？」

「你怎麼就聽不明白？」旋波又氣又急，「我是擔心你去撞了吳王的好事。」

「這大白天的……呸，旋波嘴裡吐不出象牙！」西施捶了旋波一拳，旋波嘻嘻地躲開了。

西施和旋波各划一條小船蕩舟於蓮池之中，追逐戲水。西施用船槳小心翼翼地撥開擋道的層層蓮葉，生怕碰折了它們。一朵荷花病兮兮地倒在荷葉上，粉紅中透出慘白。西施輕輕扶起它，把被風吹皺的花瓣細細撫平，纖纖玉手在薄如紫絹的花心流連。

旋波駕船趕至，兩葉蚱蜢小舟撞在一起，西施手一抖，荷花被拽了下來。一朵殘花在水中無限哀怨地旋轉，綠水中西施的倒影與荷花相互映照，花影交織，分不清是人還是花。

「你看，花都被你弄折了。」

「在你面前，它自慚形穢，羞沉水中，與我何干？你才是眞正的罪魁。」旋波振振有詞。

「我叫你嘴硬！」西施以槳擊水，亂瓊碎玉，四濺而起，點點滴滴，濺濕了旋波，也濺濕了自己。旋波不甘示弱，也攪起一團碧水，兩人的衣服都濕透了。

好像又回到了苧蘿村，和小姐妹們在香溪浣紗打鬧。同樣是一方藍天，一水碧波，一片荷香。

荷葉飄香
霞映澄塘
月射寒江
照我情郎

西施情意綿綿的歌聲隨著無窮的漣漪向四周散去，從荷葉枝頭拂過，滿池的鴨綠堆翠，楚楚點頭。

「好一個『月射寒江，照我情郎』！這種艷詞俚曲也能隨便在宮中演唱嗎？」一名男子昂然立於岸上，雙手倒背身後，英氣逼人。

「臣妾拜見大王。」旋波見是吳王，急忙棄槳施禮。

西施執槳在手，一時不知如何是好，但像旋波一樣急忙施禮，未免太……

「西施，還不快快拜見大王，千載難逢的機會呀！」旋波急得向西施又是使眼色，又是搖頭。

西施從未想到在這裡與夫差狹路撞見，索性放膽再唱一曲。

羨美人之良質兮
冰清玉潤
慕美人之華服兮
燦爛文章
愛美人之容貌兮
香培玉篆

歌聲婉轉含香，如鳳翥龍翔，風回雪舞。夫差聽得癡癡迷迷。

「和『照我情郎』相比，何其大雅！何其大雅！」夫差語無倫次地讚美著。

西施聽不懂夫差在岸上嘰裡咕嚕什麼，對旋波說：「咱們走，吳王有毛病了。」小槳一搖，斜斜切入水中，小舟隨之前行。

「你才有毛病，見到自己的郎君，反而要躲。」旋波一把拉住西施的船舷。「咱們得想辦法過去。」

「西施，快把船划過來，寡人要見你。」夫差見西施要走，有點著急。

「還什麼寡人，我看你是寡夫。」西施心中暗道。「范郎」也從不敢用這種語氣對我講話。

「叫咱們過去，還待在這兒幹什麼。」旋波眞有點著急了。「他說的話就是聖旨，咱們得照辦哪！」

「聽我的，還是聽你的。這人吃硬不吃軟，一開始得把他治住，不然什麼都談不上。」西施掙脫了旋波的拉扯，把船划向荷葉深處，一群白鷺從水中驚起，撲棱棱直上藍天，在空中排成漂亮的弧形，煞是好看。

旋波目瞪口呆地看著西施指揮若定的大將之風，簡直不敢相信這就是早晨還賴在床上的嬌女子。她一咬牙，豁出去了，緊隨西施蕩起一圈水波。

吳王一見二人還眞敢走，顧不得多想，跳上一隻小船，划動船槳，直追過來。

「你是追不上的。」西施的聲音清清楚楚地傳進吳王耳中。吳王划槳的速度更快了，小舟快離開水面了。

「西施，你這一著可眞夠高的，還眞牽住了這頭犟牛的鼻子。」旋波一邊飛快地揮動船槳，一邊回頭瞟著越追越近的吳王。「他追上來了！」

「就怕他不來。」西施理了一下有些蓬亂的頭髮，順勢又抹了一把汗。「好久沒划過船了，還眞有點兒吃不消。」

幾個宮女看見吳王親自划船追在西施後面，深感驚詫，不一會兒就招來一大幫宮娥彩女，在那裡指指戳戳，大發議論。

「這越國小妞也太刁鑽古怪了！」

「這小姑娘可眞會來事！」

「還姑娘哪！也不怕讓人笑話。」

荷葉越來越密，荷桿越來越多，小船終於沒法動了。西施回頭一看，旋波也不知丟在什麼地方了。她氣喘吁吁，香汗津津，用槳支住身子直喘粗氣。密密的荷葉在她身邊織起一道天然的屏障，蓋得嚴嚴實實地捍衛著她。

「且讓吳王找會兒吧！」西施自言自語。

「不用再找了！」一雙男人粗壯的手臂摟住了西施，吳王的手從荷桿中伸了過來，像從林中的猛虎撲住了一頭小鹿。

吳王的手伸過來了，但他的頭和身子卻被厚厚的「荷牆」給卡住了，過不來。劈劈啪啪一陣亂響，夫差抽出匕首一陣亂砍亂劈，「牆破」而入，跳到西施船上，一鼓作氣摟住了西施。「看你還跑不跑？看你還敢跑？」夫差氣勢洶洶地把溫情脈脈的吻印上西施的額頭，眼睛。小船蕩蕩悠悠、一起一伏；荷葉也回應著他們的節奏，東倒西歪，左右搖晃。

荷花墜入水中，荷桿折斷，荷葉嘩嘩亂響……

夫差的動作漸漸慢了下來，西施睜開眼睛，夫差正虎視眈眈於她的身上。她低頭一看，全身的曲線在打濕的綢衣包裹中肆無忌憚地暴露出來。

「閉上眼睛！」她用不容置疑的語氣對夫差說。

「反了你不成？」夫差一把撕開了她的胸衣，劈頭蓋臉地向西施壓了過去。

「如果你當我是越國進獻的女奴，你就可以爲所欲爲；如果你當我是你的嬪妃，你要我尊重你，就請馬上送我回去。」西施對夫差的狂暴沒有任何反應，聲音蛇蛻一樣乾澀。

夫差猶豫了，動作明顯地慢了下來，有點拿不定主意。

在他以往的經歷中沒有任何可資借鑑的經驗，找不到一個例子參考。他有點進退維谷。

「嘿！原來你躲在這裡。」旋波冒冒失失地闖進來，傳出一聲驚呼，扭頭划船落荒而逃。

「大王，我不是故意的，真的不是故意的。」她的聲音遠遠地傳來，像驚弓之鳥鳴叫不已。

夫差苦笑一聲：「不是故意，那就是有意的了。」隨手替西施掩上胸衣，又忍不住俯下身去……

入夜，一對宮燈引導夫差來到了「茜香院」，夫差輕輕地叩響門環，聲音在空寂的夜裡清脆。門「吱扭」一聲打開了，開門的老媽子目瞪口呆地看著夫差向上房走去，那是西施的臥室。

「誰？」旋波一聲輕斥，伸手就要點蠟。她住在西施的外間，守住必經的咽喉之路。

「你這次是故意的了！」夫差的聲音在黑暗中響起。

「大王請進！」旋波急忙讓進夫差。「我上午真的不是故意的。」

「我想我比你更清楚。」夫差拍了拍旋波的臉頰。香膩、紅艷的感覺殘存在手心，他逕直走進了裡屋。

夫差忐忑著腳步，狂跳著蹣跚的心，站到西施床前。荷香清幽的氤氳無邊無際地在房間裡起伏，銀灰色的月光從窗櫺直瀉進屋，瑩瑩地在房間裡洶湧，一股致命的窒息緊緊地附在喉節上，他費力地嚥了一口口水，想清清嗓子，但喉頭的緊張和乾涸依然窮追不捨。

西施的睡床在起伏的月波中靜謐著，像一葉香舟飄渺於無垠的水波。極富誘惑的曲線凝聚成不可抗拒的魅力和挑逗。

夫差深深地吸了口氣，又緩慢地吐出，平抑住太陽穴上奔湧的血管。

西施甜蜜舒心地翻了個身，愜意的感覺掛在美麗的唇角，擴展成醉人的笑意。一綹月光輕輕地梳理著她額上的幾縷細絲，細緻而柔情。

夫差的柔吻僵在離西施額頭不到一寸的距離。他下伏的身影擋住了月光，變幻了的光線在黯淡中現出玉石鑄成的紅顏，罩上一層神秘的暈光，似乎是若有若無的光環，更顯詭異和神秘。這樣的一個額頭是不容輕易褻瀆和觸摸的。

夫差把吻落在輕拂額頭的秀髮之上，一根一根地細細溫存，品嘗著髮梢上滴出的春意和溫婉，完完全全地在自己沉迷的激情中顫簌。

「十八、十九、二十……」他自言自語地數著每一根，被吻過的頭髮，像收藏家咂摸著自己的珍藏。

「不是二十五，是二十四。」西施小聲地糾正了夫差的錯誤，突兀得像剛收割完的莊稼地一夜之間長成了可人的莊稼。

溫軟的吳語帶著馥郁，柔柔地把夫差嚇了一跳，手忙腳亂地重重吻在西施的鼻頭上。

「我知道你一定會來占我便宜的，你就知道占我的便宜。」兩節粉藕般的胳膊從被子中伸出來，緊緊箍住了夫差的脖子。

「你前世一定是一位狐仙，不然怎麼會這樣讓人眼饞心饞，想把你一口囫圇吞棗全嚥下。」

「那大王一定是一位吃人族中的獸王，要不怎麼會對人肉感興趣呢？」

「你不是人，你是嫦娥在人間的親妹子，是女媧補天時的五彩石。」

「鞋！脫鞋！」西施調皮地揪了一下夫差的耳朵。

夫差的手在曲線畢露的錦綢薄被上探索。

「你在尋找什麼？我的獵人。」

「我在找一隻丟失的花色狐狸。」

西施對夫差的大動干戈置之不理，把他的手從胸前挪開，放到他的身後，又捏了捏他的大鼻子；想了一想，又鬆開兩個手指，讓他只能用一個鼻子出氣。

夫差三十年來頭一次遇到這樣的女子和這樣的柔情，吳宮中也沒有任何一個女性敢這樣在太歲鼻子上動土。

「牠是世上頂頂可愛的狐狸，長了一身白毛，就像下雪。牠的耳朵和一般狐狸相比，顯得稍小一點。」夫差的嘴在西施的耳朵上蹭來頂去。

西施全身的血液都沖刷在耳垂上，敏感的耳垂曾是范蠡在兩情繾綣前最愛光顧的所在。空氣中浮動著范蠡的影子和氣息，瀰漫得西施昏昏欲睡。

「你把我的頭髮全搞亂了，你可真夠討厭的！」西施索性解開束髮用的綢帶，披散開黑色的波浪。

「那隻狐狸會使妖術，能從嘴裡吐出濃濃的黑煙。」夫差的頭在黑色的波浪中起伏，夾著幾根頭髮，他緊緊地咬住了西施的雙唇。

「那隻狐狸就是狐假虎威的那隻狐狸，一隻貪婪的大老虎正趴在她的身上，不僅嚇跑了其他動物，也嚇著了她。」西施把散開的頭髮中的幾縷紮成一根小辮緊緊地拴在夫差的脖子上。

夫差低低地咆哮了一聲，兩隻手伸向被子裡面，徒勞地在銅牆鐵壁上抓撓，被子好像和西施焊在一起，澆鑄了銅汁一般嚴密，沒有一絲縫隙。

夫差像是一個看見了河岸卻瀕臨淹沒的不幸旅人，又像一個在炎炎烈日炙烤下的沙漠中行走的長途跋涉者不慎打翻了僅有的一壺水。

西施笑嘻嘻地又在夫差脖子上拴了一根髮辮，正興致盎然地欣賞著自己的傑作。她感覺到夫差全身劈頭蓋臉的重壓，靈巧地側了側身子，「大老虎」落在了她的臥榻之側。

君王神聖的權威受到了挑戰，他與生俱來、天地授予的權力受到了輕慢。虎落平陽，虎抖虎威，夫差掙脫了髮辮的羈絆，手、齒並用，在銅牆鐵壁上撕開了一道裂口，左手頑強而堅定地伸進了西施的被子。

太陽和月亮在空中同時出現，和諧地對視著，金木水火土五顆星辰在太陽和月亮中間的空白各自劃出熠熠生輝的軌道，軌道相交、相撞之處進射出漫天瀰漫的火花，化成一道綺麗的霓虹，懸在空中，變幻著神妙莫測的色彩和花紋。

她停止了掙扎。

她伸開了雙臂。

「你還是一個處女！」夫差的聲音有些發顫，快樂的興奮激蕩著他的節奏。

「哐啷」一聲響動，如山崩地裂炸響在夫差頭中。

「是誰？」雄獅震怒了。

「老鼠撞翻了燭臺。」屋外傳來旋波怯生生的聲音。「我眞的不是故意的。」

「你又不是老鼠，關你什麼事？」西施如槁木般乾澀的聲音把夫差嚇了一跳。

館娃屧廊

入吳前夜，在一個神魂俱迷的消魂時分，西施用手指在范蠡隆起的胸膛上漫無目的地畫著圈，留下一道道淺白的印痕，在指甲過後不久變成淡淡的紅色，隨即又消失得無影無蹤，纖細指甲上的紅丹蔻映紅了范蠡光潔的下頷。

「吳王會發現的！」西施沒頭沒腦地冒了一句，頭緊緊擱在范蠡的肩頭，像彎曲的常春藤在參天大樹上攀援而上。

「發現什麼？」

「發現我們的秘密。」

「我們有什麼秘密？」

「你是眞糊塗，還是假糊塗？吳王會感激你對他未來王妃無微不至、體貼入微的照顧嗎？」

「哦！」聰明的范蠡重新變得聰明了。「我倒沒有想到！」

「難道男人都這樣膽小嗎？我眞懷疑世界上有沒有『男人』這種動物。既像見了魚的饞貓，又像見了貓的老鼠。」西施爬起身，把又紅又深的吻香在范蠡嘴唇上的細髭，癢癢地感覺到很舒服。

「你還沒有意識到這件事有多嚴重，它會毀了我們的滅吳大計的！」

「我就是要告訴吳王，我和你好過、親熱過，聞名諸侯的『范郎』是我的情郎，比他夫差強十倍、百倍。」

「西施，你爲越國、爲我付出的犧牲太大了！」范蠡動情地環住西施，暴風驟雨地愛撫著她。

「不是爲了越國，是爲了我的『范郎』。」西施想了一下，搖了搖頭，「也不全是爲了你，我自己也不明白，這就是命吧！變幻難測，吉凶未卜的命啊！」西施從床頭的花瓶中折下一枝帶花的桃枝，輕輕地在范蠡臉上磨蹭。

「桃花很漂亮，你可曾見過冬天盛開的桃花？」

「你是一朵四季常開的桃花。」范蠡把那張比桃花還要艷麗的容顏吻得紅艷如火，滿世界都找不出一朵更艷的桃花。

如今月色依舊，仍然是那般深藍、瑩潔；疏密有致的竹影錯落在窗櫺上。床邊的花瓶裡斜插著一支荷花，粉中透出慘白，憂鬱地垂著頭。只是枕邊人是不可一世的一代霸王，不再是讓她夢牽魂繞的「范郎」。

西施支起身子，從床頭拾起胸衣穿上，鈕扣已被夫差扯斷，西施嘆了一口氣，把它輕輕掩上。她把鼻子湊近荷花，吻著它憂鬱的顏色。夫差被驚動了，摟著西施的手更緊了，在夢中他依然不可一世，主宰一切，雙手緊緊圍在西施的腰上。西施拍了拍夫差的臉，這張臉上有鬍子，硬扎扎的，不比范蠡的光滑、圓潤；一撮鬈曲的胸毛在他的胸脯上密密麻麻，蓬蓬勃勃，剛才就是它們像刷子一樣蹭著她的乳房，很不舒服。

西施恨恨地扯了一把夫差的頭髮，害怕而好奇地等待他的反應。夫差的眉頭皺了皺，嘴唇不滿意地撇了一下，一雙手卻絲毫不肯放過，死死摟定溫香酥玉。西施無可奈何地嘆了口氣，順手把荷花從花瓶中抽出來，輕輕地用它拂著被夫差咬傷的地方，清涼的水珠滴在胸脯上，涼爽的感覺滲入心頭，愜意著全身的肌膚。

「西施，我要爲你修一幢世上最美、最大的王宮，讓周朝的王后羨慕而死。只有你才配，只有你才配……」

怎麼男人都喜歡心血來潮，任意承諾，男人的話是最善變的雲，不可輕信。西施端詳著夫差喋喋不休的臉盤，這位稱雄一時的君主也是一個平凡的男人哪！在心愛的女人面前照樣舉手投降，不堪一擊。西施驕傲地煥發出容光，我已經闖過第一關了。從各方面看，他都是一個不錯的男人，更爲可貴的是，他肯眞心疼愛自己。遺憾的是他不是范郎。西施馳騁著心緒胡思亂想。

這第一關的順利通過，應該歸功於丹丘子。他敏銳如鷹的眼光注視著土城的一切。

「眞是一對金童玉女！只可惜……」他有一次忽然出現在范蠡和西施面前，兩個人鬧了個滿臉紅雲。

「別胡說，老丹丘！」范蠡強作鎮靜。

「瞧！瞧！」丹丘子指了指兩人緊握在一起的雙手，滿臉都印著笑意和戲謔，這在他是絕無僅有的，他可以十天一句話不說，至於笑容，更像曇花一現，不可多得。

西施紅著臉跑開了，身後傳來丹丘子蒼老的感嘆：

「把這樣天造地設的一對分開，眞是作孽呀！作孽！」

西施離開土城前的一天夜裡，丹丘子來到她精致的小屋，遞給她一個芭蕉葉紮成的小包，上面還繫著一根紅綢子。

「閨女，別看我老了，可這眼睛跟明鏡似的。年輕時我也愛過，也是愛到骨頭縫裡，不比你們差一絲一毫。」雪白的鬍鬚抖動著回憶甜美的愉悅。

「丹丘老師，這是什麼東西？」

「到了吳國，和吳王……以前，先吞服此藥，它會使你變成天底下最清純的女孩。」

這話太明白了，西施就是一個傻瓜也不會再問下去了。她感激地想說些什麼，丹丘子已扭頭走開了。

「你是世界上最善良的老爺子！」西施在他背後大聲喊。

和鄭旦同睡一床後，西施把這包藥分給了她一半，又把丹丘子的話給她講了一遍。鄭旦面無表情地接受了，淡淡地說了一句。

「沒有也罷！」

看著熟睡的夫差，西施的心裡多了一份自信和安定；第一關闖過了，以後的日子就聽天由命了！

「最大的宮殿，我要給你最大的宮殿！」熟睡中的夫差像一個饒舌的村婦。

「吥！眞是癡人說夢。」西施又好氣又好笑，把夫差纏在自己身上的手掰開，拿著荷花重新躺下。

柔柔的月波澆在荷花上，妖艷嫵媚和多愁善感。

夏日明麗的朝陽照在夫差的臉上，他睡眼惺忪地向身邊伸手一摸，「西施！」摸到手裡的是一朵荷花，而不是西施。

「這個精靈刁怪的女人！」夫差的睡意全無，馬上見到西施的渴盼在他心頭跳躍。

「西施！」夫差大叫了一聲，整個「茜香院」的人都聽見了。

子惠思我
褰裳涉溱
子不我思
豈無他人
狂童之狂也且
子惠思我
褰裳涉洧
子不我思
豈無他士
狂童之狂也且

回答夫差的是西施清越的讀書聲，從窗外的竹林中傳來，融在朝陽的霞輝中，耀眼地傳入夫差耳中。

夫差幾步走到床前，西施穿著一件大綠縷金百蝶穿花裙坐在一把小竹椅上，頭上梳了個金絲八寶攢珠髻，一枝朝陽五鳳掛珠釵斜插雲鬢，俏皮地墜下金絲銀線。旋波手執一把香扇侍立一旁，她也穿著一條翡翠撒花皺綢裙。主僕兩人都融進翠綠的竹林，染綠了夫差的眼珠。

夫差也顧不得多想，騰身躍出窗外，把支著竹簾的棍子撞倒，竹簾子砸在他的頭上，他也渾然不覺，抬腿向西施走來。

「小心……」西施從竹椅上站起來，立即又坐了下去，大聲地念著「狂童之狂也且」，一連念了幾遍。

「狂童就狂童！」夫差滿不在乎地走到西施面前。

「奴婢叩見大王！」旋波急忙施禮。西施猶然端坐不動，念叨著她的「狂童之狂也且」。

「見了本王跪拜可免，但如果連座都不讓，未免太過分了吧！」夫差心曠神怡地把手搭上西施的嫩肩，捎帶著輕捏一把。

「旋波，給大王看座。」西施笑容可掬地把夫差的手甩掉。「請大王珍重，旁邊還有奴婢。」她壓低了聲音。

「你這又不是故意的嗎？」夫差幾乎是咆哮著對著旋波喊，嚇得旋波忙不迭地逃掉，心裡暗罵西施缺德，平白無故地把矛頭引向自己。

西施搖搖頭，聳聳肩膀。「大王，我的脖子都酸了，替我揉揉！」她邊說邊把手中的竹簡遞給夫差。

「我拿著竹簡，怎麼好給你揉脖子呢？」夫差接過竹簡，有點不知所措。一眼瞜見旋波在不遠處逡巡，又朝她大叫一聲，「走那麼遠幹嘛？還不過來幫忙。」

夫差在西施肩頭又捏又掐，西施閉著眼睛享受著，按摩到點上，身子忍不住如梨花亂顫，嬌喘吁吁，竹椅子在身下呻吟不已。

「寡人中午在茜香院用膳，你用什麼款待寡人哪？」

「看在你替我揉脖子的辛苦上，中午用燒鱸魚款待大王如何？」

「原來愛妃愛吃鱸魚，那麼寡人也愛吃鱸魚了！」夫差振振有詞，好像隨著西施的愛好是一件天經地義的事。

旋波遠遠地聽見燒鱸魚，急忙向御廚走去，想將功折罪，其實這活是小丫環幹的，根本不用她操心。

不一會兒，熱情洋溢的旋波垂頭喪氣地回來了，滿臉的委屈和晦氣。

「御膳房僅有的幾條鱸魚被王后的人要走了，其實我比她們到得早。」魚確實是許姒的下人要走了，但她們確確實實比旋波要得早。旋波不肯輕易放過這樣一個生事的機會，她倒要看一看西施在吳王心目中的地位有多高。

「你愛吃也沒有了！」西施哂然一笑，朝夫差擠了擠眼睛。

夫差按在西施肩上的手忍不住使上了勁，疼得西施大叫一聲「哎喲！」差點從竹椅上摔下來。

「許姒無禮！」夫差說完這一句，馬上意識到不妥，又和顏悅色地問旋波，「你告訴過她們這魚是我要的嗎？」

旋波不敢再把事情鬧大了，低眉順眼地答道：「奴婢忘記了！」

「這也怪不得王后，她根本就不知道這種小事。」夫差自言自語。

旋波見好就收，能掏出「許姒無禮」這句話已足以證明西施在夫差心中的分量了，旋波踏踏實實地放了心。

「馬上傳王孫雄來見我。」夫差對自己的小廝大聲吩咐，兩名小宦官如飛地去了。

「王孫雄！」夫差在自己宮廷總管的面前威風凜凜。

「下官在！」方頭方臉的宮廷大總管俯首帖耳，他的優點和特點就是不折不扣地執行夫差的任何一道命令。

「馬上在御膳房邊上鑿兩個大池，養吳國、越國上好的鱸魚各一千條。」

「遵命！」王孫雄欠身低首。

「大王，鱸魚必須在流水中才能養活，池子裡是養不出來的。」西施很理解夫差的不識養殖，只是提醒，沒有半點兒嘲諷的意思。

「這有何難！鑿通太湖，以太湖水養之，我就不信幾百里太湖水養不活幾條鱸魚。」夫差輕描淡寫地說。

「遵命！」王孫雄頓了一下才說。他很清楚夫差所說的「這有何難」有多難。大王被這名女子迷住了，已經不可救藥了，以後不知道還要鬧出什麼新鮮花樣。

「記住，池子裡的魚是供『茜妃』專用的。」夫差隨口謅了個「茜妃」，想不到竟然說得很親切，很順口。

「遵命！大王、茜妃。」王孫雄以他特有的方式回答，中氣充沛。他很樂意叫「茜妃」，名字和人一樣美，他都快美不勝收了。

「第二件事，馬上給茜妃搬家，搬到姑蘇台最好的宮殿裡。第三件事，晚上帶最好的工匠和設計家到姑蘇臺上，我有事要問他們。」

王孫雄退了出去，臨走前還向西施揚了揚手。夫差很奇怪，平日裡老實的王孫雄怎麼會對西施上心呢？他不滿地哼了一聲，不得不承認面前這位玲瓏剔透的越女身上蘊含著一股神奇的魅力。

西施搬到姑蘇臺上已經快半年了，吳國嬌豔的夏日已化成冬季的彤雲飄雪，紛紛揚揚地把一座高臺裹在其中，漫天灑著亂綿碎絮。一條小溪彎過姑蘇台，曲曲折折地抖縮著，雪花飄落水面，一時融化不了，就像流水落後一樣纏綿在水面上。一座竹橋靜臥溪上，一任流水幽咽低鳴。

西施站在姑蘇台頂，悠悠地凝望著南方。苧蘿村的雪沒有這樣大，沒有這樣狂，總是酥酥潤潤、不蔓不枝的，就像范蠡柔情的擁吻。而吳國的雪扯天扯地垂落，和夫差的雄健、孔武異曲同工。

西施的眼神有些發滯，披著的大紅羽綢面白狐裘氅上圍著大貂鼠風領，一身都毛茸茸的。她剛把夫差趕去上朝。夫差已經把姑蘇台變成了吳國的朝廷，他可以十天不下臺一步。他在臺上簽署了與齊國、晉國的弭兵協定，接見各國的使臣，也接見自己親信喜愛的臣下，伍子胥是不在其列的，這個老爺子的嘴太碎了，姑蘇台對他來說是太高了，他已經老得爬不上來了。

一大早，夫差就醒了，摟著溫熱的西施，他的感覺又上來了，不老實的雙手在酣然熟睡的西施身上瞎折騰，逼得西施不得不在龍鳳呈祥的大綢被中築起一道防線。

「大王，今天是朔日，你要再不上朝，又有人說我妖媚惑主了。」西施竭力用指甲輕輕地撫摸夫差的後背平息他心中的邪火和越來越奔放的節奏。

「難道不是嗎？我和我的吳國不都是被你迷倒了嗎？」夫差毫不通融地在西施臉上蓋了幾記深吻，就像在簽發的詔書上加蓋玉璽一樣痛快淋漓。

「你不像不可一世的君王，倒像不諳世事的頑童。」西施被夫差的激情感染了。

「我不就是一個『狂童』嗎？我的吳國就是飛速旋轉的陀螺，你借我手裡的鞭子讓它旋轉，讓它舞蹈。吳國的生命太猥瑣了，它應該爲你釋放出更大的能量和榮光。」夫差把手插過了西施的防線。

「不行！你今天必須上朝。你有比我更重要的事情要做。」

夫差眨巴著眼睛，想找到新的突破口，西施已經披上睡衣，叫旋波進屋收拾了。夫差無可奈何地支起身子，惡狠狠地朝西施揮動了幾下拳頭。西施款款地走到他跟前，替他繫上王冠，又在他的短髭上蹭了蹭臉。

「早點回來，我等你。」

「經常鼓勵我們去幹一番大事業的女人卻又是多麼妨礙我們去完成它喲！」夫差吁出長長一個感嘆。

西施癡癡佇立在雪花織成的天網中，身上積了一層雪霜，綻放著她迷人的紅顏。最近幾天，總有一雙惡狠狠的眼睛刺在她的後背上，壓抑著她的心情，以至於幾次和夫差親熱得如火如荼時，她都忽然回顧身後，但身後空無一人。現在她又感覺到這雙眼睛的存在，她學乖了，偷偷從懷裡掏出一面小銅鏡，梳理著雲鬢上的雪粒，銅鏡上閃出了一雙噴紅的眼睛，瞳孔中閃著慘人的光。西施鎮靜自若地調整了一下銅鏡的位置，一束冰寒的雪光陡然刺中了那雙眼睛，眼睛被一隻手捂住了。

「旋波，去把身後揉眼睛的那個女孩給我帶來。」西施頭也不回地對旋波說。

「請你不要用惡毒的眼光看著我，眼光比詛咒更可怕。」

「你害怕了嗎？你要知道每天都有成百上千雙這樣的眼睛在爲你祝福，爲你祈禱好運。」

「爲什麼？」

「爲吳王爲你想出的一個個花花點子，爲你的每一次異想天開。」被帶上來的女孩白白淨淨，有一張傷感的瓜子臉。

「可姑蘇台在我入吳前就建好了！」西施不能不爲自己分辯。

「那館娃宮呢？」姑娘臉上顯出憤慨的神情。

「館娃宮？」西施覺得這個名字挺別致、很新鮮，但從未聽說過，它又怎麼和自己拉上了關係。

「對！館娃宮。吳王的宮廷總管王孫雄徵集十萬民夫不分晝夜建造了館娃宮，也許你馬上就有喬遷之喜了。」姑娘對西施的迷惑報以鄙夷的訕笑。

「是啊！你是吳王千嬌百媚的美娃仙女，他當然要爲你建造天下最美的宮殿，讓你像一個乖娃娃一樣住在裡面。多愜意、多浪漫的情調啊！」

「可是我的確不知道！」西施有點明白了，王孫雄老實巴交的面孔出現在她眼前，夫差當時的表情和他對王孫雄的吩咐都復甦在她的記憶裡。

「你當然不知道。你醉在鱸魚湯裡不省人事。爲了讓你吃鮮活水靈的鱸魚，我的父親累死在開渠的工地上，他是參加過椒山之戰的老兵，沒有戰死，卻活活地累死了。爲了你能生活在天下最大最美的宮殿裡，爲了你和吳王比翼雙飛，我的妹夫又從橫樑上掉下來，活活摔死，我妹妹還不到二十歲呀！不到二十歲的寡婦呀！」

「我很抱歉，我確實……」

「你對我家的兩條人命說一聲抱歉就完事了，可眞輕鬆，輕鬆得像吹一口氣。你這個不要臉的狐狸精！」

「收回你剛才說的話。」西施的話中滲出陰森森的肅殺。

「你這個狐狸精！」

一記火辣辣地耳光炸響在瓜子臉上，閃出火星點點。西施的手上麻辣辣的酸痛。

「我十二歲時就死了爹，他戰死在椒山，吳國人在他胸前捅了七刀。是我和我媽把屍體從椒山抬回了苧蘿村，一步一步地捱回去的，走一步，地上就滲一個血印。當時我才十二歲，只有十二歲。」

「咦？這是怎麼回事？誰吃辣椒了？空氣這樣火爆？」夫差散朝回來了，大雪使他年輕而興奮。

「沒什麼，我和她們幾個聊天，聊到了小時候的傷心事。」西施拍了拍那張瓜子臉，「去吧！以後我們沒事可以多聊聊。」

夫差一把握住了西施的手，使勁地搓揉著，往上面哈氣，「怎麼凍成這樣，快回屋去、快回屋去。旋波！你敢說你這不是故意的嗎？小心你吃飯的傢伙，沒準兒明天起床後，你就找不著它了，我不是和你開玩笑。」

夫差把西施擁到屋中的火盆旁坐下，把她的手暖在懷中。

「你不回來，我可眞想你，眞怕你被雪埋住了回不來。」

「就是把我凍僵了，只要一想你，也能把千年的堅冰化開。哦！全姑蘇城的子民都在焚香爲我們祈禱。瑞雪兆豐年，明年吳國又是一個好收成，上天對我眞是太寵愛了。」

「是呀！宮中的宮女也在爲我們鼓瑟合諧祈禱。」

「誰！」夫差很想知道哪一位宮女這樣忠心耿耿，完全可以和盡心盡力伺候他的勾踐媲美了。

「就是剛才那個瓜子臉。」

「好！難得她如此忠心，賜她黃金百鎰，明日送她出宮，許配給姑蘇城中的富戶。」

夫差的命令馬上被不折不扣地執行了，後宮裡響起了一片謝恩的聲浪。

「哦！對了，我有一件禮物送給你，你猜得出是什麼嗎？」夫差抱起西施在屋中旋轉。

「猜猜看！你一定會大吃一驚的。」

「館娃宮。」西施淡淡的語氣澆滅了夫差的興奮。

「你怎麼知道的？你怎麼什麼都知道？」

「世界上最大最美的宮殿，專門爲我建造的，謝謝你，我的大王。」西施軟軟地靠在了夫差胸前。

「眞是佳木蔥蘢，奇花爛漫，銅鉤玉欄，珠地金頂，不枉把它叫做『館娃』。」夫差帶著西施在館娃宮裡遊覽，王孫雄遠遠地跟在後面，隨時答疑應對。

西施來到一眼清泉邊上，俯而視之，但見青溪瀉玉，石磴穿雲，白玉欄杆，環抱瑤池，兩邊飛樓插空，雕金繡檻，皆隱於山坳樹梢之間，只有一亭置於泉上的石橋之中。

「這是什麼橋？」

「我就知道你喜歡水、喜歡泉和溪。這是請越國的工匠完全按越國的風格建造的。你嘗嘗這水。」夫差一臉神秘。

「這是苧蘿村香溪的水。」西施把水掬到唇邊，便覺香徹肺腑，全身滋潤。

「這水是大王派水軍從苧蘿村運來的，每天更換一次。」

王孫雄看見西施眉飛色舞，也忍不住上前湊趣。他最喜西施的一副笑模樣，他願意看見她笑，更願意博她一笑。

「就叫它『瀉一亭』吧！水中蘊含著大王對臣妾的一片摯愛。」西施對夫差深施一禮。

夫差一行出亭過沼，一山一木、一草一石，莫不著意觀賞。忽見前面一帶紅牆，數楹精舍，遮映在千百杆翠竹綠樹中。

「前面就是茜妃的居所了。」王孫雄一旁指點著。「因茜妃是天然生成的精靈，故不敢用金碧輝煌來褻瀆。一切全都循乎自然，合於陰陽。房舍皆用千年檀木精雕而成。爲此，小臣派出了三百多人去列國購買檀木。」

眾人進得園中，但覺異香刺鼻，熏得人飄然欲仙。一條曲折遊廊逕直拐向院中，階下石子漫成甬路。

西施踩在石路上，衣袂飄飄如有鳳來儀。忽然腳下一滑，一個趔趄，夫差急忙抱住，王孫雄面色煞白，雙腿微微打顫。

「王孫雄！」夫差聲色俱厲。

「不關王孫總管的事，是我遊玩太累的緣故，我想進去歇一歇！」夫差抱起西施走進屋內，把她置於床上，急切地捧著她的腳踝。

「沒事吧！愛妃。」

看見王孫雄還愣在一邊，夫差對他大吼一聲：「還不快去請御醫。」王孫雄諾諾連聲而退。

西施眉頭微皺，臥於床上。夫差笑道：「今日我終知爲何有東施效顰的典故了。」西施笑了，「大王不要以訛傳訛，否則會折小女子的壽的。」

「我的天啊！你還是小女子，那我豈不是連蟲豸都不如了。」夫差誇張地捶胸頓足。

「蟲豸！把手給我。」西施抓過夫差的手把它擱入自己的懷中，無限嬌羞地閉上眼睛。

夫差快暈過去了，這樣的主動在西施來說是第一次。

夫差慢慢地俯下了身子，激情地湧動著，西施迎合著他。

「腳還痛嗎？」

「不痛了。」西施不好意思地笑了。

西施一覺醒來，夫差不在身邊。她慵懶地轉動眼睛，只見夫差在床頭的案几上寫寫畫畫，一副認眞的神情。

「我要爲你建一道『響屧廊』。」

「響屧廊？」西施有些費解。

「我要把剛才闖禍的那條石徑連根刨掉，鑿出二米深的大坑。」夫差的手在圖上指指點點。

「那這次我扭的就不是腳脖子了，而是脖頸了。」

「大坑用大甕塡平，覆以整塊玉石製成的大地板。你和旋波等宮女穿上金絲製成的屧鞋，行走其上，不是響屧又是什麼？眞可謂千古絕唱，此曲只應天上有。」

從那天起，錚錚的響屧聲絲絲扣扣地繞在館娃宮中，也傳到了列國諸侯的朝堂，楚王的細腰宮黯然失色了。

鶯語呢喃

謐。

鄭旦死了！

西施眼睜睜地看著生命的餘輝從她身上褪去，像鐘漏裡滴落的細沙緩慢悠長而寧靜安

「別了！我親愛的姐姐。別了！我兒時的夥伴。」西施在心裡反覆篩著這幾句話。

一層淡淡的光暈罩上了曾經是勾魂懾魄的容顏，像抹了一層祭祀的聖油，鄭旦睡在百合花叢中，哀傷的花瓣點綴著死神吻過的花容月貌，襯出淡淡哀怨。

「愛妃，你要節哀！」夫差扳過西施的肩頭，也是滿臉的凝重。

他居然沒有眼淚，一滴裝模作樣的眼淚都沒掉。難道這個世界眞的冷酷得只剩下貪婪和欲望了嗎？西施覺得肩上的手長滿了黑猩猩的長毛，扎得她心都發顫。她試圖把那隻手甩掉，但沒有成功。

西施的手觸到了懷中的寶劍，那是鄭旦臨死前從枕頭下抽出來塞給她的。

「收好了，這是他的寶劍。多少次我都想用它結果了自己，想像他的寶劍劃開我胸膛時的猙獰。他的寶劍做這事眞是再合適不過了！其實他早就給了我一刀，在這兒！」鄭旦用手指了指胸口，說這樣多的話耗盡了她生命燈盞中不多的幾滴殘油。

「請代我告訴他，我無怨、無恨、無悔，只有遺憾，比太湖還要寬的遺憾。我臨死前還牽掛著他，你不會不高興吧！我的小妹妹。」鄭旦用纖細的手摸索著西施的長髮，她正在作飛蛾撲火的最後一擊。

「你不會就這樣走的，你還有很多的事要做，我們要一起去找那個人。」滔滔的眼淚打濕了西施的安慰。

「我已經嗅到了死神的氣味。你瞧！大司命、少司命已經在雲中向我微笑頷首了。」鄭旦唇角綻出了一朵小花，像枯黃的老藤上一片常青的葉子。

「不管怎麼說，那是他交給我們的事，把它做好吧！你一個女人還能做什麼？」鄭旦閉上了眼睛。她說得太多了，就像一個長途跋涉的行人。

「她已經死了！」夫差附在西施身邊耳語。

「是的，她已經死了！」西施機械地重覆著。

「我們走吧！」夫差攬住了西施的腰。

「好的，我們走吧！」西施夢遊似的隨著夫差走開。

一朵美麗的花自己折斷了花莖，掉在地上，想去親吻大地。西施想起了鄭旦從前給她講過的故事。

鄭旦死後那幾天裡，吳宮中沸沸揚揚著她的傳聞，流言在春雨杏花中蜚短流長。

「聽說她練過一種吸陽補陰的絕術，是越國人專門派來害大王的。」

「可不是嘛！沒見大王和她在一起那幾天瘦得眼睛都快凸出來了。這事啊！不可全信，又不可不信。」

兩個侍候西施的小丫頭在館娃宮後花園裡的鞦韆架上閒聊。鞦韆一盪一揚地在空中蕩蕩悠悠，發出吱吱扭扭的響聲。太陽還沒有升起來，東方的那片天紅得比其他地方更可愛些，好像孕育著什麼東西。一層密不透風的常春藤在她們身後搭成一個天然的屏風。

「還有更玄的哪！聽說天底下還有這種絕活的女人，她一天也離不開男人。離開了男人，她就會像花一樣枯萎。」一個小丫頭掖了掖自己飛起的裙角，但一個飛盪之後，裙角再次揚起，露出裡面的春光，小丫頭氣沖沖地把那個不聽話的裙角逮住，塞到了身下。

「怪不得她莫名其妙地就凋謝了，原來是我們那位獨占專寵，害得她得不到皇恩雨露的滋潤，她是乾涸而死的。」另外一個小丫頭很爲自己的善於推理而洋洋得意，她高興地揪著自己的頭髮。

「可你看我們那位在她身邊哭得多傷心，一生一世的眼淚都快淌完了，流盡了！」

「嗐！還不是假裝慈悲，聽說越國的貓在吃老鼠前會掉下傷心的眼淚。」

兩個小丫頭越說越高興，鞦韆越盪越高，鞦韆高高地飛過了身後常春藤搭成的屏風。一個小丫頭得意地往後揚起頭，任長髮飄然如孔雀開屏，就在盪到最高點的鞦韆向下甩的時候，她看見了一個全身素白的身影，那是一個她再熟悉不過的身影了。

「茜妃！」

另一個小丫頭被這聲喊嚇癱在鞦韆上。西施臉上的白霜比她身上的縞素還要慘白。

兩個小丫頭瞠目結舌在鞦韆上呆住了。沒有動力的鞦韆像癟了氣的皮球慢慢地停了下來。一個小丫頭跑到西施面前，叩頭如搗蒜。額頭上沾滿了晶瑩的露水。

西施一言不發地站起身，緩緩走開。不久，在她身後傳來了兩聲悶響，像是兩塊大石頭扔進了古井之中。

夫差把鄭旦葬在太湖南面的黃茅山上，立了一個愛姬祠。這一切都是爲了討西施的歡喜，她已經在床上不吃不喝躺了兩天了。

「滾開！你們全是一幫無用的廢物，治不好茜妃的病，我要你們全家滅絕！」夫差咆哮著侍立床前的一幫御醫。

「你怎麼像一個粗魯的屠夫，這和大夫們沒有任何關係。」西施躺在床上有氣無力地從嘴唇裡往外蹦字。

夫差揮了揮手，斥退了呆若木雞的一幫白鬍子先生。

「愛妃，你快點好吧！你要什麼我都給你，我的江山和我自己。」夫差束手無策地坐在西施床頭，神經質地搓著手。

「我要見一個人，只有他來了，我的病才會好。」西施腦中閃過一線靈光，接著是天崩地坼的大陷塌，她覺得自己連同身下的床都陷入到地層最深處滾燙、湧動的岩漿之中。

「誰？就是周天子，我也要上洛邑去把他給你抓回來。」

夫差高興得全身緊張，只要有辦法就好辦，全吳的甲士和子民財帛都是他的掌中之物，他不惜用他們來博西施燦爛的一笑。

「越國大夫范蠡！」西施費勁地吐出「范蠡」兩個字，全身都虛脫得散了架，臉上泛起滾湧的紅潮。

「范蠡？」夫差狐疑的眼中閃過猜忌。

「要他來參加鄭旦的葬禮，不然鄭姐姐閉不上眼睛的。」

「她的眼睛不是你親手給抹上的嗎？」夫差假裝糊塗。西施提到范蠡的神態讓他覺得這是一個充滿危險的意見，他已經聞到胸中翻湧的醋味了。

「范蠡是鄭姐姐的第一個情人。」西施大膽地看著夫差，她很清楚夫差此時在轉什麼念頭，她豁出去了。

「這是怎麼回事？」夫差覺得緊緊拴在心上那根絲線沒有了，一陣輕鬆，醋海風波變成了清清溪流。

「鄭姐姐以前和范蠡好過，越王強迫范蠡把鄭姐姐送到你的宮中。」西施雲山霧海地對夫差解釋。

「挺好的一對，幹嘛要拆散人家？勾踐也太糊塗了，眞是不可救藥。」夫差憤憤不平。

「你倒挺有同情心的。」西施高興了。

「我又不缺女人，爲什麼要拆散一對好鴛鴦？」

「既然你不缺女人，那我明天就回越國，回我的苧蘿村。」西施作欲起之狀。

「你又來了！我不缺女人，但你是女仙，我只有一個獨一無二的女仙啊！」

兩個人都沉默了。

「范蠡可眞有意思！」夫差沉思中笑出聲來。

「有什麼意思？」聽見「范蠡」二字，西施有點草木皆兵了。

「不知不覺中就給寡人戴了一頂綠帽。」夫差越想越覺得好笑。

「你不是『寡人』嗎？你就只配永遠一個人孤孤單單地過日子。」西施惡狠狠地對著夫差的笑容。

「你可不要開玩笑，千萬別亂來喲！」夫差有點兒害怕。眼前不禁閃出范蠡風流飄逸的形象。

「你到底讓不讓他來？」

「既然你這麼想讓他來，讓他來不就得了。」一代雄王委屈求全了。

「對了，我就是要他來，我就是想他來。」西施一賭氣，索性轉過頭去，不理夫差了，床頭巨大的梳妝鏡把夫差陰雲密布的臉展示在她面前，一覽無遺。西施眼看著烏雲越聚越沉，快撞擊炸出響雷了，心中有些發虛。轉過身子，笑眯眯地看著夫差。

「還眞生氣了，你什麼時候才能長大呀？」西施把夫差拉到自己身邊坐下，把他的手貼在自己臉上。

夫差有些尷尬，擠出一個虛弱不堪的笑容。「我生什麼氣？我才沒生氣呢！」

「沒生氣就好。」西施把嘴湊到夫差耳邊。「大王，你不想餓死我吧！我都快餓暈了。」

「你想吃飯了，這太好了，傳御廚趕緊上飯。」夫差高興得站了起來。西施一把將他拉住，在他臉上響亮地親了一下，「那范蠡——」

「馬上傳越國范蠡火速到姑蘇朝見。」夫差對王孫雄大聲命令。

夫差十萬火急的詔命傳來了范蠡，他是坐著快船從會稽趕來的。

「罪臣范蠡叩見大王，不知大王有何吩咐。」范蠡跪在夫差丹墀之下，按部就班地叩了三個頭。

他也是一個普通的人，同樣地跪拜在世俗的君權面前，平時挺拔的腰彎得那樣深，明淨的額頭不是照樣停留在被眾宦官踩過的地毯上。而他所叩拜的這個男人哪，在西施面前同樣是百依百順、服服帖帖；有時候為博得西施一笑還不惜裝貓學狗，醜態百出。

但她偏偏就迷上了范蠡，鄭旦還為他而死，臨死前還惦記著他。可憐的女人，你們究竟還要做多少傻事，幹嘛非要把自己的命運送到永遠不值得相信的男人手中。

「范大夫和鄭旦生前一定很熟吧！」

「生前？」范蠡怔住了。

「對，她已經死了。」西施掀開簾子，走了出來，在夫差旁邊坐下。在姑蘇台裡，她是為所欲為的。夫差朝旁邊挪了挪，讓她坐得更舒服。

范蠡注視著面前這位風情萬種，儀態雍容的少婦，一時無語對答。放在腿上的手掌從掌心滲出汗來，緊緊和衣袖貼在一起。但鄭旦死了的消息卻驚愕、悲傷了他的心。

「你要承認我是你的情人，而且是在西施之前。」鄭旦的話從遙遠的記憶中傳來。

「我的情人死了，一個愛我的女子。」范蠡心中發出哀鳴，苦澀的淚水從眼中漲溢出來，鹹鹹的濕潤了他的臉頰。

他哭了，是眞心的悲哀。這是從痛徹肺腑的陣痛中流出的清泉，他畢竟是有良心的。今日他爲鄭旦而哭，明日他可會爲我掉淚哀泣？西施悲從衷來。

「范蠡！見了茜妃爲何不施禮？」夫差有些不悅，從鼻孔中哼出話來。

范蠡、西施兩人四目相對，後者的眼波中浮著迷惘和感傷，還有一種范蠡從未讀過的表情。對了，是報復，一種充滿快意的報復。她受了多大的痛苦和哀愁，這些負擔對她一個弱女子來說眞是太過分了。她本來應該過一種健康、自然的生活。是我壞了這位絕色麗人的一生。我最親密的情人坐在別的男人身邊，而且是我逼她這樣做的。我眞的喜歡她嗎？我還配對她說這種話嗎？

「大王在偏殿接見使臣，已是非禮；和內寵坐於一席，更是兒戲。請大王恕臣抗命之罪。」范蠡的腰挺直了，脖子硬得像是用鋼架支撐起來的。

他畢竟是一個男人，在壞男人的人群中，他還是不錯。應該承認，他有時候是相當可愛的。

「范蠡，你也太狂了，越國已經不存在了，你還算什麼使臣，難道你想……」

「大王，別難爲范大夫了。」西施急忙化解。

「是大王發慈悲，替越國宗廟留下殘祚，只要越國宗廟尚存，我就是越國的使臣。」范蠡被心內的火燒炙得不顧一切了，冷靜太久的歲月之後，他已經不願再冷靜了。有時候冷靜會成爲懦弱的藉口。

「你還記得是我大發慈悲，我能發慈悲，我也能發雷霆。你知道君王的憤怒嗎？」

「我知道，浮屍百萬，流血千里，漂櫓成河。可大王知道小臣的憤怒嗎？」

「哼，不過是呼天喚地，以頭撞牆罷了。」夫差不屑一顧。

「小臣之怒，伏屍兩人，流血五步，范蠡頸血可以在五尺內濺上大王的衣袍。」范蠡不卑不亢。

「難道你想造反不成？」夫差拔劍怒目而起。

「罪臣不敢！」范蠡叩頭到地，彬彬有禮地謝罪，火候已經到了，再過頭就不合適了，如果連這點分寸都掌握不好，他還算范蠡嗎？

「大王，范大夫也是因爲鄭姐姐之死亂了方寸如此衝動的。」西施好言撫慰，心中還在爲范蠡的壯舉擊節讚嘆。

「范大夫很爲鄭旦的事傷心，對嗎？」夫差見范蠡謝罪，也就消了氣。

「她是我從苧蘿村求聘而來，中途不能侍候大王，是她沒有福份啊！」

「僅僅就是這樣簡單嗎？鄭旦臨死前可是很牽掛大夫你喲！」

「區區在下，無德無才，徒有虛名而已！倒是鄭姑娘深明大義，一片冰心，她才眞正叫人不勝景仰！」

「眞的是一片冰心嗎？」夫差皮笑肉不笑地問。

「昭昭日月，神人共鑒，又豈是流言蜚語所能詆毀的。」

「誠願如范大夫所言，明日爲鄭旦的祠廟奠基，請范大夫參加。」夫差有些累了，想結束這場冗長的談話。

別了，我心愛的姑娘，此地一別，孤篷萬里，不知何時才能相見，不如今生還能否再見。別了，我心愛的西施。范蠡虔誠地向西施叩了三個響頭。我的姑娘，你受委屈了！如我倆緣分未盡的話，我將用一世的柔情待你；如今生無緣，來世當用一生的眼淚還你。范蠡義無反顧地走出了朝見的偏殿。

這個人，又不是生離死別，爲何要搞得這樣慘烈悲壯，淒淒慘慘。看著范蠡的背影，西施暗暗好笑。

范蠡回到候見廳裡，接過侍衛遞過的寶劍，佩於腰上，又在一面大銅鏡前正了正衣冠。一隻纖弱的小手從銅鏡後的布幔中伸出來，向他招了招，是他再熟悉不過的手勢。他有點迷惑地轉入布幔之後。

一個溫熱的身體貼上了范蠡後背，一雙小手緊緊環在他的腰上。

「遠道而來，有沒有什麼禮物給我？」西施夢幻般的聲音。

范蠡閉上了眼睛，輕輕地用後頸蹭著西施粉嫩的臉蛋。他從懷中掏出一個東西，用一隻手掰開西施的一隻手掌，把它攤平，將手中的東西放了上去。玉石叮噹的聲音在布幔包圍的陰影中清脆、悅耳，西施的手上有一種圓潤、光滑的清涼。胭脂石，這是他們定情的苧蘿山上的胭脂石，西施的胭脂血淚染紅了這些可愛的小石子。

范蠡轉過身來，把西施攬定在懷中，在黑暗中注視著她。

「你受苦了！」

「你知道就好！」西施的手指插在范蠡的髮縫中，喃喃低語。

「你連和我在一起都講吳語了，進步眞不小。」

「都是你這個壞人給害的，從沒見過你這樣的情人，生生地逼自己的情人去和別人好。」西施在范蠡的千般溫情下呢喃呻吟。

「越王會感謝你的，越國會感謝你的。」范蠡的舌頭在做更深的探索，他有點把握不住了。西施的身體僵住了。她慢慢地推開范蠡，整整蓬亂的髮髻，一字一頓地說：

「讓你的越王和你的越國見鬼去吧！」范蠡不知所措地戳在地上。

「給你，這是你給鄭姐姐的信物，她在臨死前還在念叨你這個沒良心的。」

范蠡木然地接過寶劍。

「滾吧！滾得遠遠的，別再讓我看見你，連同你的越王和越國。」

兩行清淚從西施眼中滾出。范蠡也是淚眼迷離。

「你還哭？別僞裝了，范大夫！你這個劊子手，你這個不折不扣的僞君子！」西施哭著轉身跑開了。

月華如水，響屧廊上一片銀白的迷離。千奇百怪的樹影參差不齊地斑駁陸離。夫差和西施在廊中賞月。面前的石案上堆滿了各種美味佳肴，旋波還在指揮其他婢女大盤小盤地往上端。

「你還有完沒完哪！怎麼像個土財主一樣，什麼東西都要擺出來。」西施不滿地對正在指手劃腳的旋波發話。

「這是大王的旨意!」旋波仗著手裡的尙方寶劍，有恃無恐地繼續發號施令。

「旋波，停一下，看茜妃有什麼吩咐。」夫差看見西施興師問罪的目光投向他，急忙讓旋波罷手。

「把其他的菜全撤下去，只剩下生拌香菜和清炒萵筍，還有大王最愛吃的油炸蟹鉗。」西施懶懶地用手抓起一隻蟹鉗放進夫差口中。

「全部撤下，就照茜妃的話辦。」夫差不假思索地隨著西施，又不甘心地指著侍女撤下的菜對西施解釋。

「這是齊國進貢的燒鴨，這是晉國貢獻的山豬。還有這是……你猜猜看?」夫差指著一大盤炸得烏黑的肉脯。

「我不猜，看見都讓人噁心。」

「這是麒麟肉，是魯國國君獻上的。這可是曠世難逢的瑞獸!」

「什麼瑞獸?死生由命!誰又敢說他一定得到天道的保護，天道無常，世事無定。」

夫差吃驚地看著西施，「想不到愛妃竟是一位智者。我夫差眞是祖上積德。」夫差高興地用手拍著額頭。旋波帶著一幫婢女在周圍盡心盡力地侍候著，錚錚錝錝的響屧之聲如絲如縷，不絕於耳，聲音在寧謐的深宮中悠長綿延。

「唉!寡人一生征伐，也沒過上幾天舒心的日子，今後還要多陪陪愛妃享受一下人間煙火，良辰美景。」夫差慨然長嘆。

「你還嫌不夠哇！我都被你陪得發膩了，算一算，你這月又有幾天沒上朝了？我都快被你的那幫大臣罵死了。」

「這月我已經上了三天朝了，吳國天下太平，太宰伯嚭和相國伍子胥又都忠心耿耿，我還發什麼愁。只是伍相國人老嘴碎，我越來越煩他了。」

西施抿了一口酒，嘆道：「每天都這樣醉生夢死，又有什麼意思呢？天天喝酒遊玩，我覺得自己都快成一具行屍走肉了。」

話音剛落，一位婢女腳下一滑，手中的金杯玉盤掉在廊中，怪異的聲音迴旋在空氣裡，震蕩不止。兩隻野鶴從林中驚起，巨大的翅翼扇過長廊，清瘦的身形在月色下盤旋。

「討厭，我討厭你這個帶響的屧廊，搞得人心煩意亂。」西施在夫差懷中捂上了耳朵。

「把高屧全部脫掉。」夫差不客氣地對眾婢女發話，眾婢女脫下高跟的響屧，裸露出的腳踝在綠衣粉袍的裙邊下時隱時現，在光滑的廊上飄動著。

夫差見旋波還在猶豫，毫不容情地指了指她，「還有你。」

西施扯了扯夫差的鬍鬚，「她就免了吧！」旋波看不慣西施發嗲的神情，把高屧脫下扔掉，站在一邊生悶氣。

「奴婢給大王跳一段醉舞好嗎？」西施的酒勁上來了。

「那太好了！」夫差拊掌大笑。

西施脫去外裙，肩披薄紗，身影在月色中飄渺流蕩，翩躚的衣裙飛出漫天的蓮花。西施越舞越快、越舞越急，點點足尖已離開地面，在空中隨意飄溢。如潤如玉的香溪在她足下流淌，點點殷紅的胭脂石在她足下生輝，她似乎又回到了苧蘿山讓人心醉神迷的月夜，回到了土城那個酒香四溢的消魂之夜……

西施終於用一隻足尖站定，一隻玉腿高高舉起，窈窕的身形在月光下像一隻高飛若舉的大鳥。

眾侍女早已散去。

夫差走上前，一把將她摟入懷中。

「愛妃，我要你。」

「我難道還不是你的嗎？」西施迷離的手臂鉗住了夫差的脖子。

「就是現在，就是此地。」

「主人有什麼需要和奴婢商量的呢？」

「你是獨一無二的美麗。」

「你是不可一世的君王。」

「你是我今生今世的唯一。」

「我被你征服了。」

響屧廊發出沉悶的鈍響。

西施的指甲深深地摳進了夫差的後背。

「范郎！范郎！」

西施迷迷糊糊地感覺到夫差的身體僵直在她身上，喉頭像塞著一大團濕淋淋的亂麻，全身所有的感覺都凝固在一個冰點上。

「范郎」兩個字又映上她的腦膜，但在喉頭被那團棉花塞住了，沒有出口。她清醒了，就像當頭潑了一盆冰水。「你剛才說什麼？」

「我在叫你呀！」西施不滿地撅起了櫻唇，「你總是喜歡人家在關鍵時刻叫你嘛！」

「可我聽見你叫『范郎』了！」夫差有點不確定，又補了一句，「好像是。」

「你總是想占我的便宜，你總是掃我的興。」西施的拳頭捶在夫差身上。

夫差仍然僵在那兒。

「我叫的是『檀郎』，館娃宮不是檀香木做的嗎？你不是一段美麗多情的檀香嗎？」

「可『檀』和『范』相差很大，我不會聽錯的。」夫差越來越肯定了。

「傻子！在越語裡，『檀』和『范』是一個音。」

「你不是只講吳語嗎？從未聽見你講過越語。」夫差宛如一個悟性不高的小孩在孜孜不倦地向老師請教。

「都是你壞！都是你壞！壞人的興致！」西施把紅著的臉貼上了夫差的胸膛。

夫差心滿意足地吁了一口氣，賠罪地在西施唇邊吻了一下。

「我今天喝得有點過多了！」

「不要你碰我！不要你碰嘛！」西施喃喃地抗議著……

響屧廊的月光更美了，美得讓你的心四分五裂。

第五章　明鏡十八影

箭涇錦帆

已經是入吳的第四個年頭了，苧蘿村婀娜多嬌的少女已長成一個豐艷天成的少婦。

西施躺在象牙大床上，斜斜地歪成漂亮的姿勢，透明的薄紗蓋在大腿上，現出朦朧的曲線。一名宮女手拿一把香扇，在她一側輕輕地搖著。

「茜妃是不是覺得有點悶？」旋波挨近西施，體貼地問。

「豈止是有點，簡直是悶得頭暈。」西施的手指漫無目的地在象牙床上劃來劃去，不時地把指頭放到眼前，看看指甲銼成了什麼形狀。

「用剪刀不是比銼更快嗎？」旋波轉身要去取剪刀。

「怕就怕事做得太快，時間太長。等我磨好十個指甲，十天不就又過去了。」

「十天之後，大王也就回來了。」旋波嬉皮笑臉。

「你別說，有時候還眞想他。不過他在身邊待久了，又覺得膩味。唉，也不知他現在又瘋到哪一國去了。」

「大王也眞是的，守著全天下最漂亮的女人，還不滿足，還要東征西討，去和其他諸侯會什麼盟。」

「他是要做中原的霸主，要學齊桓公稱霸諸侯。這是他的夢，看他最近得意洋洋的神氣，恐怕也快實現了。他倒圓夢了，可我呢？」西施神經質地把指甲在牙床上狠銼了幾下。

「這幫男人也眞是的，稱王稱霸有什麼用？到頭來還不是一坏黃土。那個齊桓公最後還不是被活活餓死了，聽說身上長滿了蛆蟲。」

「討厭！以後少講這種不吉利的話。」西施不高興地揮了揮手，把薄紗朝上拉了一拉，掩住胸口，雙手平伸在床上。

「以前每天幹活，起得早，睡得晚，一點不覺得累；現在倒好，成天閒著，反而累得有氣無力。」

「也不是我說你，你和大王也太不注意身體，太不注意影響了。就說上次在響屧廊吧！叫我們這些做下人的……」旋波一語帶著雙關。

「江山是他的，宮殿是他的，我也是他的，還不是他想幹什麼就幹什麼！」西施愉快地飛了旋波一眼，「你還是我的下人呀！我怎麼覺得你比我媽還厲害。」

旋波劈劈啪啪地跑了出去，聲音在廊中變得更響了，成了叮叮咚咚。不一會兒，旋波拎了個金絲小籠，裡面放著兩隻金頭大蟋蟀，中間用一個小隔板隔開了。

「咱們玩鬥蟋蟀，你把賭注下在哪一隻上？」旋波興致很高。

「我要『長鬚將軍』，牠長得比較像吳王。」西施指了指長著一對長鬚的那一隻。

「那我就只有要『賣油郎』了。」旋波要的這一隻因爲色烏黑，油光發亮，在宮中被稱作「賣油郎」。

「賭注是三個腦崩兒。」旋波不放心地說，「不准賴，到時候不准擺主子威風。」

「我從來也沒有賴過，倒是你不只一次地要滑頭。以大欺小不行，以小欺大就更是不應該了。」

「好！今天讓牠們決一雌雄！上！『賣油郎』，衝上去。」旋波抽開了中間的隔板。

兩隻蟋蟀在籠中仇視著，頭上的長鬚不住地抖動。

「賣油郎！」西施若有所思。「旋波，咱們乾脆來卜一卦好了。『賣油郎』代表『范郎』，反正都有一個『郎』；長鬚將軍代表吳王，讓牠們決一死戰，看是天亡越，還是天亡吳？」

「這合適嗎？」

「這有什麼不合適？肯定比用幾塊龜甲獸骨故弄玄虛準得多。」

西施用豬鬃挑動「長鬚將軍」的下頷，「爲了吳國，衝啊！」

兩隻蟋蟀廝咬在一起，相互蹂躪著，撕扯著。籠中開始有一些斷鬚殘肢。

「分開牠們，分開牠們！」當西施看見「長鬚將軍」死命夾住「賣油郎」前肢時，像從噩夢中驚醒一樣大叫起來。

「太殘忍！太血腥了！」西施閉上了眼睛，「旋波，我輸了，你彈我三個腦崩兒吧！」

西施的眉毛微微抖動，偏偏旋波的手指已經彈著她了。

「眞沒勁！要不咱們找幾塊綢子來撕著玩。」旋波提議道。

「你瘋了，這樣會被老百姓罵死的，你不知道做一匹綢子要費多少事！我是浣紗女，我知道其中的艱辛。冬天，手凍得比紅蘿蔔還紅還粗。再說，這是亡國之音。」

「不就是要讓它亡嗎？」

「旋波！」西施握住了旋波的手。「好妹妹，這麼多年難爲你陪著我。咱們女人別把自己看得太賤了，我們不是禍水，不是狐媚。亡國不亡國在天在君王在大臣，我們盡一個女人的本分就行了，傷天害理的事，我們不能幹哪！」

旋波不高興地撅起了嘴。「你總有道理，你永遠正確，你都好得快成仙了！」

「好！好！依你不就得了。去取幾匹綢子來。」

旋波不相信地看著西施。「我們可別幹傷天害理的事，這可是你自己說的。」

「就撕三匹，下不爲例。」西施笑著說。

「三匹也是布啊！同樣是作踐！」

「我正想做幾件小孩衣裳，三匹綢子正合適。」

「做小孩衣裳幹什麼？館娃宮裡又沒有小孩子。」

「也許不久的將來，或者將來的不久會有一個呢？」

「哦，我明白了！我明白了！」旋波喜形於色，拍著巴掌大叫大嚷。

「你這人怎麼廢話這樣多？還不快去。」

單調、尖銳的裂帛聲在館娃宮裡響起，眾多的宮女豎起了耳朵，她要幹什麼？這個越國女人的眞面目終於露出來了，她是要用這種亡國之音來爲吳國殉葬啊！讓她們不滿足的是，尖利的刺響只響了三聲，她們期盼的第四聲再也沒有響起，中間的空白漫長得像無盡的暗夜。

「我這一輩子可眞値，什麼事都做過了，連妹喜、褒姒的事我也嘗過了，這聲音可眞好聽！眞悅耳！」西施氣喘吁吁，用盡了全身的氣力。

「姐姐，你又何必苦自己呢？你要爲自己的身子想一想。」

「你叫我什麼來著？」西施睜大了眼睛，這是旋波第一次叫她作「姐姐」。

「姐姐！」旋波的聲音細得像一根琴弦在風中微顫。

「再叫一聲，大聲點！」

「姐姐！」

「謝謝你，我的好妹子！」西施滿足地閉上了眼睛。「以後就這麼叫，你那個『茜妃』讓我心酸。」

旋波把薄紗蓋在西施身上，悄悄地準備退出去。

「妹子，你把我箱子裡那幾塊胭脂石給我取來。」

西施把三粒胭脂石攤在掌心，晶瑩、潤圓的石子害羞地閃著紅光，泛著神秘的光暈。西施翻來覆去地把玩著。

「紅得眞漂亮，像眞的胭脂。」旋波小聲地讚美著。

「也許有一天，我要用血把它們染得更紅，紅得讓人睜不開眼睛。」

夫差的征戰結束了，魯國的國君又在吳國的強兵利戈下臣服了。夫差喜氣洋洋地回到了館娃宮，帶回的戰利品裝滿了大車小車。

夫差血紅的大氅飄到了西施身邊，他一把摟住了全身素白的西施，把她抱起，旋轉著。血紅和雪白糾纏在一起，讓人眼花繚亂。

「吳國又勝利了，我們的士兵所向無敵。」

「我們的君王是蓋世英雄！」西施吻了吻夫差曬得微黑的額頭。

「我們是唱著歌，奏著凱旋的樂曲衝上去的。很多人都倒下了，但我們勝利了。」

「死了很多人嗎？」

「敵人的屍體是我們的十倍以上。」

「你一定又是衝在最前面的！你總是這樣不顧一切。」

「當然了！君王必須給臣下做出榜樣。」夫差放下了西施，摸了摸自己有些扎人的下巴，想吻她又怕扎痛了她。

「你這個亡命之徒！怎麼還害怕吻自己的妻子。」西施柔情脈脈地把臉湊了上去。

「有時候，我很喜歡你用鬍子扎我的那種感覺。當然，這只是很偶然的時候。」

夫差一陣狂吻猛扎，西施一聲不吭，海綿一樣偎在他胸前，由他親熱。

「你回來就好了，不然，這心裡空蕩蕩的，宮中陰森森，除了旋波，似乎每個人都仇恨我，都想害我。」西施嚶嚶地說。

「嫌她們不順眼，乾脆全部換成越國女子好了，也許使喚起來，你順心一點。」

「我什麼都不要，只要你。以後別再東打西殺的了，萬一有個三長兩短。……」

夫差縱是英雄氣長，此刻也被西施溫柔的兒女情銷魂得暈暈乎乎，不知西東。

「這個宮殿太小了！」夫差環顧左右，「已經盛不下我對你的溫情和愛撫。我要為我們營造一個更美麗、更舒適的愛巢，它應該比周天子的宮殿還華美堂皇。」

「你簡直是個無道昏君，又是征伐，又是大興土木，還內惑於妖婦。」西施笑著把夫差的手甩開。

「妖艷！妖媚！妖精！妖怪！妖裡妖氣！你眞是個徹頭徹尾的小妖婦。」夫差愛撫著西施的全身。「我甘願為你所迷，我願為你破家亡國……」洶湧的激情淹沒了夫差。

「你眞是如狼似虎！」

「誰讓你這麼迷人！」

夫差癡迷地在西施的柔情滿懷中流連忘返。

「大灰狼，又凶又狠。」

「花蝴蝶在陽光下翩躚飛翔。」

響屧廊上傳來錚錚作響的高屧聲和侍女們肆無忌憚的嘰喳歡笑。

「旋波她們來了。」

「這次她敢再壞我的好事，看我怎麼收拾她。」夫差又把頭貼上了西施的酥胸。

「你看！那兒眞有兩隻花蝴蝶！」

夫差聞聲望去，在春日陽光的流蘇中，兩隻蝴蝶怡然自得地糾纏在一起，斑斑點點的翅翼把從窗戶透進來的光柱拍得支離破碎，散成點點金光。

夫差騰出一隻手去抓了一下，沒有抓著，蝴蝶受到氣流的衝擊，驚嚇地分開了，但瞬間之後又如膠似漆地黏在一起，翅翼輕佻地翩躚著。夫差又撲擊了一下，牠們比翼雙飛地朝上飛了一段，嘲笑地看著夫差。

「別動牠們！你這人眞壞，沒見人家正在親熱。」西施一把抓住了夫差的手。

夫差看了一眼翻飛舞動的蝴蝶；又看了一下玉容嬌羞的西施，嘆了一口氣。

「人和蝴蝶一樣美，我到底要什麼呢？」他又作了一次撲擊，徒勞地放棄了。

那兩隻蝴蝶親熱地纏繞在一起，翅膀溫情地扇動著陽光和空氣。

那兩隻多情的蝴蝶落在西施散亂的秀髮上，好像紮著一雙大綢結，振翅欲飛。

西施抓起床邊的香紗拭去夫差額上的汗漬，又順手拉過床上的綢袍給他披上。

「這是館娃宮。」

西施氣得嬌喘吁吁，一把撥開了他的手，「胡說八道些什麼呀？我看這還是會稽山哪！」

「別打岔，我給你講正事。」夫差用手在西施身上認眞地比劃著。「從館娃宮向南修一人工水道，寬十公尺，深三公尺，直通姑蘇城內。」

「這也沒甚稀罕。」

「關鍵在於水道筆直如箭，不能有半點彎曲，象徵著我征伐列國的赫赫武功。」夫差說得興起，手在西施身上蠢蠢欲動。

「你別碰我啊！什麼赫赫武功，『一將功成萬骨枯』，不知以後有多少孤魂野鬼要向你討命。」

「給水道起什麼名號呢？一定要響亮、威風。」夫差根本不理會西施。

「乾脆就叫箭涇吧！反正你就是一個赳赳武夫。我命苦，認了。」

「你有什麼命苦的？我要在箭涇中種遍香菱，蓮花。館娃宮僅有檀香還不夠，還要有菱香、荷香。用它們來呵護我的第一香玉。」

一月之後，箭涇修成了。筆直、陡峭的堤岸上楊柳依依，白色的柳絮夢幻般地在空中飛動，那麼小、那麼白的一點，落在嘴裡一抿就化了，甜絲絲的。涇中的荷葉、香菱密密層層，擠擠匝匝，倚香疊翠，在水光瀲灩中隨波盪悠。

吳國的男女老少聚集在堤岸上，欣賞著他們大王的又一大傑作。修姑蘇台用了三年，修館娃宮用了三個月，建箭涇只用了一個月。吳國的子民們在讚美他們大王的時候，當然也不會忘記幾百具民工的屍骸埋在高高的堤岸之下。

一塊大石碑立於箭涇中段北側的高堤上。碑上是夫差的手書「大吳征戰紀念」，碑文是伍子胥所撰：

天降祥瑞，大吳崛起。自先王闔閭肇始，滅晉楚、降齊魯、破越國，凡大小役一百四十有八。周天子敬王贈吾王夫差「東伯」之封。特此以詩。

黑色的基座，白色的尖頂，全由漢白玉雕成，肅穆、莊重、雄渾，和周圍的繁花綠柳、香風碧波形成不和諧的對比。碑後有一行小篆「自椒山之戰，陣亡三十八萬將士」，刻在不引人注目的位置，金色的陰文深深鎦進黑色的漢白玉中，不仔細瞅，根本看不出來。但每天下午，西沉的餘輝總會照在這一行金字上，刺眼晃目。

「三十八萬人，排成一隊，該有幾十里吧！」一個文士模樣的人驚奇地發現了碑後的文字。

「滅楚破越是赫赫戰功，只可憐這三十八萬孤魂野鬼呀！」另一位閒人接口。

「是哪！一切的偉大與壯麗之後都有著悲哀和艱辛。當你陶醉在箭溼的香風荷影中時，沒準兒你的腳下正好踩著一具亡者的枯骨。」

「幾百個人都死了，隨手就葬在他倒下去的堤岸處，有的屍首連塊破席都沒有。」

「自平王東遷以來，百姓們的血已經流了二百多年了，也該結束了！這個世界已經容不下再多的罪孽和屍骨了。」文士模樣的人憤憤不平。

「只怕馬上又要流血死人，聽說大王又要對齊國用兵了。」閒人四處張望，壓低了聲音，神色極爲詭秘。

「吳國人的血已經流得夠多的了，多少吳國的小夥子把屍首拋在異國他鄉。吳國再也經不住這樣的折騰了！」文士摘下頭巾，擲於地上。

閒人從地上拾起頭巾，拍掉上面的灰土，還給它的主人。

「怎麼，老兄想爲民請命！」閒人的手在脖子上「哢嚓」了一個動作，漂亮得乾脆。

「別說你，就是伍相國現在都難見大王一面。聽說他連魂都被那個越國艷女拴到裙帶上了。」

「閃開、快閃開，大王駕到！」一隊驃悍的騎士耀武揚威地衝了過來，馬蹄聲脆、煙塵陣陣。高堤上的人群紛紛退到了楊柳背後。馬隊過後，一隊金盔金甲的武士在箭涇北岸排成了一道警戒線，箭涇南岸則由一隊銀盔銀甲的兵丁建起了警戒線。武士們背朝箭涇，面向人群，盔甲鮮明，一派肅整。

「大吳國王駕到！」一個漂亮的小軍官騎在一匹栗色花驄馬上，英氣勃勃地發號施令，身後的石碑恰巧映襯著他的英武和帥氣。

一聲長長的號角顫慄在空氣中，脆脆生生地震入耳膜。又是兩隊輕騎沿著箭涇兩岸飛掠而過，馬上的騎士個個錦衣玉帛、氣宇軒昂，他們是夫差最精銳的近衛騎兵。

館娃宮的殿門訇然中開。一艘龍鳳錦帆大舟緩緩駛出，流光溢彩的錦帆上綴滿了華貴的絲穗和流蘇，齊刷刷地在風中嘩響。

裊裊的香煙在箭涇兩岸飄起，忠順的子民們虔誠地焚香叩首。

「萬歲！萬歲！」近衛軍們的聲帶吼出了對君王的愛戴，銳利的戈矛把陽光劈成千萬縷金絲。

錦帆鼓得滿滿脹脹，像一把拉開了的硬弓，龍鳳大舟緩緩地、神聖地在箭涇上浮動。一隊輕曼靈妙的宮女拉著絲帶做成的纖繩行進在北岸，宮女們曼妙的腳步飄浮在柳絮曼舞的高堤上，燦爛的笑靨蕩漾在箭涇的綠波中；一隊上身赤裸的壯漢，赤著腳，鼓著渾身的肉疙瘩輕捷地挽著細麻織成的纖繩，行進在南岸。對吳江上最優秀的縴夫來說，在如此平坦的航道上行船，太輕鬆了。他們熱切的目光不時逡巡在北岸的綠衣紅袖中，姑娘們隔著箭涇向他們扔來隨手折下的柳枝。河面太寬了，柳枝飄入河中，隨波東西。

夫差的前面是一隻巨大的龍頭。

西施的前面是一隻玲瓏的鳳頭。

龍、鳳靈巧地轉動著，輕碰著，撞出柔情蜜意的脆響。

西施的心像飄飛的柳絮一樣輕靈。吳國的子民在她的腳下叩頭跪拜，這是人間最高的尊榮，她一個浣紗的女子能過這樣的生活不是很幸福嗎？她甜膩膩地瞥了一眼身旁的夫差。一身戎裝的他高大孔武、自信華貴。他不也是男子中的佼佼魁首嗎？我還有何求？她甜蜜地向夫差身上倚去，夫差有力地扶住了她的腰肢。

「河風香得都發膩了！」

「在你身邊，我的一切感覺都失靈了。」

「今天我終於認識到什麼叫榮華富貴，權威尊榮了。感覺眞好，怪不得許多人爲它蠅營狗苟。」

「這一切因你而生輝。沒有你，它們不過是殭屍般的擺設。」

西施抓起一把彩帶向岸上的人群擲去，綢帶在空中曼舞成千姿百態的形狀，多數掉進水中；跪著的人群開始騷動了，紛紛搶著掉到岸上的彩帶，士兵們彈壓不住，最後也加入了搶奪的行列。

「我早就說過，你是一位迷人的狐仙。我的臣民爲你而瘋狂。」

「立這樣一塊碑在這兒不是有些大煞風景嗎？」西施指了指冷落在香風脂氣中的吳王征戰紀念碑。

「不立這樣一塊碑，那幫老臣是不會答應我修箭涇的。他們陶醉在先王的戰功中，而我只迷戀你的一舉一動，一顰一笑。箭涇永遠是屬於你的。」

「向天底下最美麗的王后敬禮！」石碑下漂亮的小軍官拔出了軍刀，一道閃亮的銀弧在空中漂亮地劃出，他行了一個標準的軍禮。

西施看見一層陰雲襲上了吳王的面龐，她仍然選了幾根最漂亮的彩帶紮成一個小球向軍官擲去。

「謝謝你，勇敢的騎士！我不是王后，我只是越國的一名浣紗女而已！」

年輕人用軍刀接住了拋來的彩球，把它緊緊地貼在胸口上。

「這是她給我的，是美妙絕倫的她親手給我的。」英俊的臉孔抽搐著激動的喜悅。他把彩帶繫上了自己的馬頭。

「萬歲！萬歲！」一旁的近衛騎兵們狂熱地爲自己幸運的同伴歡呼，戈矛在空中上下揮舞。

「大王，我知道我冒犯了你和王后許似的尊嚴，但我有了軍人最可寶貴的東西：榮譽。」小軍官的軍刀將一片寒光送向自己的頸項。但一道更快的閃電裹住了他的手腕，軍刀脫手了。夫差在生死抉擇的關頭用彩帶繫住了軍官的手腕。

「我不希望吳國的將軍倒在我的面前，吳國的將軍只應該有一種死法：戰死！」

「我願意爲大王和你美麗的茜妃赴湯蹈火。」

「解開你的盔甲！」夫差用不容置疑的口吻命令道。

小軍官高大、健美的身軀彈性地閃著光澤，引起一陣讚美的聲浪。小夥子的臉微微有些發燒，他感覺到茜妃的目光正親切地瞅著他的肌膚。他有點局促地用手搔了搔頭，不知該把它往哪兒擱。

「肩上的傷是齊國人留下的吧？」

「是的，大王！齊國人的弓箭射中了它，我把箭矢連肉一塊拔掉了。」

「轉過去，讓我看一看你背後的傷。」

「大王，我不爲它在背後而恥辱，一個裝死的魯國士兵在我身後砍了一刀。我的同伴可以證明，我當時衝在最前面。」

「我認識你，沮鞅。我忠誠的近衛兵。你的忠心毋庸置疑，但你必須爲你今天的冒失和衝動付出代價。」

「大王，你可以殺掉我，但爲絕色的美麗而衝動是沒有罪的。我無怨無悔。」

「大王，饒恕他吧！」西施身邊的旋波忽然跪下，西施愣了愣，隨即明白了。以至於站在岸上的沮鞅看見一絲難以掩飾的喜悅一剎那間明亮了茜妃的臉龐。

「沮鞅，我可以給你一次在全體吳國人面前證明你忠誠和勇敢的機會，讓他們覺得治罪於你是一個遺憾的錯誤。」

「在所不辭，但憑君命。」

「騎上你的馬。」

沮鞅順從地跨上了馬鞍，勒緊了馬轡頭。那戰馬一聲長嘶，立起了前腿，沮鞅赤裸的上身在戰馬身上放射出男人所特有的光芒。

「跳入箭涇！」

水花四濺，沮鞅連人帶馬縱入箭涇。

「對齊國的戰爭就要開始了，前面就是齊國的都城——臨淄。」夫差指了指遠處的姑蘇城。「你和我的龍舟賽跑，最先攻入敵國都城的人應該受到獎賞。」夫差抽出了佩劍。

「預備——」

「慢！」西施拽了一下夫差高舉佩劍的右臂。

「沮鞅，我相信你能勝過我的大王。」西施安慰地拍了拍夫差的手臂，「我還有一件更誘人的獎勵。」她從身後拉出紅艷得快要燃燒的旋波。

「開始！」夫差揮動了佩劍。

沮鞅的人頭和馬頭在水波中一蕩一漾。

旋波快把西施的袖子拽掉了夫差擂動巨鼓為自己的愛將鼓勁。

姑蘇城越來越近，馬頭已超出大船半箭之地了。

「為了吳王，為了茜妃，衝啊！」沮鞅在水中揮舞戰刀，馬兒騰空而起，周圍一片驚呼。

「衝啊！衝啊！」越來越多的近衛兵跳下箭涇，簇擁著他們的驕傲。

西施和旋波相視而笑。

佳麗悲秋

吳國都城姑蘇最近又有了一種風俗：用箭涇的水給新生的女嬰沐浴。據說西施的梳妝洗面的水全都倒進了箭涇，箭涇染上了她的靈氣，用箭涇水沐浴過的女嬰會長得健康美麗。年輕的媽媽把箭涇水灑在新生兒嬌嫩的皮膚上，常常替不懂事的小傢伙祈禱：「讓我長得像茜妃一樣漂亮，讓我像茜妃一樣迷人。」

看著自己的小寶貝在香粉脂氣中活潑地亂動，母親的心頭在欣喜之餘常常會有一種悵然若失的感覺：要是自己的女兒眞的成了茜妃，遠嫁他鄉異國，自己會高興嗎？

但風俗還是頑強地蔓延開來，城中的人開始用箭涇水飲用做飯了。

一位鄭國客商在城裡一家小飯館吃完飯後，多付了十文錢。「今天這飯怎麼比平時好吃，香噴噴的。」

「那還用說，是用箭涇水做出來的！」老闆娘自豪地對客商講。

傳聞越傳越神，以至於周天子的使臣給夫差送來周敬王賞賜的袞冕、圭璧、彤弓、弧矢時，在酒席上對夫差講：

「天子聞貴國有一神水名箭涇，飲之可使人容顏常駐，願求一盂以呈之。」更有一幫薄幸子弟三五成群，宴飲遊樂於箭涇的高堤之上，相互戲謔：「此水有美人沐浴之水，可試與之共浴。」

西施對各種蜚短流長置之一笑，不予理會。閒時陪吳王彈琴作歌，飲酒娛興；更多的時候，她願意駕一葉小舟徜徉於荷葉與香菱的糾纏密實之中。

今天，西施心情不錯，乘了一條畫舫出來遊玩，吳王在船上陪著她。西施跪在船頭，一隻手垂在水中，享受著水流的清涼和沖刷，癢酥酥的感覺一直從手心傳到心裡，像一股電流在全身湧動。

「過來，小心掉下去。」夫差喊了一聲，他已經習慣了西施對水的癡迷和浪形不拘小節。他喜歡她這樣。他半躺在竹床上，欣賞著自己的珍藏。

西施的手把浮在水面上的荷葉菱角撥開，有時候還拽下一根，然後漫無目的地扔掉。

「知道我爲什麼喜歡水嗎？」西施抬頭問道，手仍在水中折騰。

「惺惺相惜，你不就是對碧水一往情深嗎？」夫差微笑作答。

「最近你拍馬的技術有些長進喲！跟誰學的。我可以根據這個替你判忠奸。」

「主要是跟伯嚭學的。唉！各人性格不同，要這種話從伍子胥口中吐出，那才倒胃口。」

「那太宰一定是大大的奸臣！」

「茜妃，不要妄議朝政。眞的，我不喜歡女人這樣。」

「好像誰希罕你的朝政似的！過來，看在你剛才拍馬的份上，本妃賜你一物。」

夫差躺在竹床上不動。「我什麼也不需要，只要讓我看著你就行了。」

「過不過來？」西施加重了語氣。

夫差拖泥帶水地下了竹床，趿拉著一雙竹屐，劈啪作聲。

「賜你菱角一個！」西施順手從水中撈起一只菱角。

「不吃，沒洗乾淨。」

西施認眞地俯下身子，在清清粼粼的水波中把那只菱角又洗了一遍。

「再賜菱角一個！」

「不想吃，沒胃口。」

「呵！好大的架子。」西施把菱角放到嘴裡，斯斯文文地嚼了幾下，用舌頭送出一片，在嘴唇邊上進進出出。然後又朝夫差招了招手：「過來。」

西施用舌頭把菱角輕巧地送進夫差口中，夫差想咬住她舌頭，猩紅的舌尖只在他唇上一抹，便撤了回去。

「年紀也老大不小了，還不學好！」西施嬌斥道。

堤岸上傳來急促的馬蹄聲，沮鞅急忙握劍在手，他已升爲吳王近侍小隊長，隨侍吳王。這是西施爲他謀的差事，使他可以有機會和旋波在一起。

沮鞅看清了來人，放心地還劍入鞘。「大王，太宰伯嚭求見。」

「見還是不見？」剛才還口口聲聲不許西施干預朝政的夫差此時全然沒有了主意。

「這是你的事，我管不著。」西施一走進艙中，便把旋波也叫了進去。「男人們的事兒，我們別瞎摻和，壞了事肯定往我們身上推。」

沮鞅放出一葉小艇，把伯嚭接上大船，還有一個瘦小、乾癟的中年男子跟著伯嚭一同上了大船。見是生人，沮鞅上前擋住：「對不起，我要搜身。」

「他是越國大夫文種，絕對可靠。」伯嚭急忙解圍。「對不起，就是越王勾踐我也信不過。」沮鞅不給太宰一點兒面子。

「好沮鞅，別難爲他了，放他上來吧！」一看見來者的山羊鬍子，夫差就認出他是文種。沮鞅向兩人道了聲抱歉，便直挺挺地站立一旁。

「罪臣文種叩見大王。」

「怎麼越國人都這個腔調，什麼『罪臣』不『罪臣』，不就是椒山敗了一仗嘛！何罪之有啊！」

「罪臣謝過大王。」文種一頭叩在船板上，夫差眞懷疑他是不是想撞船板自殺，待文種抬起頭來，急切地想看他的額頭有沒有撞壞。

「看起來越國人已經膽戰心驚，無力再戰了！」夫差作出了判斷。

「越國今年水旱不調，收成不佳，稻穀欠收。人民饑困，有的地方已經易子而食了。」

「易子而食？勾踐這國君怎麼當的？怎麼能有這種事呢？」夫差動怒了。

「寡君命罪臣乞大王開倉借糧，借穀萬石以救越民之饑，明年穀熟，定將奉還。」文種帶著哭腔哀求。

「勾踐已臣服於吳，時有貢獻。越民之饑，即吳民之饑也，我又爲什麼非要讓積穀爛在倉裡呢？」

沮鞅上前奏道：「大王！伍相國求見。」

文種、伯嚭兩人聞言一驚。伯嚭在文種重賄之下才想出畫舫求見，爲的就是躲開伍子胥，想不到他會追到這裡來。

「沮軼，給伍相國賜座。」夫差吩咐道。

伍子胥冷冷的目光掃過文種，文種謙恭地低下頭。伯嚭滿不在乎地向伍子胥點頭致意。

「老臣聞勾踐遣使乞穀，不知大王允乎？」

「寡人準備應允，相國有何高見？」

「不可，不可！我看越國並非因饑困而乞穀，爲的是空虛吳國的府庫。不給他們不會成仇；給了他們也不會受到感謝，大王不如辭之。」

「可越國人已經易子而食了！」

「大王可知我國連年伐越征戰，最近又頻繁大興土木，府庫已經告急；只怕到時易子而食的不是越國人，而是吳國的子民哪！」

「相國言過其實了罷！」夫差隱隱有些不快，你伍子胥當著屬國使臣的面說這種話，實在有損大吳的尊嚴。

「再說，老臣聽說勾踐勤於朝政，恤民養士，整軍備戰，志在報仇，若大王再以粟米助之，只怕將來勾踐要蕩舟箭涇，麋鹿將遊於姑蘇之台！」

「相國無禮之甚，竟出此不祥之言，分明是欺君罔上。」

伯嚭在一旁插話。他已經算計好了：伍子胥是個急性子，言多必失，吳王必定生厭。

「你身爲太宰，卻替敵國設想，可鄙之至！」伍子胥鬚髮皆立。

「夠了！我還在這兒，你們吵什麼？」夫差重重一記拍在案上，他已經厭煩了這種沒完沒了的爭吵，無休無止地算計。人心隔肚皮，要看清皮囊裡的肺腑實在是太難了！還是打仗痛快，靠的是眞刀實槍，比和這一幫迂腐之人勾心鬥角要強得多。他現在只想儘快結束爭吵，可幾位大臣正眼巴巴地等自己拿主意。他們看上去都忠心耿耿，說的話都有道理，到底是聽誰的，夫差又是一記重擂。

伍子胥心中暗暗叫苦：看來先王闔閭所言，夫差有婦人之仁，而無丈夫之決確實不假。老王的眼光確實厲害。

夫差仍在猶豫，首鼠兩端的眼光在自己的文臣武將身上掃來掃去。「給……還是不給？」夫差拈著唇上的短髭。中艙的竹簾掀開了，一張淚痕紅艷的俏容現了出來，裊娜的身段婀娜到了眾人面前。

「越女西施懇請大王以慈悲爲懷，賑濟越國蒼生。」西施深深地跪在夫差面前，一頭烏雲散在鬆軟的地毯上，露出羊脂般凝白的脖頸。

「茜妃，快起來，我都忙得暈頭轉向了，你還來湊什麼熱鬧？」夫差的竹屐響到了西施面前，心疼地把她扶起。

「我不是你的貴妃，我只是苦難越國的浣紗女。」西施雙手抱住了夫差的腿，浸濕的臉龐貼了上去。

「伍子胥，這場戲看你怎麼收場？」文種把內心的高興強壓下去，也跌跌撞撞地來到夫差面前跪下。

「大王，全越二百萬人民給你跪下了。」

伍子胥傲慢地看著這場鬧劇：這個越國女人終究是吳國的禍根。吳國再也不能有比干、關龍逢這樣的犧牲了，從古至今，政治祭臺上供奉在女媧靈牌前的祭品已經太多了。

「茜妃身爲吳國貴妃，當竭力侍奉大王，怎麼還能私祖故主，爲故主計劃。」

夫差的短髭抖動著：老賊無禮，你縱是先王大臣，有擁立之功，但寡人的妃子是你隨便評說的嗎？再說，我平時捨不得傷她半毫，現在她哭成這樣，你還以言斥之，於心何忍？

「伍相國不是也用吳國的甲兵報過家仇嗎？」西施淚水橫溢的臉上流出少有的剛烈。「難道都要我們學相國帶兵殺回故國，掘墓鞭屍嗎？我不是爲了什麼故主，我一介民女又能和故主扯上什麼關係？我只是爲全越無辜的生靈求情。」

夫差俯身扶起西施，替她抹去臉上的淚痕。

「吳國祖制，后妃不得參與國政。」伍子胥祭起了先王的尚方寶劍。

「仁德是君王的美德，大王恩義播於四海。我不懂國家大事，但我知道作爲一個女人應該勸丈夫多行善事，一個連生養自己故土都不愛的人，又怎能指望他對大王忠心耿耿？」

「不必再言了，寡人主意已定，借給越國粟米一萬石。待明年穀熟後償還。要是違約的話……」夫差瞪著文種故意留下半句話。

「大王放心，一定如數奉還，如數奉還。」文種的頭在船板上搗蒜不止。

「如若違約，吳國大軍所到之處，玉石俱焚。」夫差對沮鞅以目示意。沮鞅一使勁，將手上的一個茶杯拈成碎片，血漿和碎瓷摻在一起，他面無表情地看著文種。

下船的時候，文種的腰在西施面前佝僂成一隻大蝦米。「這老文種怎麼越老骨頭越軟！」西施鄙夷不屑地別過臉去。卻見伍子胥蹣跚著想跨上小艇，他的腿腳已經不聽使喚了，西施趕緊上前攙扶。

「謝謝你，茜妃！」伍子胥接受了西施的幫助，深深地向她點頭致謝。

沮鞅不寒而慄了，跟隨伍子胥征戰多年，他太熟悉相國的眼神和表情。這是他在定下破敵之計或是衝入敵陣中軍砍倒大旗之後的表情。「莫非……？」他簡直不敢往下想了。

周敬王三十六年夏，夫差征九郡之兵，大舉伐齊。西施已經厭倦了姑蘇城裡的繁華與喧囂，她想要換一個環境，散散心。

「這有何難！」聽完西施的要求，夫差立即召見了他的宮廷總管王孫雄。

「十日之內在句曲為我建立一座行宮，遍植秋桐，就號『梧宮』吧！」

「遵命，我的大王。」再大的難題也難不倒這位總管大人。「只是……」從來不講條件的總管今日也破了例。

「只是什麼？」

「全國民伕都已徵集參加對齊國的大戰，再說府庫中的銀錢也……」

「王孫雄，你以前可不是這樣窩囊的一個人。這種小事還來煩我。人力不夠，徵調囚犯、婦幼；財力匱乏，等我伐齊凱旋不就迎刃而解了！悉數花光，直至最後一文錢。」夫差把手斷然一揮，做了決斷。

「大王，不必這樣興師動眾，我只是想散散心，誰要你大興土木。」西施怎麼也想不到夫差會這樣處置。

「我早就想爲你建造一座消夏的別宮，如今正好藉機建了，省掉許多麻煩。」

「消夏倒也罷了，那又爲何要遍植秋桐，夏行秋令，豈不可笑？」

「愛妃有所不知，吳地梧桐最美。現雖爲盛夏，待我伐齊歸來，也就已是深秋時分了，正好與愛妃在『梧宮』賞梧。」

眼前這個男人爲我想得太多了，他的家國全都交給我了。如果我要他的心，他也會掏的，就是「范郎」也未必如此。想到范蠡，西施又想到了自己的使命。難道我眞正是一個壞女人嗎？莫非我眞是一隻敗家亡國的妖狐？

「想什麼哪？」夫差用食指刮了刮西施的鼻樑，小巧挺直的鼻樑硌得夫差的手軟綿綿地舒服。

「沒想什麼。」西施把頭靠在夫差肩上，親熱地往他耳朵裡吹氣，「我的亡命徒，別衝在最前面，答應我，好嗎？你一定要答應我！」

「爲了我的國家，我應該衝在最前面；爲了你，我應該聽你的話。」

「那你是爲我還是爲了你的國家？」

「當然是爲了你這隻花狐狸！」夫差在西施鼻樑上猛啃一口。

王孫雄默默地退了下去。這對小夫妻的纏綿讓他心裡暖烘烘的。君王都是這樣，對自己心愛的女人，他們會傾其所有，竭盡其能。大王以前對許姒不也是這樣恩寵有加嗎？可現在許姒在她冷清的正殿裡打發寂寞清冷的時日，把全部心思放在吳國未來的國王身上。

走在響屧廊上，王孫雄身上的鑰匙串叮噹作響。「這響屧廊又有什麼有趣呢？」他忍不住自言自語。「全是玉石的地板，玉石的地板哪！」他忍不住彎下身子撫摸著鏤花刻畫的地板。以前，他喜歡聽鑰匙串的響聲，美妙動聽的悅耳之音提醒著他的職責，那是生命中值得榮耀的事；可眼下它們的鈍響卻讓他心驚膽戰，他知道那些府庫都快空了，等到再也取不出東西的時候，他的職責和生命也結束了。

十日之後，梧宮建成了。夫差、西施移駕梧宮，在梧桐樹搖曳的樹影中，他們度過了一個又一個纏綿、溫馨的夏日。

一月以後，夫差伐齊的大軍出發了。一身戎裝的沮鞅看著留守吳國的相國伍子胥高深莫測的面孔，心裡湧起的寒意順著後背往上爬。

「大王，要不讓我留下來守衛梧宮吧！」

「混帳，現在豈是兒女情長的時候。」夫差惱怒地朝沮鞅揚了揚馬鞭。喧囂的人馬遠去了，遮天的煙塵散去，露出一條空蕩蕩的驛道，消失在天地相接之處，一團沉沉的寂寞和失落擲向了西施。

桐葉在風中簌簌響起秋天的聲音，吹到臉上的風也漸漸有了寒意，能一直寒到人心。西施打了一個寒顫，悵惘的感覺在心裡「咯噔」一下。她從地上拾起一片帶著黃邊的桐葉，用手指掐了掐有些乾澀的葉脈。

「前幾天這片葉子都還好好的！可今天它就丟了。」

「這麼多的桐葉，你能記住一片？」旋波驚奇地從西施手裡接過那片黃葉，「也沒有什麼特別的地方啊？」

「吳王臨行前一天，有一隻喜鵲在它上面啄了一個小孔，我就記住它了，我每天都要和它講話。」

旋波果然在落葉上找到了一個尖尖的小孔，「還眞是被鳥啄的！」

西施又拿過葉片，放到鼻下嗅了嗅，「連葉片也有寂寞的滋味！」

「既然沒事，那就來算一卦吧！」旋波把黃葉上的葉肉全部去掉，只剩下一個光禿禿的架子。她扯掉一根葉脈，「平安」；又扯下一根，「凶險」……

西施像看著淘氣的嬰兒的母親，寬容地看著旋波的小把戲。

「凶險」，旋波扯下了最後一根葉脈。她的臉苦成了一根苦瓜。

「你不是一直盼著吳國滅亡嗎？」

「可他……可他……也在軍中。」

「那好，剛才那一卦就算爲我卜的；你再找一片葉子來一卦。」

一陣風掠過樹梢，又是幾片黃葉落下。空中傳來幾聲雁鳴，一行大雁排成翅陣在空中飄過。

「雁行有序，牠們該到南方去了。告訴我，可愛的精靈，你們會飛過越國，飛過苧蘿村嗎？」西施向空中揮舞著手帕。

又是幾聲清鳴，一根雁翎搖搖晃晃地從空中蕩悠下來。雁陣漸漸遠去，只剩下青冥的天空和浩蕩的天風。

「我們就像這飄散的落葉，凋零的雁翎一樣沒有根基，無依無靠。」

「可你有兩個最優秀的男人，兩座可永遠依賴的靠山哪！」

「是嗎？我怎麼沒感覺到我的背後有山哪？」西施故作驚訝。「誰也別指望誰，誰也別靠誰，可是我自己靠得住嗎？有的時候我都不知道自己到底是什麼？」西施搖了搖頭。

「人的心情和季節有關，前一陣子我都還覺得你光明燦爛，最近越瞅你越覺得陰氣。」旋波攬住西施的肩頭，小聲地撫慰她。

「看來唯有陶然一醉解憂愁了。晚上陪我喝一杯。不！喝一壺好了。」

「啪」，伍子胥一掌擊在桌案上。幾個地方官噤若寒蟬地站在他面前，都是滿面愁容。

「這是打仗！不是兒戲！大王數次三番差人催要軍糧，可你們卻空著手來見我。貽誤了軍機是要掉腦袋的。」

姑蘇城守備是伍子胥多年的部下，一見大家都呆若木雞，自己不出面不行了。

「本來應該是沒有問題的！籌備軍糧的事，也不是頭一次了。只是今年姑蘇一帶穀收情況糟透了，往年豐產的地界十之八九現在顆粒無收，已有百姓逃荒了。」

「怎麼會有這種事？難道天亡吳國不成？」伍子胥瞪大了眼睛。

「此事並非天意，全在人爲，皆因……」姑蘇守備囁嚅難言。

「講！」伍子胥已經超離憤怒了。

「皆因今年播種的是越國歸還的穀種。顆大粒滿，但就是不發芽出土。沒有播種越粟的地方還勉強有一些收成。」

「天作孽，猶可活；自作孽，……」伍子胥吩咐姑蘇守備向城中大戶借糧，務必將軍糧籌齊。他自己悶坐案前，陷入了沉思麻痹的境界。

粒粒雨珠敲擊在梧宮的芭蕉、梧桐上，天地一片迷徙。秋風毫不容情地在梧桐樹林裡穿來穿去，掀起一層一層的葉浪。幾株芭蕉羸弱地在秋雨中哀泣，像老學究讀古書一樣晃動著纖弱的身子。

西施、旋波圍坐在一個泥爐邊，紅紅的泥爐精致可愛地冒著藍色的火苗，舔著擱在上面的大陶盆，盆中煨著一個紫砂大陶壺。濕熱的水氣和著酒香在屋內飄溢。

「眞冷啊！才剛剛八月的天氣。」旋波哆嗦著身子，裹緊了身上的薄衣。

西施斟了一杯酒放在旋波面前，「平日裡都是你侍候我，今日也讓你嘗嘗被人侍候的滋味。」說完，雙手把酒杯捧上。

「愛妃不必如此多禮。」旋波學著夫差的腔調，接過杯子一飲而盡。

風雨如晦中，一道黑影避開宮門巡察的衛士，溜進了梧宮。風雨聲掩住了他疾走在落葉之上的腳步。

「咚，咚，咚——三更天囉！」一個悠長、蒼涼的聲音在雨中被澆得濕淋淋的，讓人心裡一陣陣緊縮。更夫黑色的身影在梧宮裡逡巡。

滿宮的秋桐讓黑影有點辨不清方向，他縱身躍上梧桐樹，層層重疊的桐葉擋住了他的視線。一點燈光在不遠處時隱時現。搖曳跳動，黑影稍加思忖，向燈光處走去。

「此句聯得不通，當罰一杯。」一陣女子的嬉笑傳進了黑影耳內。他停住身形，把耳朵貼到了牆上。

「你好大膽！敢到梧宮裡撒野。」一聲嬌喝嚇了黑影一跳，右手下意識地扶住了腰懸的寶劍。

屋裡又傳來女子的驚呼和桌椅碰翻的聲音。

「不好！有刺客！」黑影破門而入，拔劍衝上。

「刺客在哪裡？」

屋內傳來兩聲撕心裂肺的驚叫，被疾疾的風雨淹沒了。

「刺客在哪兒？」黑影忘記了自己還穿著夜行服，臉上套著黑面罩。他的到來在屋內引起了更大的恐慌。

黑影銳利的目光在全屋掃過，落在牆上的一隻大壁虎身上。原來「刺客」是牠。

黑衣人似乎忘了他本人就是奉命的刺客。

西施從撞倒的椅子後站起來，打量著眼前的黑衣人。除了一雙透著聰穎和鋒利的眼睛，什麼也看不到。他的黑衣濕得精透，緊緊貼在身上，往下淌著水。

「壯士請喝一杯酒暖暖身子。」西施把手中的酒杯遞過去。黑衣人一飲而盡，咂了咂嘴。

旋波也恢復了鎮靜，要給黑衣人斟第二杯。

黑衣人操起紫砂壺咕咚咕咚灌了幾口，一把扯下了面罩。「西施，還記得南山處女嗎？」

「處女？」西施想起了和自己賭酒的少年俠客。「你怎麼會到這兒來？」

「奉伍相國之命，取你頸上人頭。」

處女的話把溫暖著酒香的宮室變成了一座墳墓。

「你是什麼時候攀上伍相國這根高枝的？」

「我爲越王所擒，伍相國憐我才華，把我從死牢裡救了出來，我便做了他的門客。你知道，我們這些人是講究『士爲知己者死的』。」

「也罷！死在你這位『知己』和故交酒友的手上，也算死得其所了。」西施在桌上又添了一隻杯子，「來！故交相見，不一醉方休怎麼說得過去呀！」

處女依言在西施對面坐下，一大片水漬從他的濕衣服裡滲出，很快濕了一地。

「先生要不要先換上一件衣服，濕衣貼在身上是很難受的。」

「眞不好意思！污了你們的地板。」地上的水漬還在不斷擴大，處女向兩人道歉。

「取我的人頭，你心安理得；打濕我的地板，你倒於心不忍，眞是一個虛僞的謙謙君子！」西施給處女斟上一杯酒，黃色的酒漿在酒盞裡愉快地鼓湧著泡沫。

「魯國的子路戰死前還要扶正髮冠，我們有自己的道理和規矩。」處女把玩自己的酒杯。

西施的從容、鎭靜感染了旋波，她冷靜地把處女領到偏房裡，給他換上了沮鞅的一件便袍。

處女從偏屋出來，重新入座，濕漉漉的頭髮綰在髮冠下，整齊、黑亮；沮軼的便袍合體地套在身上，像是爲他訂做的。

「眞抱歉，已經沒有菜了！我們只能聯句作菜下酒了。」

西施像一位賢慧的主婦，「就先從我們的客人開始吧！」

「秋風秋雨苦煞人。」處女飲乾了杯中酒。他又成了南山裡嘯傲山林的俠客。

「秋桐秋葉終關情。」西施以箸擊杯，婉轉抑揚。

「秋夜秋聲人不寐。」旋波也聯了一句。

「蟹黃美酒離人淚。」處女又接著聯上。

「不行！不行！都太陰鬱了！每人罰酒一杯。」西施笑著止住兩人，她的臉上已經有了賞心悅目的緋紅。

三人哈哈大笑，各飲一杯。

「紅粉佳人壯士鋏，雙飛清雲化蝶翼。」西施又聯了對句，「氣氛要煽情一點，在這樣陰沉的秋夜。」

「好一個『雙飛清雲化蝶翼』！」處女從懷中抽出短劍，且歌且舞。巨大的身形在燭光中搖曳成翻飛的大鵬。處女朝西施擠出一個慘淡的笑容，身子僵立不動了。西施和旋波同時看見短劍已刺入他的胸膛，只剩下鑲玉的劍柄。

處女的微笑還在悲哀地延伸。

「這把劍是有形的，而你的美麗才是無形的匕首，我早就被它刺中了心房，血流得止都止不住。」

處女躺在西施懷裡，無限溫情地撫摸著她的髮梢。

「甜蜜的一擊！」他指了指胸口，頭歪在一邊，死了。

西施把眼睛貼在處女的眼睛上，用自己的眼皮合上了他的眼皮。

「這事對誰都不准說，包括大王和沮鞅。」西施的語氣是從未有過的嚴厲。

一陣風撞開了房門，吹滅了蠟燭，雨點灑進屋內。

屋外的淒風苦雨中若有若無地傳來兒童和歌的聲音：

桐葉冷，

吳王醒未醒？

桐葉秋，

吳王愁更愁。

傾國傾城

夫差再次向列國諸侯展示了他的實力和威懾。艾陵一役，十萬齊軍土崩瓦解，齊桓公的霸業已成了過眼雲煙，代替他位置的是如日中天的吳王夫差。

夫差帶著擄掠而來的戰俘和一車車的戰利品回到吳國，他把二萬名吳國兒郎的屍體留在了艾陵的原野上。吳國人沉醉在空前的勝利和顯赫的國威中，他們像喝水一樣往肚子裡傾倒著酒精，只有在過年時才會有的娛樂：龍燈，高蹺……出現在吳國的城市鄉村。

夫差宣布全國狂歡三日，一切費用由國庫開支。他只在姑蘇城裡待了一天，祭祀了宗廟和社稷，便心急火燎地趕往句曲梧宮。

「我們勝利了，我們勝利了！」夫差的聲音在離梧宮很遠的地方便響起來了。守衛們認出了自己的君王和他那匹火紅的駿馬，急忙大開宮門，腿快的趕緊去向女主人報告。

夫差的馬縱身一躍，四蹄騰空，躍過了高高的臺階和門檻，兩個上前爲夫差牽馬的宦官被驚在一邊。

西施披著一件大紅披風，頭髮高高地挽成一個八寶金鳳髻，淡妝勻抹出現在夫差面前。還未等她明白過來，一團火紅已竄至跟前，夫差一探手將她摟上了馬背，把一面繳獲的齊國帥旗披在西施身上，又裹了幾裹。

「愛妃，我們勝利了，齊簡公已肉袒稱臣，納幣求和。」

「勝利倒在其次，只要你平安回來就行，成天叫人擔驚受怕。」西施幽怨地倚在夫差懷裡，躲避著他鋼針一樣的鬍鬚。

「滾滾的大江會乾涸嗎？千秋的太陽會墜地嗎？不！我就像這太陽萬古不滅。」夫差用馬鞭指了指天上的太陽。

「你會燒死自己的，我的太陽！」西施被齊國的軍旗裹得很不舒服，扯了幾下沒扯開，「這是什麼破爛玩意，又髒又舊，你難過不難過哪！」

「十名吳國勇士倒在了它的面前。」夫差分辯道，「它一倒，齊國軍隊就亂了陣腳。」見西施不愛聽，夫差嘆了一口氣，「我知道你很煩打仗的事。」

「知道還嘮叨個沒完，一點也不關心我，這麼長的時間才見面，一句暖人心的話都沒有，就知道打打殺殺。」西施使勁扯下了夫差的一根鬍鬚。夫差疼得咬牙切齒，「肉都快被扯下來了。」

「這就叫疼你疼到肉裡頭。」西施吻著夫差被扯疼的地方。一眼瞧見站在不遠處的沮鞅。「傻瓜，還愣著幹嘛？旋波還在屋裡等你，她面皮薄，你得主動點。」沮鞅看了看夫差，站著沒動。

「去吧！這兒沒你事了！」夫差揮了揮手，沮鞅像一頭小豹子一樣向屋裡衝去。

「以後別讓你的丫頭腐蝕我的軍官了，好好的棒小夥子全被拉下水了。」夫差捏住西施的鼻子數落她。

「不是你自己命令他跳下水的嗎？」西施打開他的手。

「我覺得沮鞅還和以前一樣迷我，他可以服從你的命令，但為了我，他甘願赴湯蹈火」

「對你的魅力我深信不疑。但我更相信沮鞅對我的忠誠。」

「那就試一下吧！」

「試又何妨？沮鞅！」

「臣在。」沮鞅應聲而出，窗戶後閃出旋波向外窺望的眼神。

「茜妃不守婦道，當面頂撞寡人，著你替我鞭笞五下，以家法處之。」

「臣不敢！」沮鞅嚇得連連後退。

「你敢抗旨？」夫差扔下馬鞭，「給我抽！」

西施拼命忍住笑，裝成一副弱不禁風的委屈相，好像受了天大的冤枉。

「臣不敢，請王上要打就打我，出一下氣吧！」

「打你有什麼用，我要打自己的老婆，和你沒有任何關係呀！」

沮鞅愣了片刻，幾個大步跨到窗前把旋波從裡面提了出來。

「大王！你打我老婆五鞭，不就行了。」沮鞅把旋波背朝天轉了過來。

「誰是你老婆！」旋波氣得又叫又喊。

夫差氣得撥轉馬頭就走。「真是個癡人，十足的癡人！」

旋波憤憤地在沮鞅腳背上狠狠踩了一腳，也扭身跑開。

沮鞅仍站在原地不動，嘴裡尙兀自喃喃，「鞭笞茜妃，這種念頭想一想都是罪過！」

夫差、西施走進房內，西施替他脫掉大氅，卸下佩劍，服侍他在床上舒舒服服地躺下。

「回家的感覺眞好！」

「既然好你還要東征西討，幾個月見不到人影。」西施把夫差的髮冠也解掉了，輕輕地揉著他頸上的肌肉。

「再使點勁，往上一點……」夫差欲死欲活地連聲哼哼。

「哎喲！手指都快斷了，這是粗使丫頭幹的活，不是貴妃幹的。」西施在夫差頸上重重拍了一下，在他身邊躺下，閉上了眼睛。

「東方諸國都被我收拾了！下一步我要問鼎中原，與中原諸國會盟，成就一代霸業。」夫差興奮地描繪著他的霸業輝煌。回頭一看，西施已經睡熟了，鼻翼還一張一掀的，夫差怎麼看都覺得她像一隻懶貓。

夫差開始著手實施他的宏圖大略，徵發十萬民工修築邗城，溝通江淮水道，使其北達於沂水，西達於濟水。吳國的兵船和糧船可以直接開到中原地界。吳國人又貢獻出他們的兒子和資財，他們相信夫差這位天之驕子一定會給他們帶回新的凱旋和榮光。全吳的鐵匠爐晝夜工作，火光通明，趕製兵器；新兵們連日操演，訓練他們的老兵既嚴厲又苛刻，整個吳國變成了一座大兵營。

但人們驚奇地發現當年馳騁疆場，威加四海的伍相國衰老得就像夕陽最後的一絲餘輝了。他仍然佩著相國的綬帶，挎著祖傳的七星寶劍，劍柄上的七星寶珠仍舊炫眼晃目，但他成天佝僂著腰，瞇縫著眼睛，常常呆坐在吳王闔閭的墓前，有時一待就是半天。嘴裡喃喃自語著誰也聽不懂的話，如同嬰孩的牙牙學語。

「他也快進去了，念他是先王的老臣，可以在先王墳側賞他一小塊地。」夫差有一次對伯嚭說。

「他要是活到六十歲，墳墓上的樹已經得由兩人合抱了。」伯嚭投其所好，隨聲附和。當時伍子胥已經快七十了。

西施鄙夷地看了伯嚭一眼，她憑直覺就不喜歡這個沒有鬍鬚的大臣，都快五十的人了，仍舊打扮得油光粉面像一個公子哥兒。

「大王，伍相國求見。」沮軼上前稟告。夫差衝伯嚭搖了搖頭。「有些人，你是絕對不能提的，絕對不能！今天一天又不得安寧，伍相國這是何必呢？」伍子胥顫巍巍地進來了。「臣冒死請斬伯嚭和西妃。」伍子胥吐字有力，口齒清楚。簾後的西施也不覺吃了一驚。

「昏話、胡話，一派胡言。」夫差迎著伍子胥的眼光，一字一頓，每一個字都飽含著憤怒和厭惡。「大王請看！」伍子胥哆哆嗦嗦地攤開了青筋縱橫暴露乾皺如松樹皮的手掌，掌心中放著幾粒又大又飽滿的穀種。

「這就是臣請誅兩人的證據。」伍子胥臉上千瘡的褶皺一牽一扯。

「這是何物？」。

「西妃與太宰伯嚭串通一氣，越國以煮熟的穀種償還我國去年的借貸，全吳十之八九顆粒無收，民生大困。」

「相國謬矣，全國遍用越種，是寡人的主意，以為越地肥沃，其種甚佳，誰知兩國地土不同，水氣各異，因此我國歉收。此事已有定論，請相國勿覆再言。」夫差厭煩地揮了揮手。

「吳越兩國山川相連，一衣帶水，又怎能有如此巨大的差異，其中定然有詐，請大王詳察。」

伍子胥聲淚俱下，頻頻以頭撞地，大有死諫的架勢。伍相國眞老朽矣！如此清楚的事尚且纏雜不清。何況其他呢？西施一邊想像著伍子胥缺牙的嘴長出牙後該是什麼樣的情形，一邊替他惋惜。

「相國豈不聞江南有橘，移之江北，則化為枳，如此因地氣不同，產出各異的事是不勝枚舉的，相國不必固執於此。」

西施輕柔婉轉地規勸伍相國，像是一個懂事的大女兒在安撫醉酒的老父。

「這些穀種都是今年勾踐償還我們的，鐵證如山，昭昭日月，你們還有何話說？」

這不是眞的，這種事絕對不可能有。越國是絕對不會幹這種事的，太寡恩缺義了！就是勾踐要做，范蠡他們也不會答應的，有賢臣的國家是不會有如此喪盡天良的舉動的。可是你敢為此擔保嗎？西施想起了勾踐那張在黑暗中陰閃閃的似閉非閉的眼睛，想起了鄭旦之死的流言蜚語，她不敢肯定回答自己的提問。如果伍子胥所言若是，那自己就會成為一個罪魁，當初的借穀之事，確實是自己一力促成的。顆粒飽滿的穀種在伍子胥攤開的手上脹裂出無數雙吳國人仇視的眼神和憤怒，淹沒成無邊無際的累累白骨。

「當初越國歸還的穀種已盡數插種，相國手裡的穀種從何而來？」伯嚭不動聲色地旁敲側擊。

「這是我從曾經屯積越粟的倉庫中翻撿來的，姑蘇城守備可以作證。」

「憑幾粒煮熟的穀種來判定一位貴妃的極刑，伍相國也太草率了吧！」伯嚭看著伍子胥因氣憤而扭曲的嘴，又刻薄了一句，「只怕是其他人別有用心地設下的詭計，在幾顆小小的穀種上做文章也未免太弄巧成拙，小覷大王的智力了。」

西施很清楚，以伍子胥的人品和忠信是絕對不會說謊打誑的；伯嚭的話是一只陰險的捕狼夾，張開的開關隨時可能夾住伍子胥的正直。她很後悔，在最開始隨便講話的無禮，自己什麼時候站在伯嚭的立場上。伯嚭的爲人豈能與伍子胥相提並論。她覺得一絲侮辱隱隱約約地加在了自己頭上。她絕不能讓伯嚭躲在她貴妃稱號的陰影下向伍子胥進行讒言的中傷。一種爲伍子胥辯護的衝動攫住了她，但就在這時，夫差的雷霆之怒已經閃著火花發作了。

「伍子胥，你專權擅威，狡計多詐，還把我這個國君放在眼裡嗎？我以你是兩朝老臣的緣故，不忍心加誅於你，如今進退自謀，不用再上朝見君議事了！」

渾濁的老淚凝固在伍子胥臉上，淒苦的笑容隨著淚珠滴落。他整了整衣冠，向吳王連行三個叩拜大禮。

「臣與王永訣，今生不復見矣！」

伍子胥還未走出朝門，伯嚭已經在夫差身邊密奏：「臣聞伍子胥出使齊國時，將兒子托付給齊國一位姓鮑的大臣，定有叛吳之心！請大王一定要多加注意。」

「沮鞅，取我的『屬鏤』寶劍。」夫差的臉上騰騰地布滿了殺機。「把這把寶劍送給相國，什麼也不用說，提他的人頭來見我。」

西施想大聲提醒吳王他正在犯一個不可饒恕的錯誤，他正在做「仇者快，親者痛」的傻事。但頭發暈，喉頭像被一層厚厚的白膜給封住了，她軟癱癱地倒了下去。閉上眼睛的那一瞬間，夫差焦灼和痛心的面容從一片迷亂的煙霧中飄來。「眞傻！」她在心裡念叨了一句。

沮鞅提著伍子胥的人頭回來覆命，並帶回了伍子胥自刎前的遺言：

「吾死後，可抉吾之目，懸於東門，以觀越兵之入吳也！」

夫差命令把伍子胥的首級掛於東門城樓之上，把他的屍體用馬皮裹緊，投入江中，怒氣未消地說：「日月炙汝骨，魚鱉食汝肉，我看你還能看見什麼？」

周敬王三十九年，吳國再次打開了戰神的祭壇，夫差跪在祖廟的香煙繚繞之中，虔誠地默祝祖宗的庇佑。明天他的精銳之師將揮戈北上，在黃池（今河南封丘西南）與晉、衛、魯等國會盟。晉國，這個昔日的霸主已成昨日黃花，將讓出霸主的地位。一朵一朵的霸業之花凋零在吳國的赫赫神威之下。

「先祖洪福，夫差霸業有成，吳國百年霸主夢已成眞。」夫差深深地把頭叩在地上。

夫差長子，太子友奉命守國，沮鞅也被留下來護衛王宮。夫差跨上戰馬，甩開牽著戰馬的太子友的手，隱隱約約有一些憂鬱襲上心，年輕的兒子能擔當這個重任嗎？他沒有了往日出征離國的踏實和安心。

「要是伍子胥在就好了！」一個聲音在他心裡喊了出來。

吳國軍隊遠征的煙塵還未在吳國境內四通八達的驛道上散盡，越國報仇雪恨的軍隊就把戰火燒到了吳國境內。飽嘗榮譽與凱旋的吳國老少終於也嘗到了蹂躪的苦果。

太子友匆匆走進西施的寢宮，釘掌的馬靴在鋪著玉石的地板上響起急促的橐橐聲。他差點把探頭察看動靜的旋波撞倒。

太子友走到西施面前，還未說話，已泣不成聲，抽抽泣泣地聳著肩膀。

看見他頭髮散亂，滿臉血污，西施全明白了。但她仍然懷著一絲希望和僥倖問：「戰況如何？」

「我們戰敗了，越國大軍已攻至姑蘇城下安營紮寨。」

「起火了！起火了！」宮外的鼎沸人聲中夾雜著驚恐的呼號。幾絲紅紅的顏色映上了宮殿的花窗。

「越軍在縱火！」太子友的頭像斷了脖子一樣掛在胸前。

「那他們燒的一定是姑蘇台了！」西施肯定地說。

「你怎麼知道？」旋波有點吃驚。

「除了那座高臺，城外已沒有什麼可燒的了；再說，台的大樑不就是越國進獻的『神木』嗎？」西施不動聲色地梳理著頭髮。

太子友站在旁邊瑟縮著身軀。他是一個漂亮的小夥子，面相很像父親，但線條和輪廓都要柔和得多。許姒一年前在臨死時當著夫差的面把他託付給了西施。許姒是一個聰明的女人，她很清楚要保住兒子的王位，是不能得罪西施的，而且在幾年的觀察中，她也發現這個越國美女的心地並不險惡，很善良。兩個女人在那一刻都覺得更了解對方了，以前的隔閡都冰消玉融於對視中。

「太子打算怎麼辦？」西施很憐惜眼前這位年輕人。他在父親的翅翼下長大，現在忽然要讓他離開習慣了的庇佑去自己判斷和作主，決定一個王國的興衰，壓力是大大超過了年輕人稚嫩肩頭所能承受的程度。

「請茜妃收拾好東西，我打算保護茜妃殺出重圍去黃池向父王報信。」

「你就是這樣來完成你父王交給你的重任，丟下姑蘇城和吳國的宗廟？」

城外的火越燒越大了，窗戶上的紅色加深著、跳躍著，從窗戶往外看，城東的天空都被燒紅了。

「形勢危急，請茜妃火速收拾行裝，等越軍合圍之後，想走也走不了了！」太子友的臉被火光映得慘白慘白。

「要走你自己走，你父王把我留在吳宮，我要在吳宮等他回來。」

城東方向傳來一聲轟鳴，像一頭巨獸被獵人凶狠一刺擊中了心窩頹然倒地。宮裡跳動的火紅猛地往上一跳，拉出許多大口子。

「姑蘇台垮了！」

「這天殺的越國人！」

咒罵聲和哀嘆聲匯成一浪高過一浪的聲浪，灼烤著人們的焦慮和不安。

「越國人燒了他們進獻的『神木』，神奇的樹木！」西施把頭髮高高地束在腦後，漂亮的髮髻在火光中如同一隻燃燒的金鳳，正在神情自若地涅槃。

「我們不能給你父親留下一座廢墟和死亡的空城。你得守住姑蘇城。」

「太子，趁越國人立足未穩，我願帶一彪人馬出城，駐守城外，與姑蘇城成犄角之勢，互相照應。我們不能再退了。」一直沉默的沮鞅開口了。

「你的職責是守衛王宮和茜妃，應該出城的是我。」太子友抹了一下臉上的血污，向西施拱了拱手，「多謝西妃教導，我娘在九泉之下也會感激你的。」太子友一甩披風，扭頭就走。

「慢！」西施叫住了太子友。「這把『湛盧』劍是你父王留給我防身用的，你帶上吧！」西施用一塊細紗汗巾擦去太子友臉上的血污和汗漬。「撐不住就退回城內，不要硬撐。」

宮門外又是一陣喧囂，不是慌亂的嘈雜，而是井然有序的波浪敲擊著宮殿，就像漲潮的海浪執著地拍著露出水面的礁石，直至把它淹沒。

西施居住的宮殿成了一隻航在汪洋大海中顛簸的船。

「不好，有人要鬧事，我出去看看。」沮鞅一驚，拔劍衝了出去。

黑鴉鴉的人群圍在宮門外，手中的火炬映著他們吶喊張大的嘴。

「清除妖孽！」

「去除災星！」

「殺死那個越國女禍。」

混雜紛亂的人群又朝宮門移近了一些，沮鞅可以看見他們眼中的憤恨、猜忌和猶豫。他們中有剛從前線敗退下來的散兵，也有城中的老百姓，甚至還有一個抱小孩的少婦。

「誰敢造反？」沮鞅聲色俱厲地出現在宮門的大門檻上。人們認出了這位聞名全吳的勇士，不由自主地往後退了幾步，但轉瞬又捲起一個更高的浪頭，比剛才還要更接近宮門，鼓動起來的人群不甘心在一個人的威懾下退卻，他們更加盲目和狂熱了。

一位老者向沮鞅走來，沮鞅認出他是社廟的大主持。

「大主持聚眾於宮門，可知這是犯殺頭之罪嗎？」

「國破如此，我頭何惜？」主持的白鬚飄然，額上的壽眉一聳一掀。「我吳國一向敬天事地，所以才戰無不勝，國泰民富，今遭此大劫，生靈塗炭，定有妖孽作祟！」

「妖孽與皇宮有何關係？你率眾鬧事，是何居心？」

「妖孽就在宮中！老夫夜觀天象，有災星降落宮中。」主持用手指天，一顆斗大的白星一閃一閃掠過天際，劃出一道長長的軌痕，向吳宮撞來。

「饒恕啊！」

「寬恕我們吧！」

人群中有人跪下大聲禱告。有人悲天搶地地捶胸頓足。

「此星自西南向東北，主陰屬女，災星就是茜妃。」

「殺死那個越國女人！殺死那個越國女人！」一個小夥子衝出人群，向宮裡投擲火炬。火炬在離沮鞅不遠的地方落下，在地上還跳動著火苗。

唰地一道亮光閃過，小夥子的人頭掉在地上，在地上還一蹦一蹦，嘴唇還在翕動著。

「連這種姑蘇城中的市井無賴也混雜其中，你們分明是刁民謀反，再不退下，休怪我手下無情。」被殺的是姑蘇城中的小混混。沮鞅手一招，一隊弓弩手爬上宮牆，拈弓搭箭對著眾人。人群躑躅片刻之後，又緩緩地向宮牆流動。

「民不畏死，奈何以死懼之。」大主持雙手合十，口中念念有詞，走在最前面，迎風的白鬚像喪幡一樣引導著眾人。

「我們是替大王除殘去穢，他不會怪罪我們的。」

「大家想一想，自打那個越國女人來了之後，咱們老百姓的日子就沒有好過一天。連伍相國這樣的忠臣都被她害死了！」

「今天非和她拼個魚死網破不可！」人群已經進入了弓弩手的射程之內，有的人已經把火炬扔進了宮牆。沮鞅緩緩地舉起了手臂。弓弩手們繃緊了弓弦。

一朵雪蓮花綻開在烈焰騰騰的火焰中，抽蕊送香，婀娜輕曼。西施不知什麼時候站在了弓弩手和人群之間，臉上是不可捉摸的笑意和輕蔑。

「燒死一個有罪的女人就可以退去越兵嗎？」西施的聲音像水澆在燃燒著的木炭上，沸沸騰騰的人群靜了下來，只剩下一些嗡嗡的小聲，就像被澆滅的木炭嘶嘶作響。

「是你給吳國帶來了禍祟！」大主持的聲音如寶劍在風中劃過。

「大主持眞是火眼金睛，法眼如炬哪！你認爲我只有一死才能挽回吳國的敗局嗎？」西施斜乜了大主持一眼，大主持覺得人有點暈，腦子裡塞進了一塊大棉花，還在不斷地伸縮膨脹。他定了定神：「唯其如此，才能謝天地鬼神和祖宗的亡靈。」

「怎麼個死法最合天地鬼神的心意？」西施的笑還在無邊地蕩漾開，人群小聲議論著向後退去，和大主持之間出現了一段距離。

「要是我燒不死哪！」

「那證明你是聖潔的，是邪惡不可侵犯的，老夫妖言惑眾，自當一死以謝國人。神是不會偏袒邪惡的！」大主持垂下了白而且長的兩彎壽眉。

「把火炬抬到前邊來！」西施大聲說。

眾人一時沒明白過來，仍傻愣愣地在原地不動。

「把火炬扔到前面來！」珠圓玉潤的聲音再次響起。一個又一個的火炬落在西施和大主持之間，騰起了冉冉升騰起伏的火焰，漂亮的火苗調皮地吐著舌頭，一閃一跳地抖動著。

西施與大主持隔著火堆對視著，雙方都覺得對方的形象有些變形，在火光騰起的煙霧中流動變得傾斜和模糊，流動成一些支離破碎的線條。

「那我先行一步了！」西施向火堆走近了幾步，灼熱的氣浪和嗆人的煙霧讓她又停了下來。

「茜妃！」沮鞅跑過來，跪在西施和火堆之間。火舌烤焦了他的袍袖，他有一種近乎窒息的感覺。

「沮軼！你要是條漢子的話，就靠到一邊去。」西施輕輕往回一撥，沮軼便落在了她的後面。西施像一隻剛羽化而成的彩蝶翩然飛進了火堆。

眾人掩上了眼睛。

大主持低眉垂首，雙手合十。

彩蝶在火中自如地舒展雙翼，揮灑著美麗的身形，一個又一個的光環在火中升起，罩著一層悲烈的神聖。人們吃驚地注視著西施在火中從容地舞蹈，揮舞的衣袖把熱浪推向觀望的人群。

人群跪倒在地，不斷地叩頭禱告。

「大主持，該你了！」西施從火中走出來，站在大主持身前。

「莫非茜妃眞是仙女下凡？」沮軼驚奇地問旁邊的旋波。

「不，她穿了魯國進貢的『霓裳羽衣』，是用東海上一種怪鳥的羽毛織成，穿在身上，水火不怕。」

大主持癱軟在地上。「老夫有眼無珠，冒犯了茜妃，請茜妃恕罪。」

西施看都沒看軟成一團的腐肉，低聲對沮軼說：「散發宮中所有的金銀財寶，募集敢死隊員，由你率領，伺機而行。」

清晨，越軍攻城的號角吹醒了昏沉的太陽，太陽伸著懶腰，發出了淡淡的要死不活的光芒，照在姑蘇城上飄動的「吳」字大旗上。

姑蘇台的廢墟上仍是煙火沖天，一股黑煙在空中盤旋，嗆人的煙味瀰漫在空氣中。

西施出現在城頭。攻城的越軍靜了下來，咚咚作響的戰鼓聲漸漸平息了，連爬在雲梯上的越軍也抬頭仰望著城頭上這位高貴的女神。

西施在人頭攢集的群蟻中，一眼看見了「范」字大旗下的范蠡，頂盔貫甲的他又平添了幾分英武。

「他老了！」西施在心裡對自己說。「我們都老了。」

范蠡也看到了城頭上的西施。「她爲什麼要到這死神盤旋的戰場上來，萬一……」

血腥的戰場凝聚在這一對癡怨的對視著的眸子中。死亡也散發著美麗的氣息。

沮鞅適時地率領一批敢死隊員衝出了城門，越軍的陣腳亂了。「范」字大旗被裹脅著向後退去。

他會恨我的，但我只能這樣做。因爲我不是一個壞女人。

「閃開！」旋波發出一聲驚叫。一匹驚馬在城牆上狂奔亂跑，已經撞翻了兩名試圖抓住牠的兵士，西施是牠的下一個目標。從斜刺裡撲向驚馬的旋波像一片樹葉一樣軟飄飄地被彈開了。西施也被驚馬帶出了好幾步遠。

鮮血從西施身下滲了出來，像美麗的紅色小花，映襯著安靜躺在地上的如玉佳人。

此時，在黃池，夫差正手捧大爵與眾諸侯盟誓：效忠周室，尊王攘夷，世代平安，永享萬世太平之福……

明鏡妝台

夫差匆匆從黃池趕回他飽受戰火之苦的家園。他催動著他的坐騎和士兵，背信棄義的越國人終於反叛了，他們忘記了椒山之戰的教訓，該好好給他們上一課了。

出乎夫差意料的是越軍沒有像椒山之戰中那樣退卻，倒是他的左右兩翼先敗後撤了。「我的兩翼被包圍了，我的兩翼潰逃了，但是──我們進攻！」他激勵著將士，親自舉起「吳」字大旗，衝向敵陣。但他的進攻也終於變成了一場潰逃。吳軍太疲憊了！他們的鬥志在得知家園被圍時就已經渙散。

夫差把「屬鏤」寶劍丟在伯嚭面前：「你替越國擔保他們永不反叛，我才聽你的勸告放走越王。今天，你去越營替我請和，如果不成，這把劍就歸你了。」

勾踐在范蠡、文種的勸說下，答應了吳王的請和，因為他手下仍有十萬困獸欲鬥的殘兵敗將。「吳國從今不復振矣！」范蠡對著卑躬屈膝的伯嚭說。

夫差是在一個深夜回到吳宮的。他在臉上蒙了一層黑紗，沒有一個大臣知道他回到了京城。夫差跪在西施的床前，西施的臉比白色的被單還要白。強健的大手和纖細的柔手緊緊握在了一起。

「大王，咱們的孩子……」

夫差早知道西施被驚馬撞翻的事，他全明白了。

「兩個！我的兩個兒子！」太子友也在亂軍中身中數箭，恐被俘受辱，自刎而死。夫差把頭深深埋在了西施的被單中，把西施的手緊緊貼在臉上。現在這隻手是他唯一的慰藉和全部生命的源泉了。

「謝謝你，茜妃，是你替我守住了姑蘇城。有你這一位賢妃，我好高興！」

「我可從沒想過要替你守城，我只是想替你保住這個家。你臨走時託付我的，我不能讓我的丈夫無家可歸，這樣的妻子在苧蘿村是會被休的。」西施一口氣說了許多的話，臉色更白了，胸脯一起一伏。

「大王，茜妃的身體很弱……」一旁的御醫小聲地提醒。

夫差在那隻小手上吻了又吻，印下了無數的唇印和淚痕，離開了西施的寢宮。

「夫差，你忘了勾踐的殺父之仇了嗎？」一聲炸雷響在夫差耳邊。

醍醐灌頂，靈光一線，夫差低首恭恭敬敬地答道：「唯！不敢忘。」

一個執戟的老衛士站在夫差面前，爲自己剛才的冒失嚇白了臉。「撲通」一聲跪在地上，「小人罪該萬死，冒犯大王神威，罪該萬死！」

「這是大王的老衛士，參加過椒山之戰，明天他就要解甲歸田，要求給大王守最後一夜，我就自作主張地答應了。」

沮鞅在夫差耳邊說。昔日英姿勃勃的近衛軍官如今也變得憔悴不堪。三天前，旋波在他懷裡嚥下了最後一口氣。臨死前的最後一句話是：「替我保護好茜妃！」

「卿有何罪？」夫差無限感慨地將老兵扶起。「寡人之過，與卿等無干。」夫差緊緊抓住了老兵的手。

「大王，我不願回家，我要一輩子爲你牽馬墜蹬。」老兵哽咽了。

「怎麼能不回家哪！家裡人都等著你哪！你爲寡人一輩子征戰，也該享幾天清福了！」夫差解下腰間的玉佩，塞給了老兵，「回家買點東西，別讓人說我夫差刻薄寡恩。」

老兵接過玉佩，持戟舉手，向夫差行了個標準的軍禮，「我會把它帶進我的棺材裡。」老兵持戟在清冷的殿宇中，如石雕一般，眼睛裡亮晶晶的，像鑲著寶石。

「天意呀！天意呀！要是這個提醒早來幾年，我也不至於落到今日這個地步。」夫差拔出寶劍，無奈地揮舞了幾下，嘆了口氣，又還劍入鞘。

冷漠的月色把夫差和沮鞅的影子拉得長長的，又在影子邊上鑲了一層白色的光暈。

「該刮一刮鬍子了，沮鞅！」夫差拍了拍沮鞅的肩。

「你也該刮了，大王！」沮鞅看了看夫差的鬍子下巴。

兩個男人在月影花叢裡怪聲怪氣地怪笑著，直至笑得彎了腰，流出了澀澀的淚。

「這淚是苦的，不是鹹的。」夫差舔了舔嘴唇。

「像血一樣黏稠，這是血水，不是淚水。」沮鞅抹了一把眼睛。

他們又笑成一團，驚起棲息在御園中的老鴰，發出尖嘯的怪叫。

夫差走到西施床前，「愛妃，你好些了嗎？」

「我感覺好多了。躺了這麼多天，也不知道醜成什麼模樣了？你把鏡子遞給我照一照。」西施斜靠在高高墊起的被子上，用手輕輕撫摸著自己的臉。

「比以前更漂亮了，像一枝冬雪中的瘦梅。惹人愛憐。」

「我明白了！一定是我瘦成了一個黃臉婆。你在嘲笑我。」

「這個『瘦』是相對於漫天大雪，遍地雪花而言的。你想啊！茫茫冰雪覆蓋的大地和一株梅花相比是不是很『胖』，在這種『胖』下，一枝『瘦梅』是不是巧奪天工？」

「你什麼時候學會這樣貧嘴了？」西施高興得閉上了眼睛，眼睫毛一抖一動。

夫差止住了拿來一面銅鏡的宮女，親手把它送到西施面前。

西施睜開的眼睛在銅鏡上挑剔地掃瞄著，像出嫁前的新娘最後一次定妝。忽然她驚叫一聲，銅鏡掉在地上。

「怎麼回事？」夫差一把抱住了西施。

「我看見旋波了，鏡子裡有旋波的影子，還朝我笑，就像她以前和我調皮時一模一樣。」站在屋外的沮鞅忍不住抹了一把眼淚。

「對不起，沮鞅，我不是故意惹你傷心，我真的見著她了，我那可憐的小妹妹。」

「快去盛一盆清水來。」夫差著急地吩咐身邊的宮女。

清水盛來了，在銅盆裡一蕩一漾，輕輕爽爽地透著明淨。

「來，愛妃，你來照一下這面鏡子！」夫差親自把銅盆端到了西施面前。

西施凝視著自己在水中的面容，久久地端詳著，眉目間透出高僧參禪得道時的神情。她把手擱進盆裡，攪亂了一盆碎玉，輕輕地攪動著，「真像我媽小時候摸我的臉一樣。」攪了一會兒，西施索性用雙手掬起一捧清水，放到唇邊吮吸，御醫想要制止，但被夫差用眼神止住了。

「真舒服！」西施調皮地看了眾人一眼。「苧蘿村的水比這還要清，還要涼，還有一股甜味，甜到你的五臟六腑裡，喝一碗水要甜上好幾天。」

「有機會一定要和你回苧蘿村去看一看，一定得去看一看。」夫差附和著西施的話。

「他們……他們可能……不是特別歡迎……我們回去！」西施悵惘地把手中的水倒入銅盆中。夫差默然了。這場延續了幾十年的戰爭在每一個村落都有它的受害者，這是國與國之間的仇視和怨恨。

「水是世界上最美麗的東西，是清就是清，是渾就是渾，不像人的心那樣易變，那樣難以捉摸。可怕得讓你不敢相信它是人的心。」西施長長地吁了一口氣。

「苧蘿村裡有一口井，只有行過笄禮的姑娘才能去照，那水比銅鏡還要明亮得多，能照出每一根頭髮，連眉毛都照得一清二楚。只要照出重影就說明這姑娘可以出嫁生子了。」

西施陷入了一種虛幻、譫想的境界，手指緊緊地抓著床單。「真想再回苧蘿村去照一照那口井，一照，我的病就全好了，那井水是能消災去邪的。」

「我要給你造比那漂亮得多的井，只有我才能眞正替你消災去邪。」夫差把西施的手緊緊攥住，詛咒發誓地說。

夫差火速召見了伯嚭、王孫雄，商量給西施造井的事。

「在館娃宮所在的靈岩山上和箭涇兩岸造十八口大井。」夫差在桌面攤開一張大圖，上面有好多小圓圈。一個圓圈代表一口井，位置已經勘測好了，這是我請鄭國最著名的水工設計的。」

「大王，十八口井是不是多了一點兒……」王孫雄不無憂慮地說。

「多什麼多呀！只要茜妃能早日康復，就是造一百八十口井，吳國也要造。」伯嚭早就摸透了吳王的心思。

王孫雄掃了伯嚭一眼，當然，又不是你伯嚭掏錢，造一千八百口你也不會心疼。

夫差敲了敲圖紙，提醒兩人注意。

「每口井深二十丈，周長五丈，周圍全用玉石欄杆砌上，井臺全用苧蘿山的胭脂石鋪成。每口井都要有各自的特色，不能雷同。」夫差又敲了敲圖紙，他發現王孫雄走神了。「王孫總管！工匠一定要請各國最好的工匠，材料也要各國最上等的材料。」

「是！」王孫雄機械地點了點頭。

「還有什麼問題嗎？」夫差準備結束這場會見了。

「還有一個最大的問題。錢？」王孫雄無可奈何地攤開了手掌。

「求人不如求己，你不就是宮廷總管，這錢當然該你掏呀！」夫差有些困惑。

「大王！國庫早就空虛，這次黃池大會和越國入冠一折騰，已經告罄。我手上這把鑰匙串鎖的全是一些空庫房，毫無價值了！」

王孫雄說沒有，那就肯定沒有了。夫差又把求助諮詢的目光投向伯嚭。誰都知道，伯嚭是全國首富。別的不說，單是越國每年的進貢賄賂就已經夠建好幾個十八口井了。據說他家已經用金槽餵馬了。

伯嚭深知王上目光的含義，也垂下頭，滿臉掛上一副與君同憂的神情，但這樣耗下去也不是個辦法呀！他心裡暗暗叫苦，苦思脫身之計。「有了！」伯嚭猛拍大腿，把夫差、王孫雄嚇了一大跳。王孫雄心想：王上可眞有本事，能從鐵公雞身上拔下毛來，管它多少，能讓伯嚭掏錢就行，只要有第一次就有第二次。

「大王，臣有一計。」

「有錢就有錢，沒錢就沒錢；有計有什麼用？」夫差有點著急。

「大王不是剛籌措了一筆軍費，準備擴建我們的水軍，與越國人決一死戰嗎？不如先把此款項的一半拿出來為茜妃造井。」

王孫雄洩氣了：鐵公雞就是鐵公雞，也只有他才想得出這種剜肉補瘡的辦法。

夫差的臉色有些發白。擴建水軍的計劃是他多年的心血，在這次與越國人的交戰中，他發現，只有在水軍上超過越軍，才可能徹底擊敗越軍。夫差素來把軍隊視為他的半條命根，可西施是他生命的全部。

「好！就依相國所言。」他只有妥協了，伯嚭是在伍子胥死後繼任的。他的性格和自尊都不會允許他強迫臣下出錢爲自己的愛妃大興土木，只有委屈他這支飽經戰火的軍隊了。

「記住！一定要把井造得漂亮點，好讓茜妃開開心。我已經快半月沒見到她的笑容了。」提到西施，夫差心裡舒坦多了，只要她開心，花這點錢還是值得的。

「遵命！我的大王！」有錢撐腰的宮廷總管氣粗了許多。

伯嚭也在一旁諂笑：「那是自然，井不修漂亮一點，又怎麼能配得上茜妃的美貌，豈不是暴殄天物嗎？」他很爲自己找到了一條巧妙的脫身之計而高興。你是做王上的富有一國，還好意思向我們這些下臣伸手，也太過分了。

「相國。」夫差叫住了扭頭欲走的伯嚭。

「大王有何吩咐？」

「我眞奇怪你爲什麼還樂得出來，要是越軍再次攻打吳國，我們還抵得住呀！你的那些財寶還保得住嗎？對你又有什麼好處，你又高興什麼呀？」

伯嚭知道自己剛才喜形於色了，趕緊解釋：「我剛在心裡替茜妃算了一卦，上上大吉，所以高興。」

「有機會多替你自己算幾卦吧！算一算你什麼時候破財才能免災。」王孫雄揶揄道。

涼風習習，金輝西墜，朗月徐徐升起。一輪白色的圓月，一個暗紅的火球同時在空中出現。墜日和朗月之間現出一個天底下最絕倫的美妙，西施在玩月井邊梳理著她柔情的秀髮。繡著鳳頭的玉梳在烏黑的髮中進進出出，宛如一隻金鳳遊戲在山間谷地、溪畔河邊；一縷一縷的青絲蕩漾著、舒緩著、飄逸著……從密密的梳齒間流出。間或長髮一甩，恍如揚起一道黑色的波濤，波濤下的一雙美目亮麗了天空中越來越高的朗月疏星。

「發什麼愣？看了這麼多年還沒有看夠？」西施嬌憨地對吳王笑笑，順手向他拂去幾滴水珠。

「眞舒服！」吳王依在玉石欄杆上，用手拂去臉上的水滴，「再來幾滴，比吃西瓜還解渴。」

「傻不傻呀！涼水濺在身上，打濕了衣服會著涼的。」

「和你在一起，我會忘記了我的江山，我的子民，甚至忘記了我是一位國君。」

「那我就不是一個好妃子，一個好女人。」西施甩了甩頭，把臉上柔和溫潤的曲線朝向夫差。

夫差用手拍了拍欄杆，撫摸著上邊的花紋，「人和玉石不同，玉石可以雕成欄杆、玉佩、玉鐲、玉環……可人一旦成爲君王之後就只能是君王，不管他合適不合適。」

「大王，你想得太多了！這樣好的月色，到我這兒來，替我梳梳頭。」

夫差依言來到西施身旁，接過她手中的梳子，在鼻子上嗅了一嗅。「眞香，你是一個奇妙的女人，凡被你沾過的東西都有一股靈氣和香味。」

「那你呢？你可是我沾得最多的一件東西喲！」西施的眼神中閃著戲謔和頑皮。

「男人除外，凡是見過你的男人不是發傻就是發癡。」夫差自嘲地笑了。

「他們喜歡的不過是我父母給我的一副容顏，又有幾個人是眞心地喜歡西施呢？如果我成了一個黃臉婆，你還會讓我做你的貴妃嗎？」

「如果你現在變成了黃臉婆，我肯定還會讓你做貴妃；但如果你以前就是黃臉婆，第一，越國不會把你送到我的宮廷裡，第二，送來我也不會收。」

兩人一時都沉默不語，只有習習的山風從他們身旁滑過，一對親密的倒影映在井中，皓皓明月像是他們相親相愛的證人，幸福地在水中一漾一漾。夫差的手停住了，梳子遇到了幾根黏連在一起的頭髮。他小心翼翼地攏開頭髮，一根一根地在裡面探索。

「把梳子打濕點水一梳不就得了。」西施很不理解夫差的小心和木訥。

「這怎麼行呢？你的頭髮是能隨便打濕的嗎？」夫差呵護著在他手中滑落的青絲，像在關切剛出生的嬰兒。

「男人有時候的確是很可愛的！」西施不可理喻地搖頭笑了。

「也許我不是一個好君王，可是我敢對著神明說，我對一個女人眞心好過，我曾經用全部的身心疼過一個女人。」夫差仍舊一絲不苟地爲西施梳理雲鬢。

西施抓住了夫差握著梳子的手，「抱抱我，大王，我有點冷！」夫差騰手抱住了西施。兩人的手指絞在一起纏繞、撫摸、抓捏……溫情的舒適從手心向全身湧動，麻痹著他們的神經和理智，彼此軟綿綿地靠在對方身上，既依偎著對方，又支持著對方。

「我們就這樣一輩子相依爲命！」

「我們就一輩子這樣相濡以沫！」

「相濡以沫？」西施有些費解。

「就是互相吐口水的意思。」夫差笑了，旋即又補充道，「是說困在淺灘上的魚，互相吐出泡沫，讓對方有一個生存的機會。」

「那我們也相濡以沫一下！」西施把嘴唇朝向夫差，一點猩紅的誘惑時隱時現於燦爛如銀的牙齒中。

夫差品味著西施的小手，上面已經有幾點若有若無的青斑。

「我老了，大王！」

「我也老了，我們都老了！你看我兩鬢已有微霜。」夫差吻著西施纖纖玉手上的青點，想用熱情將它吸收化解。

「不知道那些史官會怎樣作踐我們，在我們百年之後。」

「丹青上將記載一位美艷絕妙的王妃和一位英武君王的風流。」

「是嗎？會是這樣嗎？」

「百年之後，我的霸業將會凋零，而你的美貌卻將流傳百世，香飄萬年！人們會爲你寫下一段段神異的傳說。」

「眞像一個夢，像一道掛在天邊的彩虹！」

「彩虹是虛幻的，會消失得無影無蹤；而你的美貌卻是實實在在的。藍天、流雲、大地、柳絲、小鳥……無不充盈著你的美麗和多情。」

「大王，要是有人敢說你是一個糾糾武夫，我拼了這條命也要和他理論，你是世界上最溫柔、最體貼的好丈夫！」兩人久久地溫存著，羞得月隱星逸，樹葉靦腆低語。

吳國的大臣們很難再見到他們的國君了，夫差把軍國大事都委派給了相國伯嚭，他自己則成了一隻閒雲野鶴，流連於山水之間。他的身邊總伴著那位絕色的佳麗，就像一對剛開始戀愛的小情人，甜蜜了吳國的名山勝水，恩愛著江南的阡陌水鄉。

吳國的百姓經常見到他們的君王和王妃或駕舟於香涇採香，或蕩槳於箭涇碧波；有時候他們在靈岩山上嘯傲風月，西施撫琴，吳王縱歌；有時候他們又相伴於十八井的玉台脂石之畔，吳王親手爲他的愛妃梳理雲鬢。

「瞧！那對瓷人又出來了。」百姓們親切地議論自己的君王。只有他們回家發現米缸裡的米不如以前多了，市面上的菜蔬一天比一天貴，他們才覺得君王的恩愛甜蜜和老百姓的家居生活有了很大距離。當他們幼小的兒子被強徵入伍時，他們終於互相試探著發問，「大王這就叫做沉於酒色，不理朝政吧！」

姑蘇城中的一位耆宿寫了一副對聯：

明鏡妝台君王樂！

遑問鄰邦事有無！

橫批是：危如累卵。當沮鞅帶著近衛軍去捉拿老者時，老者已飄然仙去，不知所蹤。

只在堂屋中留下一塊大獸皮，上面寫著：

嗚呼哀哉！忠臣掩口，讒夫在側，邪說諛辭，以曲為直。養奸畜亂，將滅吳國，廟社為墟，殿生荆棘。

沮鞅拔劍猛剁那塊獸皮，不能損它分毫；又用火燒之，裊裊輕煙中雜著一股膻味在空中浮蕩，獸皮漸漸縮成一團。「我讓你硬！我讓你硬！」沮鞅使勁兒在獸皮上用腳又拈又跺。等到他沒有了力氣，手下的士兵把那焦黑的一小團撿起來遞給沮鞅，沮鞅氣壞了，上面赫然是四個大字：

嗚呼哀哉！

沮鞅把獸皮往地上一摜，「弟兄們，今天晚上我請喝酒，不去的請便！」

入夜，在箭涇河畔的一家小酒館裡傳來近衛軍們的狂歌亂唱。領頭的是一位優美、舒緩的男低音。

戰馬長嘶　盔甲閃亮
五月渡江討齊王

登上高峰望我的爹娘
慈母針線遊子裳

戈戟森嚴 戰鼓齊擂
隨吳王除殘去穢
登上高峰念我的妻兒
佳人白髮征夫淚

眾人嘶啞著被酒醺得變了調的喉嚨跟著唱：

慈母針線遊子裳
佳人白髮征夫淚

低沉、哀怨的歌聲淒楚著深沉漆黑的夜空，在暗夜裡傳得很遠，攪亂了吳江上點點漁火。又有一位漁夫敞開了他那風月熏陶、江風鑄就的嗓門唱起了漁歌：

江船秋月夜闌珊
漁人辛苦又一天

開艙視看嫌魚少

大王重揖

村俗的俚曲呼嘯著江風，洶湧著，遮沒了星月。

姑蘇城裡的千家萬戶都聽見了這如泣如訴的怨歌。人們在被窩裡支起手臂，豎著耳朵生怕漏掉了一個音符。「大王啊！你該清醒清醒了！」吳國的子民心中在泣血。

淒淒陰風掃過街巷，樹葉沙沙，塵土陣陣，無人的街閭中響起了小兒的和歌，是西施在梧宮中聽到的那首：

桐葉冷

吳王醒未醒

桐葉秋

吳王愁更愁

「大王，你聽這是什麼聲音？」夢中的西施被驚醒了。

「風聲、樹葉聲、還有就是……你的嬌身！」夫差摸著西施緞子一樣的皮膚，愛得想與它們融在一起。「早點睡，明天還要去玩月井賞花。」

「大王，我總覺得你應該過問一下國事，不能一天天老陪著我呀！」

「國事？陪我的茜妃就是我最緊急最重要的國事。」

夫差一看睡不著了，乾脆摟住西施，細膩嫻熟地探索著她的癡迷和敏感，在西施身上激起一層層的波浪和漣漪。西施解開束髮的綢帶，用又長又密的髮梢纏在吳王的脖子上，織成一道溫情四溢的髮網。

「大王，你不是常說要和我融爲一體嗎？這一下你遂了心願吧？」

「在我的心上繫一根繩子還不放心，還要在我的脖子上來一道羅網，你是不是想用你的溫柔封殺我呀！」

「我又不曾迷你，只不過是你自迷罷了！與我何干？」

「豈不聞酒不醉人人自醉，花不迷蝶蝶自戀。你就是不醉人卻讓人自醉的美酒，就是不招蝶卻引蝶戀的香花。」

「你就是不知羞的狂蜂浪蝶，毫無憐香惜玉的大色狼。」

香囊暗解、羅帶輕分，花開花圓，羞煞了月亮和繁星，羞走了天際流雲。

第六章　煙波渺渺鴛鴦舟

亂世驚夢

冬日溫煦的陽光斜斜地塗在館娃宮的宮牆上，一片凋零的御花園裡，因爲這陽光而又添了幾分生機。夫差和西施坐在幾株巨大的雪松前享受著一天中最溫暖的時刻。

一位宮女提著一隻鳥籠站在西施旁邊，一隻綠皮鸚鵡在描金鏤花的鳥籠裡上躥下跳，喋喋不休。西施在土城時曾養過一隻叫「霓兒」的鸚鵡，她仍把這一隻叫做「霓兒」。

「姆媽，霓兒眞漂亮！」西施教「霓兒」把她自己稱爲「姆媽」。

「是的，霓兒很漂亮！」西施柔情地回答「霓兒」。

「姆媽也很漂亮！」「霓兒」是一隻聰明的、會拍馬屁的鸚鵡。

「姆媽已經老了，不漂亮了！」西施用手中的綠玉小棍輕輕撥弄著「霓兒」綠色的羽毛，「霓兒」很愜意地聳動著毛茸茸的小腦袋。

「嘁嘁……喳喳……」由於西施沒有教過「霓兒」怎樣回答這句話，「霓兒」回答不上，在那兒搜腸刮肚地躥來躥去，尾翎還一翹一抖。

「女人三十一朵花！」「霓兒」終於冒出了一句貼切的回答。這是一次夫差對西施說的，不期被這小機靈聽到學來，今天派上了用場。

夫差都忍不住笑了。他一直在旁邊欣賞這暖烘烘的一幕。一隻大狼狗躺在他的靴子旁，吐著長長的舌頭，盯著夫差手裡的一大塊羊肉。夫差用刀割下一塊，狼狗的紅舌頭一下子捲住了血糊糊的羊肉，急促地在嘴裡咀嚼著。

「霓兒」的腦袋不高興地左右搖晃，西施也皺了皺眉頭。

「大王，把你那髒東西拿遠一點兒好不好，我和『霓兒』都被薰壞了。」

夫差歉意地笑了笑，把手中的羊肉遞給一個近侍，又在近侍端來的清水裡涮了涮手。大狼狗先是用饑渴的眼睛看著羊肉被侍衛拿走，當牠的大舌頭在夫差手上再也舔不到腥味時，惱怒地伏在地上，豎起了耳朵，喉管裡發出低沉的迴響。

「大王，看好你的狗。」

西施話音未落，狼狗已經向裝著「霓兒」的鳥籠撲去，提籠的宮女慌得往後一退，連人帶籠摔倒在地。狼狗的爪子一下向「霓兒」抓去，但籠子的縫隙太小，爪子伸不進去。它一急之下把鳥籠在地上轉了幾圈。「霓兒」被轉得天旋地轉，憤怒地向著狼狗大叫：

「不要臉，眞討厭！」

西施和夫差都忍俊不禁，幾位小宮女早已笑出聲來。狼狗抬起頭不好意思地看了看大家，夾著尾巴回到了夫差腳邊。

沮鞅在遠處向夫差招了招手。

「什麼事這樣神秘？過來說。」夫差對他大聲說。

沮鞅看了一眼西施，又看了看幾個小宮女。夫差揮手讓小宮女退了下去。

「勾踐發十萬大軍大舉進攻，水軍已抵達江口以南。越軍這次聲勢極大，大有必得之勢。」沮鞅邊說邊不放心地看著西施。

「來得可眞夠快的！要是早聽伍……」夫差停住了自己的半截話。很快，他又說道：「兵來將擋，水來土掩，通知伯嚭，悉起全國之兵赴江口迎敵。」

沮鞅急如星火地走了。夫差拍了拍狗的脊背，狼狗聽話地鑽進屋裡。不一會兒，兩個太監抱著夫差的全副盔甲走進了御花園，狼狗在他們腳邊前前後後地蹦來蹦去，不時用嘴咬咬他們的褲管，催他們快走。

西施打開包裹，替夫差披上了鎧甲。夫差把她攏到胸前，依依不捨地看著她。

「如果我不是什麼吳王，或許我們可以一輩子老死林間。」西施低頭替他繫上披風的絆扣，沒有說話。

「仔細想一想，和你待在一起的時間眞是太少了，其中舒心、快活的日子就更少了。」夫差正了正頭上的金盔。

「越國人這次是不會善罷甘休的。」他自言自語地說。

「我也是越國人。」西施把頭靠在夫差胸前。

「對了！這就是問題的關鍵！這就是關鍵！」夫差把手指插進了西施的髮縫。

夫差出征前檢閱了他的軍隊。騎著高頭大馬的夫差從隊列前經過，熟悉的面孔越來越少，其中甚至有一些士兵完全還是娃娃。

夫差在一張娃娃臉面前停住了。

「今年多大了？」

「十八歲。」

「講老實話。」

「十四歲。」

「爲什麼來當兵?」

「本來該里正的孩子當兵，但他家花了不少錢……於是我就來了。」

「家裡還有什麼人?」

「還有一個媽媽!」

「爸爸在椒山戰死，哥哥在上一次與越國人的交戰中戰死。」娃娃臉上流出了眼淚。

夫差回頭怒視陪同他檢閱的伯嚭，自己爲什麼要把軍隊交給他掌管?伍子胥掌管軍隊時這種事是絕對不會有的。

「馬上到司庫那裡去領黃金百鎰，回家好好侍奉你媽，就是吳國亡了國，你也不要當兵。」夫差的眼淚都快流出來了。

「愛妃，有些話我不得不跟你說，我這次出征，凶多吉少，不管發生什麼事，你一定要善自珍重。」

「大王，你放心地走吧!西施雖是一介民女，但大事上還不糊塗。」

「愛妃，我想讓你替我掏掏耳朵。」

「哎!臨行前做什麼事不好，非要掏耳朵。」

「就你掏的感覺最好，其他人都是笨手笨腳。」夫差把頭湊到西施懷裡。

西施攬住夫差的脖子嘆了口氣，「嫁了個國君，還得做這種活，算我命苦，我認了。」

夫差走了，沮鞅走了，偌大一座館娃宮裡只有一個「霓兒」能與西施說上幾句話。

「霓兒，你是姆媽的乖孩子，是不是？」

「是的，乖孩子！」

「霓兒」說「乖孩子」一個詞特別拗口。

「霓兒，姆媽疼不疼你？」

「是！」對於沒有教過的問題，「霓兒」一概回答「是」。

「你簡直是一個大傻瓜！怎麼什麼都說是？」

「是！」「霓兒」老老實實地回答。

「霓兒，我總是不明白，男人們爲什麼總是要打打殺殺，爭做什麼霸主。今日你亡我，明日我亡他，冤冤相報何時了！這戰爭什麼時候才是一個盡頭。」

「是！」「霓兒」被這一大段話搞迷糊了，只能隨口回答「是」。

「我是一個女人，我能有什麼辦法制止他們，我沒有。男人們會討女人歡心，會讓女人高興，可是他們在這種事上連說話的機會也不會給女人的。我眞想對他說：別打了，化鐵爲犁，讓老百姓安安心心地過幾年舒心的日子，讓年輕的母親多生幾個孩子。你想一想，一大家人圍著幾個可愛的小孩生活該是多麼的快活啊！……」

「嘁嘁喳喳……嘁嘁喳喳……」「霓兒」氣憤地在鳥籠裡跳來跳去，爲自己插不進話乾著急。「姆媽」今天爲什麼總是說一些牠聽不懂的話，一句話都抓不住。

「哦！霓兒生氣了。是姆媽不好，姆媽的廢話太多了！」

西施打開鳥籠，把「霓兒」托在掌心，用嘴唇梳理著它綠緞般的羽毛。「霓兒」溫順地縮成一團，眼睛半閉半睜，輕輕地抖動著嬌柔的身子。

西施想把「霓兒」放回籠中，但她突然停住了。幹嘛要把這隻可愛的小鳥關在籠中，牠應該有更爲廣闊的天空展翅。

「去吧！我親愛的兒子，去找你的親娘吧！」西施把「霓兒」拋向窗外，窗外是一片廣闊明淨的天空。

「霓兒」撲騰了幾下翅膀，直直地摔了下來，掉在西施腳邊。委屈的眼睛裡射出幽怨和不滿。

「對不起！我的乖兒子，姆媽忘記你已經不會飛了，你養尊處優慣了，已經折斷了自己的翅膀。」西施把「霓兒」捧到嘴邊又是呵氣，又是親吻。

「姆媽眞漂亮！」「霓兒」又恢復了牠的高興和幽默。

「霓兒懂得疼姆媽了！霓兒眞乖。」西施的眼角滲出幾滴淚珠，調皮的「霓兒」伸出鳥喙去吮，癢得西施笑出聲來。

一隊騎兵深夜叩響了館娃宮的大門，爲首的是吳王的近衛隊長沮鞅。沮鞅的腳步聲在響屧廊上重重響起，西施被驚醒了。

侍女來報：「沮鞅求見。」

西施的心猛地往下一墜，深夜急使，絕無好事。她鎮靜地穿好衣服，傳令在便殿接見沮鞅。

西施探詢的眼光直視沮鞅，沮鞅搖了搖頭，解下腰上的寶劍扔於地上。西施的心隨著寶劍撞地的聲音「咯噔」一下。

「大王何在？」

「大王如今退守聖胥山，已被越軍團團圍困。」

「你身為近衛隊長為何不隨侍大王左右，卻來做這種傳令小卒之事？」西施的聲調提高了。

「大王無顏再見茜妃，囑我護送茜妃回姑蘇城王宮。」

「我是吳王的妃子，自然應該與吳宮共存亡，我們馬上起駕回吳宮好了。」

館娃宮到姑蘇城裡並不遠。往常這條路金車寶馬，美女香粉，儀仗森嚴。如今西施在沮鞅的一小隊騎兵護送下，淒淒慘慘地走在道上。

西施回頭看了看夜色深沉中的宮殿：宮闕巍峨，氣宇不凡，雕樑畫棟，勾心鬥角。它肯定難逃與姑蘇台同樣的命運。西施的馬躑躅不前了，她對籠中的「霓兒」說：

「再看一下你的家吧！我們再也見不著了。」西施覺得自己的聲音酸酸的，心裡也有些作痛，好的青春是在這兒度過的，不管那些回憶是酸楚還是甘甜，這座宮殿畢竟是她一段人生的載體。那麼多的人為它付出了生命，如今，它就要付之一炬了。

「霓兒，離開這兒，你難受嗎？姆媽心裡眞不好受，好像心被人剜掉了一塊。」

沮鞅難過地別過頭去，不願再聽這些叫人腸斷的絮叨。「只有一隻鳥兒陪她，她只能和鳥兒講話。」他心裡嘀咕著。

「姆媽眞漂亮！」「霓兒」今天蠢得太離譜了。

「蠢物！」沮鞅在心裡罵了一句。

西施一隊人馬剛進姑蘇城不久，越國的兵馬便尾隨而到。姑蘇城像一葉孤舟被淹沒在越國的人海裡。

越國士兵唱著西施熟悉的越歌，在城外安營紮寨，人喊馬嘶，兵器撞擊，鐵鍬在地上狠命地刨擊，那是他們在挖防止吳軍突圍的鹿寨。

伯嚭站在姑蘇城的城樓上，修這座城樓時，他曾預言：越國人一輩子也不可能在城外安營。可是現在越國人的號角正在嗚嗚地提醒他那個預言的錯誤。對伍子胥來說，那是一個靈驗的預言，在他的有生之年，越國軍隊從未越雷池一步。如今他們已是第二次飲馬姑蘇城外，吳國大勢已去了！

眼前這個夜晚和十多年前他與伍子胥圍困會稽山的夜晚何等相似，只不過如今他自己成了被圍困的對象。

一道火光從館娃宮方向升起，那是越軍正在焚燒館娃宮。

「第二個姑蘇台！」伯嚭想。不能再這樣耽誤下去了，他要給自己找一條出路。越國人的金錢財寶塡飽了他的私囊，如今他還要保住它們，他要和越國人做一筆大買賣，他的貨是越國人最需要的——姑蘇城。他完全可以奇貨自居，以他過去為越國的斡旋和照應，更可以功臣自居。「我是一個不倒翁！」伯嚭得意洋洋地拍了一下城上的女牆。

同一時間，西施也正站在城頭，看著城下耀武揚威的越軍。熟悉的鄉音響在耳畔，但她自己要說出地道純正的越語已經很困難了。越軍的大旗在城下飛揚，其中最多的是「越」字大旗和「范」字大旗。范蠡如今是越軍的統帥。

「范郎」，西施忍不住用越語輕喚了一聲，好久沒叫過這個名字了，仍有一種臉紅心跳的感覺。

「我的丈夫是吳國國王，我的情人是越軍統帥。」一個念頭竄進了西施腦子。「我的情人正在圍困我的丈夫。我是一個徹頭徹尾的壞女人。」

看著風中飛舞的「范」字大旗，一股惱怒湧上了西施心頭，都是你把我推到了這尷尬的境地。你以為打垮我丈夫就可以接走我了嗎？不！「范郎」，沒有這樣容易的事。我再不是苧蘿村的那個小女孩了，我是吳國的貴妃。人是應該有尊嚴的，尊嚴對女人來說尤為重要。殉夫！這個念頭牢牢盤踞在西施腦中。我丈夫是吳國的國君，我是吳國的貴妃，君為國亡，妻為夫死。一種凜然的悲壯湧上了西施心頭。

「范郎！」你等著為我收屍吧！想著范蠡為自己收屍時痛不欲生和撫屍痛哭的慘景，西施感到快意和愉悅。她閉上眼睛，體會著自己是一具冰冷僵直的死屍的感覺。

「茜妃，請回宮歇息吧！」沮鞅以為西施睏了，牽住她的馬籠頭與她並轡而行，好在她發睏墜落馬下時扶住她。

西施體會到沮鞅的好意，報之以一個溫馨的微笑。

我這一生也夠值了！那麼多的男人都眞心喜歡我，有的還爲我丟掉了他們的性命。作爲女人，這是一種驕傲，是一種幸福，但更是一種羈絆，一種負擔。我長得漂亮，這是男人追求我最原始的動力，僅僅是因爲漂亮嗎？不！我想我的心地善良，一個美麗而心狠的女人是可怕的，只有美麗而善良的女人才是可愛的。

「茜妃，你先好好歇息吧！我要上城協助太宰守城，以姑蘇城的儲備和防禦守他個三年五載沒問題。」沮鞅把西施抱下馬來，西施在他懷裡露出了新娘般的羞怯，沮鞅的臉也有些發紅。

「有機會給大王捎個信，讓他別守在聖胥山，我在吳宮裡爲他準備了酒宴，他是一個永遠的英雄。」

沮鞅在疾馳而去的馬背上向西施舉了舉手中寶劍，很快消失在街道拐角處，只有得得的馬蹄聲還隱隱敲在西施心坎上。

晨光熹微，淒慘的雞鳴在姑蘇城上空叫喪似的響起，姑蘇城死在春寒料峭的晨光裡。只在長滿青苔的城牆上，有幾處裂縫中吐出了報春花的笑臉。

奇怪的喧囂聲傳進了西施迷迷糊糊的耳朵，叮叮噹噹的鐵器撞擊中混雜著雜沓的腳步和小聲的叫罵。會不會是吳王回來了，她趕緊坐起來，梳理了一下蓬亂的頭髮，又用手在臉上使勁搓了幾下，她不想讓吳王看見困頓、慘白的臉。隔了一會兒，她又不放心地往臉上抹了一點胭脂，儘管她平時最討厭那種不健康的矯揉造作的紅色。

「茜妃，快走！伯嚭賊子獻城了。」沮鞅一頭撞了進來，抱起還懶洋洋斜靠在床上的西

施。西施嚇了一跳，急忙掩住胸衣。沮鞅顧不得許多，拿起一件錦被往西施身上一裹，

「走，出北門，去聖胥山找大王去！」

侍衛早備好了馬匹，沮鞅扶西施上馬，環顧左右，「我在前面開道，你們死命也要守住茜妃。」他猛地抽了馬兒一鞭，連人帶馬射了出去。

「慢！」西施叫了一聲。

沮鞅打馬折回，「茜妃有何吩咐？」

「我的鸚鵡！」西施有點不好意思。

「屬下該死，把牠給忘記了！」沮鞅閃身下馬，衝進宮中，不一會兒，拎著鳥籠出來了。

「霓兒」一見西施，來了精神，歡蹦亂叫，「姆媽早上好！」

沮鞅把鳥籠遞給一個侍衛，「帶好，你可以不在，鳥兒必須在。」

「是！」忠誠的近衛軍回答。

沮鞅又揚起了馬鞭。雜沓的腳步聲越來越近了，猶猶豫豫的，生怕中了埋伏。接著傳來幾聲慘叫和弓箭的嗖嗖聲。守衛王宮的近衛軍在幾條街口處與越軍遭遇了。

「慢！」西施又叫了一聲。

「茜妃還有何吩咐？」沮鞅依然是彬彬有禮，態度謙恭。

其他侍衛也是斂神屏氣，緊緊地勒著馬韁，沒有接到命令，他們是不會亂動一下的。

不遠處的吶喊廝殺更慘烈了。

「帶著一個女人和一隻鳥兒，你們肯定衝不出去。我不走了！」西施輕飄飄地躍下了馬

背，像一隻輕盈的燕子。

「請茜妃收回成命！」沮鞅眞有點著急了。

「請茜妃收回成命！」其他侍衛也同聲說道。

「我是吳王的妃子，我應該守在王宮裡；你們是大王的近衛，應該守在大王身邊。這是很明確的責任。」西施的語氣很堅決。

「茜妃不走，我們只有死在你面前。」沮鞅抽出了寶劍，其餘侍衛也抽出了寶劍。

「別傻了！我好歹是一個越國人，他們不會拿我怎樣的！」西施取過裝著「霓兒」的鳥籠，閃閃的刀光在她臉上顯出一個聖潔的光。她緩緩捋起了衣袖，露出白藕一樣的手背，把它伸給了沮鞅。

沮鞅眩暈地接過了玉手，在上面似點非點地吻了一下，頭上大紅的簪纓在西施手臂上散開，紅得耀眼。

西施柔情地看著其他侍衛，他們把馬排成一條線，依次吻過這位高貴女人的手背。侍衛們的吻有點拘謹、激動和侷促，沮鞅的那一下最癡迷，也最親暱。

「走吧！」西施像在勸說不肯離開母親的孩子。「走吧！」母親的話中蘊含著深情和期盼。

一小隊人馬以雷霆萬鈞之勢向遠處刮去，馬掌在青石路面上濺起點點火花。

嘶殺聲漸漸平息了，一聲號角響起，一切喧囂都歸於沉寂，接著又是整齊而有序的腳步聲。西施明白越軍正在宮門外整隊，準備進城。

「吱扭」一聲，沉重的宮門被打開了，一縷陽光照到了西施臉上，紅澄澄、透明，像給她臉上抹上了一層琥珀。

大馬靴在白玉臺階上軋軋作響，好像只有兩三個人，不是大隊人馬。

西施根本沒有理會走進大殿的三名越國將官，自顧捧著「霓兒」，和牠親暱地耳語著。

「早上好！」「霓兒」畢竟是一隻鳥，而且是一隻喜歡在生人面前賣弄饒舌的鸚鵡，熱情地向三位越國將軍打招呼。

「早上好！」三名將官有點不知所措，怎麼這位聞名遐邇的美女說話竟這樣怪聲怪氣，扭扭捏捏。

「既然我的鸚鵡已經向三位問過好了，我就不再囉嗦了。」西施很高興有這麼一個臺階，免掉了許多尷尬。

「奉我軍統帥范蠡大夫之命，前來接管吳宮。」

「對了，這座宮殿是你們的戰利品，你們有權處置它。可以爲所欲爲，再把它燒掉怎麼樣？」

「吳王宮眷，仍居住吳宮。其他閒雜人不得入內，不得損害吳宮中一草一木，違令者無赦。」爲首的越國將官有板有眼地宣讀著范蠡簽署的命令。

「我不知道我應該感謝越王，還是應該感謝范大夫，所以我無從謝恩了。」

「你不認識我了嗎？西施。」越將官摘下了頭盔。

「你是桑耳？」西施叫出了聲，記憶觸電般地復甦了，苧蘿村如夢的小溪，兒時的玩耍、嬉遊。但她轉瞬又恢復了貴妃的高傲和冷漠。「你到底當兵了，你現在任何官職？」

「中軍副將。」

「升得不慢嘛！殺了不少人吧？不然怎麼會爬得這樣快。」

「怎麼會爬得這樣快？」「霓兒」好不容易抓住了一個插話的機會。

桑耳不可理解地搖了搖頭，「西施，你變得太多了！要是你媽還在世的話，她也認不出你。」

「我媽她……」西施很快控制住了自己。入吳十多年了，老人家年紀也不小了，也是情理之中的事。

「范大夫厚葬了伯母，鄉親們也出了不少力。」

「謝謝鄉親們！謝謝鄉親們！」

「范大夫到！」隨著一聲吆喝，范蠡昂然走了進來。他依然是一身素白，白袍白甲，白色的大氅一塵不染。

兩個人無言地對視著，盈盈的眼波中有隔膜、猜忌、怨恨、欣喜……都是無情歲月琢磨出來的。

往日的溫情上哪兒去了？他們在心裡默默自問。

范蠡朝三名手下揮了揮手，他們知趣地離開了，桑耳在離開時，還把宮門帶上。陽光從西施臉上消失了，只剩下一對閃閃爍爍的眸子在黑暗中透亮。

「我們又見面了。」

「是的，又見面了。」

「這些年你過得還好嗎？」

「託你的福，范大夫。」他還在關心著我，西施的鼻子裡酸酸的，但她的腰挺得更直了，頭更高地揚起。

「你可以用越語講話，不用吳語了，當初你是那樣深惡痛絕講吳語。」

「你是那樣恨鐵不成鋼地逼我學吳語。」時光又倒流回土城那溫馨消魂的酒甕，空氣中也有濃郁的酒香。西施不由自主地聳了一下鼻翼。「我是吳國的貴妃，當然要講吳語。」

「你不是什麼貴妃，你是我的西施。」范蠡朝前邁了一步，眼中快噴出火來。

「你的西施？你沒有資格說這樣的話！」西施緊緊地咬著嘴唇，小巧的血花在唇上綻開出美麗和鮮紅。

「我想我可以先幫你忘掉這該死的吳語，我要你講越語。」范蠡咬牙切齒地咆哮著來到了西施身邊，一把將她摟入懷中。

「霓兒！」范蠡夢囈般地呼喚著西施的乳名。「我知道你受了不少苦，不少委屈，讓我們重新開始吧！」他的吻細膩地在西施的頭髮和臉頰上滑動。

西施一動不動地任他撫摸、親吻。范蠡覺得自己摟著一塊千年不化的堅冰和不再發芽的老藤。

「全完了！全毀了！再也找不回往日的柔情和纏綿。苧蘿村的女兒已經乾涸了、枯萎了！」范蠡淒苦的淚滴滴落在玉石地板上。

「范大夫，你違反了自己的軍令，不得擅入吳宮。你剛才談的肯定不是公事。」

「霓兒，難道你眞的就已經心如槁木，再無一絲光亮了嗎？」

「對了！就像這黑漆漆的宮殿一樣，不透一絲光亮，也不需要任何光亮。」

范蠡又把西施摟入懷中，把滿是淚痕的臉貼在西施臉上。

他爲鄭姐姐的死流過淚，他現在又在爲我哭泣了。可我的眼淚早就流乾了，再沒有了，已經流了十多年了。

「別這樣，范大夫！我丈夫還被你們困在胥山，我隨時會去追隨他的。」

「是我自己害了自己，也害了你！」范蠡腳步踉蹌地向宮門走去。

宮門打開又關上了，剛射進來的一縷光線被連根斬斷。西施只覺得眼前一亮，又陷入了無邊的黑暗。

劫後餘香

周敬王四十四年，越軍攻占了吳國國都姑蘇城，但吳王夫差仍在聖胥山率領親信的近衛軍進行著最後的抵抗。又有兩員越國偏將被斬，越軍的又一次衝鋒被打退了。越王勾踐皺著眉頭在中軍大帳裡焦灼地踱步。

「姑蘇城都攻破了，小小彈丸之地的聖胥山竟攻它不下，簡直是天大的笑話！」

「姑蘇城裡有伯嚭，聖胥山上除了夫差就是近衛軍。」文種安慰著他的國君。

「這種時候你還有心思說笑話，馬上組織敢死隊，今天一定要提夫差的人頭來見我。」勾踐不耐煩地打斷了文種的話。

范蠡心中震了一下，越王最近的脾氣是越來越大了。

「大王，聖胥山上儘是吳國的精銳，冒死強攻，傷亡太大。」

「那怎麼辦？難道讓煮熟的鴨子飛了不成！」勾踐有點氣急敗壞。十年生聚，盼的不就是這一天嗎？關鍵時刻，卻偏又有許多人要來礙手礙腳。

「大王，吳國使臣王孫雄求見。」軍校向勾踐稟報。

「不見！」范蠡與文種同時說道。「二十年前，是上天把越國賜給夫差，而夫差不取；現在上天把吳國賜給大王，大王不可不取。不取，則受其害。」

「既不讓寡人進攻，又不讓寡人見吳國求和的使臣，兩位愛卿到底有什麼好計？」

「要讓夫差降，要逼夫差死！」文種從牙縫裡擠出一句話。

「讓夫差死就只要強攻，要讓夫差降，是萬萬不能的，寡人太了解他的性格了。」

「可是有一人能勸夫差降。」

「誰？馬上替寡人召來。」

「西施！」文種加重了語氣。

「西施！越國絕色的美人，美人計中的女主角，我怎麼把她給忘了！」勾踐以手加額，連說自己糊塗。

「馬上去把西施傳來。我倒要看一看越國絕色美女被夫差蹂躪成什麼樣子了。」

「不可！此女性格剛烈，不肯受召而來；再者，她目前的精神狀態不太好。」范蠡的心像被人冒冒失失地踹了一腳。

「還是范大夫憐香惜玉。也好！此女既是由你聘來，那麼還是由你說動她勸說夫差投降，也算功德圓滿。」勾踐笑嘻嘻地拍著范蠡的肩。

范蠡拉開吳宮緊閉的宮門，陰冷的寒氣逼得他倒退了一步。自己的情人，那位曠世的奇女子就待在這一座墳墓裡。他的心抽搐得一陣一陣地發緊發痛。范蠡邁進了吳宮，守衛的越軍要遞給他一個火把，他謝絕了。在陰暗的石室裡被囚三年，他的眼睛已習慣於在黑暗中辨別方向。「哐」、「哐」，范蠡邁出的每一步都引起巨大的迴響，嚇人地在寂靜如曠野的宮殿裡迴旋。「撲棱」、「撲棱」，幾隻蝙蝠直向范蠡衝來，他慌忙用手擋開。蝙蝠黃瑩瑩的眼珠久久地印在他的視線裡。

一片灰白的模糊平趴在大殿正中的案几上，越走越近，范蠡斷定那是他日思夜想的西施，他已經看見了她那傷心欲絕的髮梢。可憐的女子！她就這樣在這兒趴了一天一夜，滴水未進。

「早上好！」「霓兒」的聲音也是有氣無力，嬌養慣了的小東西從未吃過這樣的苦。

「可愛的小東西，你的主人還好嗎？」

「姆媽眞漂亮！」「霓兒」已經餓得神智昏亂了。

范蠡的眼睛潤濕了。

西施動了一下，頭髮幽雅地朝後一滑，現出那張慘淡如玉的臉。

「你到這座墳墓裡來幹什麼？范大夫，是要和我這具殭屍作伴嗎？還是要把我挖出去曝光。」

「霓兒，你太苦了！你知道我現在後悔什麼嗎？」

「范大夫有鬼神莫測的玄機，我又哪能猜得透，我沒有心情去猜。」

「霓兒，我們離開這個鬼地方，到有陽光、有草、有蝴蝶的地方去好嗎？」

「霓兒，霓兒，你是叫我的鸚鵡嗎？對了！把牠帶走，別讓牠在這兒陪一具殭屍，牠還從未受過這樣的委屈，怪可憐的！」

「那你呢？」

「我？我要等待，等待我丈夫戰死的消息，我要在他的宮殿裡爲他殉葬。」

「他現在很好，他還可以一直活下去，只要你勸他投降。」

「是眞的嗎？范大夫不會騙我吧？」

「越王已經答應把他安置到甬東（今鄞縣），給他五百戶奴隸，讓他終老一生。」

「對於一個霸主來說，這的確是一份厚禮，天大的饋贈啊！」西施慘然一笑，照亮了陰森的大殿。

「你可以不去。」

「不去？跟你走？讓吳國的貴妃跟著越國的大夫回國。請問，這是周朝的禮法嗎？范大夫，你可是一向以禮義聞名於列國的。」

「你眞的要跟他去？」

「我會跟他死，自然也會跟他去。我過去不是一個好女人，現在我要加倍地疼他、愛他。我發現我胸口裡全充溢著對他的愛，都快盛不下了。」

「行！你已經是他的人了！」

「對！我是他的人。嫁雞隨雞，嫁狗隨狗，這就是你們這些男人的邏輯，眞荒唐！可我偏信！偏信！」西施摸著自己快啞的嗓子，她太虛弱了。

范蠡上前不由分說地抱起西施。

「不准對我非禮！不准對我非禮！」西施虛弱的拳頭凶狠地擂在范蠡眼睛上、鼻子上，而且出血了！

「我先帶你去治療，然後才能讓你去勸降。」范蠡抱著西施大步向宮外走去，他要儘快帶著她離開這座墳墓。「霓兒」在他手裡的籠中顫簸著，小東西被顛得滿嘴胡言：「你是天底下最溫柔的丈夫！」

范蠡在閉上宮門那一瞬間，發現吳宮的臺階上已長出了青青蔓草。

「準備弓箭！」沮鞅聽見一陣得得的馬蹄聲，大聲吩咐手下。他幾乎是半裸著上身，刀痕遍體的肌膚顯示出雄性征服的氣概，手中握著一把卷刃的大背刀。

沮鞅以為自己的眼睛看花了，「茜妃！」西施揚著高貴的頭，騎著一匹小白馬，一顛一顛地向吳軍陣地跑來，她優美、雅致的曲線隨著白馬的一顛一伏更顯動感和嬌媚，一頂大紅斗篷醒目地晃動。

沮鞅伸出去扶西施的手又縮了回去，他發現自己幾乎是衣不蔽體、全身血污，手臂木木地僵在半空。

「抱我下馬，漂亮的小軍官。」西施含笑提醒沮鞅，「這是你的職責，衛隊長。」

沮鞅如夢初醒地把西施抱下馬，不好意思地看著她身上沾的血跡汗漬。

「這是最好的見面禮。謝謝你——沮鞅——忠誠的衛隊長。」西施又吩咐隨行的幾個下人把蘋果和乾肉分給眾人。

「茜妃萬歲！茜妃萬歲！」近衛軍們爆發出巨大的聲浪。

「茜妃，請跟我來，大王在後面的營帳裡。」沮鞅領著西施繞行過死馬和戰車的殘骸。

西施風度翩翩地提著裙角在戰場上移動著。

「我們還能支持多久？」

「按理早就支持不住了，可憑著忠誠和勇武，我們至少還能支持十天。」

「十天以後呢？」

「一切聽大王安排。」沮鞅領著西施來到一座小帳篷前停住了。「大王就在裡面，你進去吧！」說完，他很快消失在西施的視線之外。

西施拉開帳篷門邊垂下的布幔，窺看裡面的動靜。吳王端坐在一座小案前，閉目養神，眼睛深深地嵌在眼窩裡，顴骨也凸了出來。「我這耳朵也不靈了！剛才還明明聽到有人喊『茜妃萬歲』，她怎麼可能出現在此時此刻呢？眞是荒唐！」

吳王自言自語，一邊還不住搖頭。

「大王，這個世界本身就是由荒唐構成的，再大的荒唐也顯得不荒唐。」

吳王像被蜜蜂螫了一下，詫異地睜開了眼睛。

「眞要命，讓你看見我這副落魄的模樣。」

「我高興地看見我的丈夫還很健康！」

「託愛妃的福。」吳王高興地用食指敲擊著木案，「我用什麼來招待你呢？我這兒除了馬肉就是血水。」

「我給你捎來了你最愛吃的油炸大蟹。」

夫差目瞪口呆地看著西施把一大盤油炸大蟹擺到他的案前。黃燦燦的螃蟹揮舞著大鉗，張牙舞爪。

「跟我以前一樣不可一世！」夫差自嘲道。

「螃蟹可比你精神多了，看人家長得膘肥體壯的，你都快瘦成皮包骨了！」西施在夫差身邊坐下，扯下一隻大鉗塞進他嘴裡，「好好嚼嚼，才容易消化。」

「謝貴妃賞。」夫差的大嘴急促地上下咀嚼，西施又塞進了第二隻、第三隻……直至夫差用手背抹了一下嘴，說「夠了」，才住手。

「感覺眞不錯！」夫差心滿意足地說。看了一下盤子裡所剩無幾的幾隻大蟹，有點後悔，「吃得太快，還沒有品出味兒！」

「瞧把你美的！」西施欣賞著夫差貪婪的吃相。

「誰讓你來做說客的？我的愛妃。」夫差把手在身後的布幔上擦了擦，摟住了西施。

「越王答應把我們安置到甬東，我們可以過幾天男耕女織的生活了！這不是我們多年的心願嗎？」西施緊貼著夫差的臉，撫摸著他強健的胸膛。

「以前想過，可現在不想了。以前是隱逸，現在是投降，讓周天子敕封的霸主投降，你覺得合適嗎？」

「可這聖胥山也守不住幾天哪？」

「這我比你更清楚，我之所以一直未採取行動，是因爲我還心存一線僥倖，想見你最後一面。我總覺得我們不會匆匆分手，至少還應該鄭重其事地告別一下吧！眞是天遂人願哪！」夫差憐惜地捧起西施的臉頰，用嘴唇在上面傾訴著他的愛意和難以割捨的迷戀。

「行動？大王，你要採取什麼行動？」西施睜開了迷霧深潭中的眼睛，她已經明白夫差要採取什麼行動了。

夫差意味深長地笑了，「君爲國死，我還能有什麼行動呢？」夫差摸了摸臉上的鬍茬，一把亂七八糟的雜草憔悴著。「稱霸一方，有最美麗最柔情的美人，我這一生還有何求？活過、愛過、恨過，現在該好好悔過一下了。」

「大王，你想得太多了。我們拋開這一切，到荒無人煙的東海邊上去，種幾棵桑樹，養幾塘魚，閒暇時曬曬太陽，有一大群孩子圍在身旁。昨日已逝不可追，後悔又有什麼用呢？」

「我只後悔兩件事：一悔誤殺了伍相國；二悔過去沒有多疼你，現在又丟下你一人。」夫差陷在他自己情感的漩渦裡。

「我已經很知足了。你對我的情，掰成二百份，分給二百個女人，也足夠把她們淹沒，也足夠她們陶醉。」

「多好的一對呀！他們是多麼地匹配！」對面一個小小的銅鏡照出擁在一起的虎背熊腰和楊柳腰肢。「此情只應天上有！」西施一根根地把夫差糾結在一起的鬍鬚理順。

「眞長，我給你刮一下吧！」

「可我這兒的刮鬍刀早就不知扔哪兒去了。」夫差在桌子上亂翻了一氣，「死都不怕，我還怕鬍子長嘛？」西施被夫差逗樂了，也幫他在案几上翻撿。「你呀！總是改不了亂扔東西的壞毛病。」

「都什麼時候了，還來煩我？」夫差笑著刮了一下西施的鼻樑。西施不答應了，別轉臉生氣了，「人家鼻樑本來就不高，還要老刮，都快成塌鼻樑了！」

「你的全部風情都好在這一個塌鼻樑上，要是你鼻樑挺括的話，你也就不成其爲西施了！世界上漂亮的高鼻子很多，但西施的鼻子卻是獨一無二的，精美絕世的。」

西施一把奪過銅鏡，對著臉揣摩半天，喃喃自語：「也不像你說的那麼塌呀！」

「這兒有一把小剪子，還是你送給我的，用它可以剪鬍子嗎？」

「太好了！讓我給你剪。」西施趴在夫差懷裡攏開了他下頷上的草堆。

「先剪這根長的，嗯，還帶點兒卷。」西施揪出最長的一根黃鬚，把它連根剪斷。

「舒服！」夫差身子一激靈。

「再來一根卷的！」西施把剪下的鬍子向空中一拋，吹了口氣，鬍鬚洋洋得意地飄向天空。地上的鬍鬚越積越多，夫差的下巴漸漸露出一片光潔。

一陣淒慘的號角，接著是一陣鼓聲，肢解了浪漫、溫馨的帳篷。

「越國人又要玩什麼花樣？別理他們，該剪耳下這一綹了！」

「夫差聽好！」又是一陣金鼓之聲。

「他們以前可不這樣叫，都叫我大王，自稱罪臣。現在想治他們的罪也遲了！」

「世無萬歲之君，總之一死，何不快快投降，免使吾師加刃於王耶？」越國人的聲音斷斷續續地傳來。

「他們又在逼宮了，眞是一幫罪臣。」夫差站起身，「替我穿好鎧甲！」

西施給夫差帶上頭盔，又給他套上鎧甲，最後給他扯下了護臉罩，只剩下一雙深陷的眼睛留在面頰上。

「吻這兒！」夫差指了指眼睛。西施踮起腳仍然搆不著。

夫差苦笑一聲，「看來你只有我躺下去後，才吻得著我。」

夫差領著西施來到了前沿陣地。越國人又在山下排開陣勢，西施勸降的時間長了一點，勾踐又忍不住了。

「沮鞅，和我下去玩一遭怎麼樣？」夫差從一個近衛軍手中接過一桿長戟。

「一群老鼠而已！」沮鞅從鼻子裡哼了一聲，一躍上了戰馬，抽出了寶劍。

「愛妃，今天讓你開開眼界。」夫差在靴子上蹭了一蹭長戟上的血漬。一勒馬韁，戰馬一聲長嘶，前足騰空，夫差和他的長戟直指雲天，颳起一陣強風。沮鞅兩腿一夾，馬刺一扎，坐騎也躥了出去。

越軍的人牆被撕開了一道大口之後，又合上了，方陣的中心像沸鍋，人和馬攪成一團，不斷有人落馬，不斷有人慘叫……夫差的長戟，指向哪兒，哪兒就是一片騷動，一片混亂。越軍巨大的方陣圍著兩騎人馬旋轉，進退。

半個時辰後，夫差、沮鞅又回到了聖胥山上，夫差將兩顆越國將軍的首級拋在地上，「再殺這種無名之將，我都於心不忍了！越國的上將都躲到什麼地方去了？」

西施用袍袖輕輕拭去夫差臉上的血跡，撫摸著他身上的幾處新傷，欲哭無淚，欲笑無聲，血腥、恐怖的場面讓她有些暈眩。

「愛妃，看見了嗎？不是我不會打仗，而是我不會用人。如果早聽伍相國的話，我又何至於落到今天的地步。倘死者有知，我又有何面目去見先王和伍子胥於地下？」夫差解開頭盔，擲於地上，「愛妃，替我繫上我的王冠。我要死得像一位堂堂正正的君王，一位顯赫一時的霸主。」

西施替夫差繫上王冠，趁他一低頭時，在他的眼睛上吻了一下。

「謝謝！愛妃，這是最好的送別了！」夫差環顧眾人。「謝謝大家這種時候還在我身邊。」

「願爲大王效死！」眾人一齊跪拜在地。

「王孫雄，在我屍體的臉上蓋上三幅重羅，我無顏去見伍相國。」

「遵命就是！我的大王。」王孫雄一如他往常的平靜。

「這才是一個君王的死法！」他在心裡讚嘆。

「大王！」西施款款走至夫差面前，雙手勾住了他的脖子。「我是越國人派來對你行使美人計的！」淚痕打濕了她的香腮。

「你確實是一個千眞萬確的美人呀！我可沒覺得自己中了計。眞正的美人總會讓男人迷戀，不管他是君王，還是小販。」

「大王，帶上我，我們一塊走吧！」

「我當然想這樣，有你陪伴，死亡不過是一杯醇酒。可是我沒有這個權利，你不屬於吳王夫差，你的美是清晨的露珠，是傍晚的山崗，屬於孩子、老人，屬於世上一切的人。活下去吧！愛妃留給後代一個恬忍隱退的榜樣，不要暴殄天物，殘缺了世間獨一無二的珍品。」

「諸君！，來世再見。」一道白光由夫差手中向頸上勒去，一片血紅迷住了西施的眼睛。

「他是一位眞正的君王！」王孫雄取出三塊重錦蓋在夫差的臉上。隔著遮面的重錦，他撫摸著夫差臉部的輪廓，「這是他的嘴，妙語連珠的話從裡面泉湧；這是他的眼睛，射出讓敵人心驚膽戰的寒光；這是他的鼻子，使他的容顏高貴純正……」

「我應該做一位眞正的王妃！」西施掰開夫差緊緊握著劍柄的手，拾起了寶劍。這就是夫差賜死伍子胥的屬鏤劍，他用它結果了自己的性命。

「屬鏤啊！你吞噬了一位賢相的生命，結果了一位蓋世的霸主，你又要結束一位美人的性命了！你這嗜血的野獸！」

「沮鞅，憑吳王和我的屍體，你們可免一死，待我死後把這把屬鏤劍交給越王，他想這把劍已不只一天了。只希望他能善待吳國的子民。」

「就此別過了！吳國忠誠的武士們。」越國絕色的女子向吳國的衛士告別，鋼打鐵鑄的近衛軍變成了一群悲哀的雕塑，豎立在她的四周。劍尖離西施的喉頭越來越近，刀尖已經快觸到肉了。沮鞅一步跨到她的身後，在她的太陽穴上重重一拍，西施暈了過去。

「西施在哪兒？西施在哪兒？」范蠡在戰場上揪住人就問。他看見了夫差蓋著重錦的屍體，王孫雄自縊在他旁邊的一棵大樹上，夫差周圍躺著好幾具吳國近衛軍的屍體，他們是和割夫差首級報功的越國士兵肉搏而死的。夫差的頭仍在他的軀幹上。可西施在哪兒？

一具近衛軍的屍體蠕動著，沾滿血跡的手向范蠡伸了過來，黏稠的血漿順著他的臂彎往下漫。

「范大夫！」聲音像是從地獄烈焰中冒出。

「沮將軍！」范蠡悚然一驚。他和沮鞅見過幾面，對這個漂亮小夥子很有好感，在他的身上展示著范蠡的過去。「你沒事吧？」范蠡把沮鞅摟在懷中，立即發現沮鞅已經不行了，胸膛上一條大大的傷口正不住地往外滲血。

「范大夫，快去救茜妃，她被一群黑衣人搶走了。」沮鞅拼出了最後的力氣，懸如游絲的生命現在就掛在他嘴邊。

「黑衣人？」范蠡有些茫然。

「一群講越國話的黑衣人……」沮鞅生命的泉水滴盡了，最後一粒水珠鑽進砂粒裡，倏而消失了。

「講越國話的黑衣人？黑衣人……」范蠡在黑暗的深淵中見到了一點流熒。二十年前他在苧蘿村求聘西施時，不也是由越王穿黑衣服的宮廷侍衛給他送來了越王的密旨。從勾踐一到聖胥山督戰的時候，就有一隻烏篷大船停在不遠處的吳江上，說是越王的宮眷，神秘詭詐地在江中游蕩。范蠡向山下望去，烏篷船已不見蹤影，只在遠處江天交接處有一點帆影。

「索性拼他個魚死網破！」范蠡陰雲密布的臉上籠上了一層殺氣。幾隻老鴰盤旋在他上空哇哇亂叫，牠們被一片血腥引逗而至，用厭惡的眼睛看著礙手礙腳的范蠡。有幾隻還朝他俯衝下來，用翅膀扇起陣陣砂石。

薄暮冥冥，霧氣隱隱，冷清的月色點點滴滴地在水面閃爍，烏篷船上的燈火如鬼火閃爍在江面上。

西施在船艙中醒來了，她記得自己是準備以身殉夫的，後來好像是頭上挨了一掌，便不知人事了。

「夢耶？非耶？」西施感覺到自己是在一條正在江中疾行的船上，船頭濺起的嘩嘩水聲和船漿擊水的聲音更證實了她的判斷。

「是夢又非夢！」一張衰老，滿是褶痕的婦人面孔映入了西施眼中。西施從她臉上讀出了不懷好意的詭秘和幸災樂禍的挑逗。

「你是誰？你想要幹什麼？」

「你猜我是誰？你猜我想幹什麼？」婦人話中有一種陰森的刻毒。

「你要帶我到哪兒去？」

「帶你到你該去的地方。」

「你想害我？」

「確切地說是要把你綁上一塊大石頭沉入江底。」

「爲什麼？」

「因爲你是個壞女人，你是個狐狸精。你已經害死了一個國君，毀滅了一個國家。不能再讓其他男人受害了。」

「你說得有道理，我對這個罪名是無法抗訴的。請問你是以誰的名義，憑藉誰給你的權力來對我進行懲罰？」

「我以女人的名義來懲罰你，這還不夠嗎？女人有權利對自己的敗類進行懲罰。你敗壞了女人的名聲，你丟了女人的臉。」

「我沒有毀滅吳國，但吳國因我而亡；我愛過吳王，可吳王卻因我而死。我確實是有罪之人。你有這個權利。」

「那些男人都愛你嗎？他們是眞心的嗎？」

「如果犧牲是愛的本義的話，他們就算是愛了，有的人甚至把自己都犧牲了。男人是很可愛的，女人永遠都離不開男人。」

「天啊！你聽一聽這個墮落的女人在說些什麼？她簡直是在褻瀆神靈。她憑藉一臉的狐媚就可以任意操縱男人，這樣的世界分明是一個豬圈。」

「你嫉妒我？我聽出來了，你是一個沒有得到男人愛的女人。可憐的人哪！」

「不就是因爲有你們這些狐狸精，善良正直的女人才沒有男人愛。褒姒、妲己……這些例子還少嗎？」

「不！你絕對不是善良的，你有一種暴戾之氣，那是長期壓抑和蓄意報復才有的氣息。你是一個不幸的女人。」

「對，我就是要報復！報復所有像你這樣幸福的女人。要讓你們知道勾引男人是要付出代價的。我雖貴爲王妃，可是我得到的才有你得到的千分之一。爲了做一個好妻子，我陪丈夫入吳做了三年牛馬；爲了做一個好王妃，我起早貪黑地採桑織布，因爲王妃必須要給百姓做出榜樣，有時候我想戴一件像樣的首飾，穿一件漂亮的衣服，可是馬上就要想到這樣做會不會在宮中引出浮奢之風。我就像是蠶繭裡的一隻蛹，一隻可憐的小蟲。」

「可你有子民的愛戴，史官會在青史上爲你大書特書。而我呢？我不閉眼睛都能想出潑在我身上的污水。」西施頓了一下，「你是越國的王妃嗎？」

「是的，我就是那個被萬民讚譽的賢妃。有時候，我眞想變成你的一個小手指頭，享受一下你所享受的一個女人應該享受的感情和關懷。就憑這一點，你也非死不可！你死定了！」聽著兩個女人在艙中的對話，守在船頭的兩個黑衣侍衛低聲耳語。

「王妃的手段是不是太狠了，多可愛的一個女人，像……你找不出恰當的東西來形容如她。」

「可我怎麼就覺得艙中是一隻白天鵝和一隻黑烏鴉在對話呢？」

兩個黑衣侍衛笑成一團。

「後面有一個亮點。」

「一艘漁船。」

「深更半夜哪兒來的漁船，快去向王妃稟告。」

一個黑衣侍衛掀開掛在艙門上的竹簾，低聲稟告：「王妃，後面有一條船追上來了。」

「哦！會是誰呢？」越國王妃走出中艙，一條小船越來越近。一個滿臉絡腮鬍子的漁夫手執篙杆正在船頭敞胸露懷地大聲高歌。

大江茫茫路無蹤
回頭是岸萬事空

「不像是個漁夫，倒像是一個江湖豪客。」黑衣侍衛並在王妃耳邊說，「要不，先幹掉他再說。」

「這兒是什麼地界？不到萬不得已，不要憑空惹事。」

「回王妃，這兒已是三江口了。」船頭的侍衛低聲說。

「好！先把那小賤人綁上石頭，再送她到龍宮，這樣一個山青水秀的三江口，一點也不委屈她！」

「不！我自己來！」西施把侍衛擱在她身上的手甩開。她微笑著抱住了艙中早就備好的一塊石頭，「綁吧！謝謝你們替我做了我想做未成的事。」

「小賤人死到臨頭還嘴硬！」

「王妃，我和你一樣也是王妃，你罵我是賤人無異於罵自己。這個世界對女人已是太多的不公平，爲什麼女人之間還有如此的苛刻少恩呢？」

「你眞的一點不怕死？」

「活過、愛過、恨過，無怨無悔，但求速死。」

後面的小漁船已越來越近，能看到船夫腰上別著的一把大砍刀。

「快點動手！」王妃趕緊吩咐道。

西施的腳浸入了水中，接著是腿、腰、胸，她像一個遠嫁的女兒回到了娘家。只有這水才是眞正的至清至潔，蕩污去穢。

我是水的女兒！

還我一個冰清玉潔的女兒身吧！

江水沒過了西施的頭頂……

相期雲漢

西施覺得自己輕曼地飄浮在一片雲彩裡，自由自在而快意舒暢地伸展著曼妙的四肢。她在生她養她的水中聞到了母親的氣息，朦朧中無數美人魚搖動著閃著銀光的尾鰭向她聚攏，千姿百態的水草誘惑地在水波中起起伏伏，比吳宮御花園的品種還要多，也艷麗多了。她有一種要跳出體外的欲渴，這層皮囊給了她太多的桎梏和束縛，讓她憋悶、喘氣、噁心，趕快跳出去，讓靈魂自由地飛。

一隻手抓住了她的手，一瞬間，她覺得自己輕了許多，輕得像一個嬰孩，一無所有、一無牽掛，甚至沒有思想，沒有記憶。

范蠡抱著西施慢慢露出水面，一步一步地走上沙灘，搖搖晃晃地趔趄著，終於倒在沙灘上。倒下去時，他沒有忘記把西施抱牢，西施仍然平躺在他懷裡，濕淋淋的長髮從范蠡臂彎裡垂下，滴嗒著水滴，她睡熟了，如同一個天性無邪的嬰兒。

桑耳急忙從遠處向他們跑來，他的腿、胳膊都帶傷了，一拐一拐地蹣跚著。兩個男人互相攙扶著，跌跌撞撞地抱著西施朝岸上走去。江水混著血水從他們身上滴下，留下一條彎彎曲曲的痕跡印在沙灘上。

范蠡知道西施被劫持後，立即去找桑耳，他誰也不敢相信，只相信這個苧蘿村出來的中軍副將。桑耳一聽，二話不說，操上兵器便跟他走了。他們在一個漁翁處借了一條小船，便趕了上來。范蠡不敢露面，越國人對他太熟悉了，只有躲在艙底；桑耳換上了漁翁的衣服，貼上了假鬍子，化妝成一個江洋大盜。當他們發現西施被潛入水中後，桑耳駕船趕上大船，挺刀上船與越王侍衛格殺，分散他們的注意力，范蠡則潛入水中營救西施。桑耳估計范蠡已經得手，便跳下小船，搖櫓遁逃了，他已經認出端坐在中艙的是越國王妃。

這是一座江心的小島，樹木蔥鬱，飛禽走獸繁多。范蠡、桑耳找了一個向陽避風的山洞，把西施放在洞前的草坪上，他們則癱倒在一邊直喘粗氣。

桑耳用手試了試她的鼻息，細若游絲，時有時無。

「不行，得幫她加強呼吸！」

「嗯，你給她弄弄吧！」桑耳猶豫了片刻，終於把嘴貼到西施的唇上吹氣，那兩片失去血色的嘴唇冰冷著他的心和身子。呼氣、吐氣；呼氣、吐氣。西施的胸脯漸漸有了些起伏。桑耳儘量把眼光避開那兩處從濕淋淋衣服中蹦出來的高聳。

「她的衣服也要換，不然肯定會生病的。」

「嗯，你給她換吧。」

「范大夫，你就是用撒手不管來表達你的歉疚的嗎？我眞後悔當初在苧蘿村沒敢站出來和你競爭，保住我的西施。不然她早就成爲好幾個孩子的媽媽了！瞧她現在，好好的苧蘿村女兒被糟蹋成什麼樣子了？我眞恨不得——」

「漁船上漁婦的衣服還在，可是我們怎麼好給她換哪！」

范蠡停止了哼哼唧唧，開始解決實際問題了。

「要是有個丫環就好了！」

「這不是廢話嗎？」

「我的意思是說有個女的在場就好了！」

「同樣是廢話。這裡有女猴子、女山羊，可就是沒有女人，除了她以外。」

「那就只有咱們給她換了！」

「都閉上眼睛！」

兩個「盲人」在西施身上折騰。他們越是緊張不安，越是忙中出錯，在給西施穿上乾衣服後發現濕衣服忘了脫，只得又是一番忙亂。

西施給他們折騰醒了，吁出了長長的一口氣。睜開眼發現兩個男人煞有介事地閉著眼睛在自己身上做著吃力的動作，小心翼翼如同小偷。

「你們這是幹什麼呀？」

兩個男人嚇得一屁股坐在草地上，用手撫住猛然之後又狂跳不已的心臟。

「給我吧！我自己來！」西施立即明白了他們的善意。「謝謝了！」她拿著衣服走進了山洞。

「我該回去了，軍營中有好多事情等著我。我會爲你在越王面前圓一個謊的。」

「不用了，什麼都不用說了，我決定不回去了。」

「你可要想清楚，你是滅吳第一大功臣，越王肯定會重重賞你的。」

「不以物喜，不以己悲，身外之物，要它何用？」

「但願你能如你所想，我把漁船和一切應用物品都給你們留下了。好好珍重！」桑耳走到江邊，脫下衣褲，舉在手上，向岸邊游去，他的頭在波濤中一起一伏，漸漸變成一個小黑點直至消失。

「桑耳呢？」西施換完衣服出來不見桑耳，心中有些納悶。

「他回軍營了，他還有很多事要做。」

「你最好是像他一樣從這兒離開。」

「我已經決定不回去了！」

「那是你的事，與我無關。」

一陣使人窒息的沉默。

「你現在有什麼打算？」

「一個人在一天之內連死兩次未成，她還能有什麼想法呢？只想好好睡一覺。」

「你最好是到山洞裡去睡，現在它潮一點，但晚上肯定比露天地暖和得多，我還可以在洞口燒堆火。」

「那是你的事，與我無關！」

西施走進山洞前又對范蠡說了聲，「今天謝謝你和桑耳！」

西施走進山洞，發愁地看著高低起伏不平的地面，不僅潮濕，而且棱角增多，這怎麼能睡人哪！西施彷彿已經感覺到了岩石硌在身上的尖銳和刺痛，她犯難了，看了看在洞外盤腿而坐的范蠡，欲言又止，瞅著范蠡曬太陽的悠閒勁兒，她索性往地上一坐，背靠洞壁，想先睡一會兒。

「眞對不起，忘了給你鋪張床。」范蠡站在了西施面前，西施把頭扭到一邊，不讓范蠡看見自己的眼淚，它們正不爭氣地一顆接著一顆地往外漫。

范蠡從洞外抱進來一捆又一捆的青草，堆了足有半人高。

「用不著這麼多，只要躺下去不硌就行了！」西施見他的額角滲出一些汗珠。

「草是軟的，看上去挺多，你一睡上就全壓下去，大概只有這麼高了！」他用手給西施比劃，西施見他手上有好幾道被草鋸拉出的傷口，上面還沾滿了又濃又黏的草汁和碎屑。

「謝謝了！」她低聲說。

「如果我們倆之間只能用『謝謝』來溝通的話，那就確實是一件哀莫大於心死的悲劇了。」范蠡鋪好了草，又從桑耳留下的行囊中找出幾件乾淨的漁戶衣服，鋪在上面，用手抻平，又往下壓了一壓，感覺還不錯。

「現在可以睡了。」

「可以睡了！」西施機械地重覆道，她還在心裡品味范蠡所說的「哀莫大於心死」。心裡確實有一層薄冰封住了情感，但西施還是感覺到薄冰下面奔湧著一些難以名狀的莽撞和衝擊，她漸漸地覺得身子有了些許暖意，倒向了柔軟的「草床」。

西施剛睡下不久，范蠡又聽到洞內傳來一聲驚呼，是拼盡全身力氣從五臟六腑裡蹦出來的那種不顧一切的驚呼。

「怎麼回事？」范蠡仗劍衝了進去。

「牠……牠……」西施的手指著牆上一隻其醜無比的壁虎，身子卻在不住瑟縮。「牠又動了！」西施的手想去抓范蠡，最終還是沒有抓，抱在胸前，抓著自己的前襟。

范蠡搖了搖頭，用劍挑起壁虎，往洞外走去。「大驚小怪！」

「把它扔遠一點，越遠越好！」

范蠡心中暗暗好笑，只怕這洞中還有幾十隻尊容比牠還要漂亮的小東西。

西施睡了整整一天，身子軟軟地陷在鬆軟的青草中，一股淡淡的清香沁潤著她的身心，耳邊隱隱約約地傳來江濤的聲響。她沉沉地感覺到了放鬆和舒適。

范蠡幾次進洞想叫醒她吃飯，見到她那一副甜睡酣暢的小模樣，又不忍心了。

「媽媽……媽……媽……」西施甜蜜地夢囈著，發出嬰兒般地低吟。范蠡心頭一熱，她一定是在夢中見到了她的母親，可憐的、無依無靠的女人，我要做你的依靠，我是你的父親，你的母親，你的愛人，我將用我的餘生來呵護你關心你。

「媽……」甜蜜的小嘴又吐出了甜蜜的溫馨，范蠡逃也似地離開了山洞，像是掙逃一隻鋪天蓋地兜頭罩下的無形大網。

天色還早，范蠡又到江邊的小船上取來漁戶的炊具，在洞口支好。行囊裡還有幾個飯團，范蠡把它們搗碎了，加上一些清水，放到火上煨著，又在草地上撿了一些野菜，洗淨了丟在鍋中。他要給西施熬一鍋野菜粥。水快燒乾了，西施還未醒來，范蠡又往鍋裡添了一大碗清水。

「真香啊！」西施出現在洞門口。

「聞到野菜香，西施也跳牆。」范蠡坐在火邊，正用一隻木棍撥弄著火堆，他的臉在騰騰熱氣中顯得自然而隨和。

「少給我耍這種貧嘴。」西施生氣了，眉梢豎立如柳葉。

「過來坐罷！是不是要絕食抗議哪？」范蠡熱情地向她招呼。「你的脾氣也太大了一點，我幹了一天活，就算是你的僕人，也不能這樣對待嘛！」

西施在范蠡對面坐下，看著鍋裡上下翻動的野菜和不斷鼓湧的氣泡，「野菜應該晚點下，現在全都煮爛了。」

「誰想你睡得這麼久，午飯熬成晚飯，菜還能不爛嗎？」

范蠡心疼地用筷子攪了攪鍋裡爛成一團的野菜，終於下定了決心。「全都撈上來，另下！」范蠡用筷子把煮爛的野菜一根一根地夾起來，放到一個空碗裡。又採了一大把野菜。

「多採點兒金針葉，好不好？」西施大聲對正蹲在草地上尋覓的范蠡說。

「瞧！這一把都是，我知道你喜歡吃。」范蠡朝西施揚了揚手中的金針葉。

兩個人坐在溫馨的篝火旁，火光映紅了他們的臉。

「人生的際遇眞是無常，昨天還在血雨腥風的戰場，今天卻坐在這兒喝野菜粥了！」西施感慨萬千。

「昨日苧蘿村的妙齡少女，今日已成一個風情萬種的少婦了！」

「不對，不是少婦，是寡婦。你們剛剛逼死了我丈夫。」

「你最好把他當成一位國君，不要把他當作你丈夫。君爲國亡，這是天經地義的事。」

「你最好把我當成一位貴妃，不要把我當作苧蘿村的小姑娘。妃爲君死，也是天經地義的事。」

「你已經殉了兩次了！夠了，不要再爲一段名義上的婚姻犧牲了。」

「名義上的婚姻？你說得多輕鬆啊！像抹去古琴上的一層浮土。十五年哪！就是小貓小狗在一起也會產生感情，何況是人！我們是有感情的，他是我丈夫，我愛我丈夫，你明白嗎？就像當初把我們活生生地拆開，強塞給他一樣，你現在又把我和他分散，要重新得到我。你們什麼都算計到了，就是沒有顧及到一個女人的感情，女人也是人哪！」

「西施，我爲你感到驕傲，你是一個堅強的好女人。我們必須面對現實。你的感情和你都成了一場政治鬥爭的犧牲品，是我促成你做出這種選擇的，我很痛心。現在，鬥爭結束了，我們完全可以拾起從前中斷的感情，爲什麼不呢？」

「爲什麼不呢？我們已經沒有過去、現在和將來了。歲月給我的將是無窮無盡的回憶和思念，我的未來已經全被它們覆蓋了，壯麗的、柔情的、慘淡的、蒼白的回憶。」

「你還不到三十歲啊！」范蠡痛惜地叫了一聲。

「我要找個地方隱居，幾叢菊花，一排竹籬，養幾隻小狗小貓，小鴨小雞，再沏上一杯香茗，我要把我的前半生寫在竹簡上，讓後人看一看一個可憐的女人怎麼變得心灰意冷，讓他們看一下美麗會給女人帶來多大的災害！」

「我們不謀而合了！我也想去隱居，不過我沒你想得那麼多，我只想捎上我心愛的女人，把欠她的情和愛全還給她，十倍、百倍地補償她！」

「你還不起的，她失去了太多太多，又得到了太多太多，你不欠她任何情，她不需要任何人的補償。」

「但她需要一個男人，一個眞心實意愛她疼她的男人。」

「眞心實意？你的，我已經領教過了，饒了我吧！尊敬的范大夫。」西施笑著給范蠡添了碗粥。

「我可以吃三碗，你至少應該吃六碗。」

「好！我吃六碗。」

「你這粥熬得還不錯，很久沒吃過這樣香的飯了。」

「以後，我每天都可以為你做。」

范蠡懵住了，西施愣在那兒，淚珠滴滴地灑落，牽珠扯玉般一發不可收拾。

「十幾年前，你為什麼不說這話，為什麼不說？你就只知道你的責任、義務……」西施嬌喘成煞是叫人愛憐的一團。

范蠡像是捧著一隻心愛的刺蝟，扔也不是，不扔又扎手。

西施一見范蠡束手無策，哭得更是抽抽噎噎。

范蠡方寸已亂，確實不明白該怎樣安慰這朵全身亂顫的梨花。

西施哭得更是昏天黑地。

范蠡笨拙地摟住西施，撫摸著她的眼淚，「不就說了句做飯嗎？有必要這樣大動干戈嗎？」

「我就高興你說這樣的話，討厭你滿口的職責和犧牲，什麼愛什麼情的。」兩人擁抱良久，西施掙脫了范蠡的雙手，「今天又讓你占便宜了，以後再不許這樣了。我眞的要去隱居，你別跟著我了！」

范蠡笑了，他在西施憔悴和乾涸的心中看見了幾絲新綠，他要復活這個他摯愛的女人，要讓她的美麗重新綻開。

入夜，范蠡在山洞門口點著了一大堆篝火，必必剝剝的火焰照亮了他那張略顯衰老的面頰。西施注意到了他鬢邊的幾點白霜。

「『范郎』，你今年過四十了吧！」

「還什麼『郎』不『郎』的，都過四十的半老頭了。」

「你一直沒成家？」

「嗯！」

「爲什麼？」

「你這不是明知故問嗎？」

「你這十多年就一直沒和其他女人來往過？」西施震驚了，從草床上直起了身子。

「也還沒慘到這個份上，我畢竟是個男人嘛！不過總把那些人當作你，總用你作爲標準去衡量她們，結果是雙方都很不開心，不過囫圇吞棗而已！」

嘲笑和戲謔。

「囫圇吞棗是什麼意思，你是想把人家一口吞下去是嗎？」

「囫圇吞棗的意思就是吞進去之後，再原封不動地吐出來。」范蠡聽出了西施口吻中的嘲笑和戲謔。

「啪」，火炸了一下。

「什麼聲音？怪嚇人的。」

「火中的竹節炸了。」

「爲什麼要在火中放竹節，把你炸傷了怎麼辦？」

「那是我的事，與你無關。」范蠡學著西施白天的腔調。

「連你都害怕這聲，其他野獸還不害怕嗎？」

「這江中的小島上還會有什麼猛獸嗎？」

范蠡白天已經發現草地上有狼的痕跡，但一直沒告訴她，怕嚇壞了她。

范蠡又往篝火裡扔了幾根柴禾，特意又放了幾根竹節擱在火裡。就在他收拾好火，想閉上眼睛打個盹兒，無意中瞥見洞外站著一隻半人多高的狼，灰色的皮毛在夜色中極其醜陋，藍瑩瑩的眼珠透著凶光正眯縫著眼睛往洞中張望。

「小兄弟，你想做什麼？」范蠡抽出了寶劍。狼把腿往草地上一伸，就勢把頭擱在兩隻前爪上，懶洋洋地看著范蠡，其實是在迅速打量周圍的環境，籌劃新的進攻。

「喂！小兄弟，別賴在這兒不走啊！該上哪兒就上哪兒去吧！」狼看了看狹窄的洞口和熊熊的烈焰，也有點兒灰心喪氣，惱怒地用舌頭舔著兩隻前腿。

「走吧！別給大哥添麻煩。」范蠡取出一節燃燒一半的橡木對那隻狼揚了揚。狼無計可施，點了點頭，起身走了，尾巴緊緊地夾著。

「跟誰說話呀？一個人自言自語什麼呀？」西施迷迷糊糊地問范蠡。

「跟我表弟——一隻大灰狼，聊了會天。」范蠡也有點兒犯睏了。

「大灰狼？別逗了。」

一聲淒厲的狼嗥撕裂了靜夜，遠處又傳來幾聲回應，算是回答西施。

「看來我的表弟還不少。」范蠡閉上了眼睛。

「你打算在那兒熬一夜呀！」

「你不會趕我到外邊去吧！在這孤島上，咱們就別玩男女授受不親的遊戲了。」

「到床上來！」

范蠡有點不相信自己的耳朵。「上床？」

「又胡思亂想了，讓你上床躺一會兒，各睡一頭，什麼事也沒有嘛！再說，這床還是你鋪的。」

「只是……」

「只是你又不是頭一次了！」西施笑出聲來。「老老實實睡在那頭，不要亂說亂動。」

范蠡在西施腳邊躺下，他睡不著。他知道西施也沒有睡著。聽著她的衣裙響，眞想摟住她大哭一場，爲他們可悲、可憐的過去而哭，爲他們現在的同床異夢而哭。

「我們這算同床異夢嗎？」他拍了拍西施的腳。

「還沒那樣複雜，頂多算一個鴛夢重溫！睡吧！別想太多了！」

她倒來安慰我了，范蠡眞有點不服氣。

清晨的陽光甦醒了躺在草床上的人。

「喂，該醒醒了！」西施用腳碰了碰范蠡。

「要起來自己起來，你以爲你還是貴妃啊！」話一出口，范蠡便知道自己闖禍了，他眞後悔得想把嘴用針縫起來。

「你不起來，我怎麼好收拾梳妝。」西施卻沒有動怒，很冷靜地向范蠡解釋。西施愈是冷靜，范蠡愈是心慌。「我只是有口無心，我不是故意要傷害你。」他握住了西施的手。

「你不用解釋了，你說得不錯，我本來就是貴妃嘛！」

「我要你做我的妻子！」

「別隨便把這個封號給人，這是很神聖的。它已經被褻瀆得慘不忍睹了。」

他們站到洞外的陽光中，感受著新的一天的愉悅。一群江鷗在江面上點綴，幾葉帆影游弋江面，濕潤的江風透著涼爽的清新撲進懷裡，像一頭小鹿在懷裡亂撞，撞得你的心晃悠悠地輕飄起來。

「爲什麼要吵架呢？連空氣中都滴答著歡欣和愉悅。」西施張開手臂，深深地擁抱著自由的空氣。「這兒才是我最好的宮殿，是我眞正的居所。」

「自由自在才是眞正的美麗，逍遙悠閒才是人生的眞諦。」范蠡被西施的熱情感染了，動情地手舞足蹈。

「我自由了！我自由了！」西施歡快地在沙灘上奔跑，頭髮飄起如澎湃洶湧的波濤，鞋掉了，她也渾然不顧，軟軟的沙石滋潤著她的赤足，暖暖地愜意著她。

「小心，別摔倒了！」范蠡不放心地跟在她後面，沙灘上留下了一串混雜在一起的男人和女人的腳印。

西施在江邊跪倒，掬起清清的江水從頭頂澆下，醍醐灌頂的光明閃亮了她的腦際，她又掬了一捧水，輕輕地放到唇角，把感激的吻印在點點水波之上。

滄浪之水清兮
可以濯我纓
滄浪之水濁兮
可以濯我足

西施把頭深深地埋在水中，感受著水的蕩漾和嫵媚。她感覺到自己被溶在水中，西施已經不存在了，只剩下透明的液體在流動。

「我的生靈啊！感謝你讓我在這個時刻還活著，感謝你讓我體會到你的美妙和神聖。我母親一樣的大江，是你生養了我，我生於斯，長於斯，終將歸於你的懷抱，你是我永恆的依靠。」

「放著一個大活人不依靠，卻去依靠無根無本的水，眞是可笑！」范蠡趕到西施身邊，剛巧聽到了她的祝語。

「過來，不要胡言亂語！」西施兇巴巴地對范蠡喊。

范蠡乖乖地站到西施旁邊。

「跪下！」

范蠡猶豫了一下，順從地跪在西施左側。

「跟我一起說，我說一句，你說一句。」西施叮囑范蠡。范蠡點了點頭。

「民女西施！」

「民女西施！」

西施瞪了范蠡一眼。「你連自己的姓名、性別都弄不明白了？」

范蠡明白了西施的意思，充滿委屈地說：「不是說你說一句我就說一句嗎？」

「你是不是要存心惹我生氣呀？」

「凡夫范蠡！」

「願拋卻凡念，永絕紅塵，不爲金錢所動，不爲權欲薰心。只求浪跡天涯，隱逸江湖，嘯傲風月……」

范蠡隨著西施念完了這段話。「沒有了？」

「還有一句！」

「快念哪！」

「永結同心，百年合好。」西施把嘴唇湊到范蠡唇邊，用只有自己聽得見的聲音說。她把臉深深地藏進了范蠡懷中。

范蠡只覺得天旋地轉，耳畔一片轟鳴，他緊緊攬住西施的纖肩。「這就好了！這就好了！最好的結果！」

「我要過一個正常的、健康的女人的生活，你能給我嗎？我的夫君！」

「我要把你應該有的東西還給你；這都是本應屬於你的，是我從你身邊把它們奪走了。」

「我擔心我做不了一個好妻子。」

「你什麼都不用做，你已經是了，你早就是了。」

范蠡用食指勾住西施的下巴，托著靠近她那誘人的櫻唇。她用夢幻的目光看著范蠡。

「我要好好洗一洗。」

西施推開范蠡扶著她的手，向江心走去。無邊的波濤擁住了她、浮托著她、愉悅著她、純淨著她……

尾聲　煙波霓影

八百里太湖，水波渺渺，雲遮霧橫。夢一般迷幻的葦叢中不時驚飛起啾啾水禽，襯托著無邊的渺茫和沉寂。

一葉扁舟撕破輕紗般的薄霧，駛向湖心。船上一對男女緊緊偎在一起，無限眷戀和相悅。不時有野鷺、沙鷗被小船驚飛，艷羨地看著這一對神仙眷侶。

女子打開一個精致的小箱，裡面是黃的、白的一片，耀眼灼目，燦爛光亮。

「這是我十多年的收藏，今日才覺是殘磚斷瓦，一身累贅，留它何用？」

小箱被攢進水中，在水面掙扎幾下便沉入水底，連同它裡面的無價之寶。就像一段陳舊古老的故事被新的記憶抹去一樣無影無蹤。

男的也從懷裡掏出一顆金印丟進水中，「權貴於我若浮雲，要它作甚？」

男女相視一笑，笑得柔情四溢，幻影遊光。

此時，越王正在廢棄的吳宮裡爲越女西施舉行祭奠，他正痛心疾首地念著祭文：

民女西施，有匡世救主之心，以身許國，以貌濟世。自縊以存節烈，香消而侏忠義。一代貞節之首。

越國王妃滴下了痛惜的眼淚，參祭眾人無不欷嘘嗟嘆。

有人來報四處尋不見范大夫，勾踐聲嘶力竭地喊道：一定要找到范大夫，不惜一切代價。眾人一片慌亂，一片狼藉。

太湖湖心的小船上，女子忽然指著天上叫道：「夫君，那兒有一道彩虹！」

果然，一道霓虹高懸於天，如長橋臥波，光艷照人。

「不對！清早怎麼會有彩虹呢？」女子有些迷惑。

「有什麼不對呢？你本身不就是一道瑰麗無比、變幻莫測的彩霓嗎？」

女子把緋紅的臉偎入了男子懷中，長髮隨風蕩起風情萬千。

小船駛進一片浩渺的湖光天色之中，風輕輕地吹著，水波一重又一重，蕩漾、蕩漾，蕩漾向遠方。

水光瀲灩晴方好
山色空濛雨亦奇
欲把西湖比西子
淡妝濃抹總相宜

——蘇東坡

國家圖書館出版品預行編目資料

霓夢一西施／ 金斯頓 著； -- 第一版.
-- 臺北市：大地， 2003〔民92〕
面； 公分. --（中國古代四大美女傳）（歷史小說；16）

ISBN 957-8290-92-6（平裝）

857.7 92015547

歷史小說 16

霓夢—西施

作　　者：金斯頓
創 辦 人：姚宜瑛
發 行 人：吳錫清
主　　編：陳玟玟
美術編輯：黃雲華
出 版 者：大地出版社
社　　址：台北市內湖區內湖路2段103巷104號1樓
劃撥帳號：0019252－9（戶名：大地出版社）
電　　話：(02)2627－7749
傳　　真：(02)2627－0895
E-mail：vastplai@ms45.hinet.net
印 刷 者：久裕印刷股份有限公司
一版一刷：2003年10月
特　　價：199元

Printed in Taiwan